ullstein

Das Buch

Leo Donat ist ein Relikt aus dem alten Westberlin. Ein Kiffer, der den Ratschlag der Postkarten beherzigt hat, jeden Tag so zu leben, als könnte es der letzte sein. Aber er ist nicht gestorben, sondern nur älter geworden, und jetzt muss er sehen, wo er bleibt. Seit Neuestem versucht er sich als Detektiv. Gleich seinen ersten Auftrag würde Leo am liebsten ablehnen: Er soll verschwundene Regio-Krimi-Autoren suchen. Doch er hasst die Provinz. Aber in der Not frisst der Teufel Fliegen, und Leo befindet sich, schneller, als ihm lieb ist, auf einem rasanten Roadtrip durch die Republik. Bald kämpft Leo nicht nur um die Aufklärung des Falls, sondern auch um sein eigenes Leben ...

Der Autor

Jens Schäfer schreibt Romane, Sachbücher, Theaterstücke und Drehbücher für Fernsehkrimis, zuletzt erschien die *Gebrauchsanweisung für den Schwarzwald*. Sein Wissen gibt er zudem in Schreibseminaren weiter. Er lebt und arbeitet in Berlin.

Jens Schäfer

WER SICH IN DIE PROVINZ BEGIBT, KOMMT DARIN UM

Kriminalroman

Ullstein

Besuchen Sie uns im Internet:
www.ullstein-taschenbuch.de

Originalausgabe im Ullstein Taschenbuch
1. Auflage Juni 2018

Umschlaggestaltung: zero-media.net, München
Titelabbildung: © getty images / Image Source (Gans);
© FinePic®, München (Hintergrund)
Satz: Pinkuin Satz und Datentechnik, Berlin
Gesetzt aus der ITC Legacy Serif
Druck und Bindearbeiten: CPI books GmbH, Leck

ISBN 978-3-548-29043-0

1

Fünffacher Mord zerstört dörfliche Idylle

(Bergedorfer Zeitung, eigener Bericht) In der Nacht vom 6. Dezember ereignete sich im Ortsteil Friedrichsruh ein grausames Gewaltverbrechen, als eine fünfköpfige Familie bestialisch ermordet wurde. Eine Nachbarin, die die Familie seit dem Morgen nicht mehr gesehen hatte, hatte die Polizei gerufen. Die bald darauf eintreffenden Polizeibeamten fanden die leblosen Körper des 41-jährigen Herrn M. und von Frau M., seiner 37-jährigen Ehegattin, im Hobbykeller. Die drei Kinder im Alter von 4, 7 und 11 Jahren lagen in ihren Kinderzimmern im ersten Stock. Das Mädchen und die zwei Jungen waren ebenfalls tot. Alle fünf wurden mit einer kleinkalibrigen Pistole erschossen.
Es gab keine Einbruchspuren oder sonstige Hinweise auf ein gewaltsames Eindringen. In einem graubraunen Leinensack, der am Tatort gefunden wurde, entdeckten sie mehrere unausgepackte Geschenke, unter anderem die Langspielplatte »Thriller« von Michael Jackson, das Geschicklichkeitsspiel Senso und das Brettspiel Sagaland. Wegen dieses Fundes vermutet die Polizei, dass der Täter als Nikolaus verkleidet ins Haus gelangt sein könnte. Herr A. hatte vor einer Woche ein Inserat in dieser Zeitung geschaltet, in dem er nach einem »glaubwürdigen Nikolaus« suchte. Personen, die sich auf diese Anzeige gemeldet haben oder eine andere Person kennen, die sich daraufhin

gemeldet hat, melden sich bitte bei der Polizeistation Aumühle, Telefon 04104/993, oder bei der Kriminalpolizeiaußenstelle Reinbek, Telefon 040/727070.
Bei der Durchsuchung des Hauses fand die Polizei Wertgegenstände wie ein Farbfernsehgerät der Marke Grundig und einen Commodore C64 Heimcomputer sowie mehrere wertvolle Schmuckstücke wie eine Goldkette und zwei Platin-Ohrringe vor. Dies und die Tatsache, dass mehrere Tausend D-Mark, die sich in einem Stahlschrank im Keller befanden, nicht entwendet wurden, lässt die Ermittler darauf schließen, dass kein Raubmord vorliegt.
Die M.s waren eine normale, beliebte und voll in die Dorfgemeinschaft integrierte Familie. Sie lebten seit acht Jahren in Friedrichsruh. Frau M. war Hausfrau und leitete in ihrer Freizeit den Literaturclub »Die Lese-Ratten«, Herr M. war Geschäftsführer einer Reederei in Hamburg. Er war Vorsitzender des TC Bergedorf und Schriftführer des Rotaryclubs. Eine Verbindung zu der vor drei Wochen im nahe gelegenen Sachsenwald erfolgten Verhaftung des RAF-Mitglieds Christian Klar hält die Polizei für unwahrscheinlich. Benny, der zwei Jahre alte Golden Retriever der Familie, der in der Waschküche gefunden wurde, ist ins örtliche Tierheim gebracht worden.

2

Leo Donat war wie die Stadt, in der er lebte. Arm, aber sexy. Kreativ und cool. Hip und high. Obwohl, nein, high war er nicht. Er hatte gestern keinen Joint geraucht und war sogar extra früh ins Bett gegangen, um ja nicht zu verschlafen. Allerdings konnte er nicht einschlafen, weswegen er bis zwei die fünfte *Homeland*-Staffel schaute, die, die in Berlin spielt.

Es war kurz nach neun an einem warmen, sonnigen Junimorgen, als er den verblassten Nachkriegsbau verließ, in dem er seit zweieinhalb Jahren wohnte. Die Luft roch frisch und sommerlich, in der Nacht hatte es kurz geregnet. Sie roch auch nach totem Schweinefleisch und Brühe, drüben in *Maximilians Wurstmanufaktur* ging grade die Produktion los. Das würde ein guter Tag werden. Leo fühlte sich so fit wie lange nicht. Er trug den dunkelblauen Anzug, den er vor Jahren für die Beerdigung seines Vaters gekauft und seitdem nicht mehr angehabt hatte. Das war mit Sicherheit der einzige Anzug, der um diese Uhrzeit im Kranoldkiez spazieren getragen wurde. Das hier war Neukölln, aber nicht das weichgespülte vom Maybachufer, sondern das echte, das außerhalb des S-Bahn-Rings. Selbst der Anwalt drüben in der Glasower Straße hielt seine Sprechstunde in Trainingshose und Kunststoffparka ab, und das nicht aus modischen Gründen. Seine Klienten wollten von niemandem beraten werden, der aussah wie ihr natürlicher Feind.

In *Damirs Backshop* legte Leo einen Zwischenstopp ein, hier gab's Hörnchen für 90 und Kaffee für 60 Cent.

»Wieso du heute so schickimicki?«, fragte der stets gut gelaunte Damir, der den Laden vor drei Monaten übernommen hatte. Davor war Selcuk drin gewesen und davor die transsexuelle Kubanerin Gloria. Es war nur eine Frage der Zeit, bis auch Damir kapieren würde, dass man mit aufgebackenen Schrippen und Zigaretten im Kranoldkiez auf keinen grünen Zweig kam.

»Ich habe einen wichtigen Termin«, sagte Leo und legte eine Zwei-Euro-Münze auf den Tresen.

Damir musterte Leos Anzug.

»Polizei? Hast du angestellt?«

»Ich habe nichts angestellt«, erklärte Leo, »ich treffe gleich einen Klienten.«

»Leo hat Klient?«

Damir kramte in einem abgegriffenen Schuhkarton nach Wechselgeld.

»Warum?«

»Geschäftsgeheimnis.«

»Du hast Geschäft? Hier? Bist du Konkurrenz!?«

»Unsinn«, sagte Leo leise, als hätte man den Backshop verwanzt. »Ich bin Detektiv.«

»Ach so.« Erleichtert ließ Damir eine Handvoll Ein- und Zwei-Cent Münzen in Leos Hand rieseln.

»Viel Erfolg!«

»Danke.«

Zwei Jungs betraten den Laden. »Eine Marlboro.«

»Ihr seid viele viel zu klein für Rauch«, erklärte Damir kategorisch.

»Scheißegal, Mann. Gib uns die Kippen!«

Leo verzog sich nach hinten, um in Ruhe zu frühstücken. Das Hörnchen war gut, und der Kaffee in dem dünnwandigen Plastikbecher wie immer viel zu heiß. Leo sah auf die Uhr. Er war gut in der Zeit. Viertel vor zehn musste er im Prenzlauer Berg sein. Was ihn dort wohl erwartete? Der Klient hatte am Telefon von einer *größeren* und *diffizilen* Angelegenheit gesprochen, die *viel Fingerspitzengefühl* und möglicherweise auch *etwas Zeit* erforderte. Anscheinend war ein bekannter Schriftsteller spurlos verschwunden. Vielleicht waren drei, vier Tage drin. Leo konnte sie gut brauchen. Selbstständigkeit war eine feine Sache. Aber nur, wenn man auch Aufträge hatte. Alles andere war Scheinselbstständigkeit.

Die Kinder verließen den Laden. Mit Kippen. Leo kaufte eine Packung Kaugummi, um das Kleingeld wieder loszuwerden. Damir hielt ihm den Schuhkarton hin. Geschäftstüchtig war er, das musste man ihm lassen. Vielleicht hielt er doch länger durch als die anderen.

Leo warf die Münzen zurück in den Korb.

»Danke schön«, sagte Damir, »wird schöner Tag heute. Schön heiß!«

Unten auf der Karl-Marx-Straße standen bestimmt dreißig Menschen vor der *Mausefalle* herum. Was machten die denn da? Der ehemalige Nachtclub war doch schon seit Jahren geschlossen. Oder machte *Kusserow & Becker* nebenan etwa Totalausverkauf? Bitte nicht, der Badezimmerausstatter mit den unförmigen Zinnen auf dem Flachdach, die Leo immer an die unvollendeten Lego-Burgen seiner Kindheit erinnerten, war eines der letzten alteingesessenen Ladengeschäfte im Kiez. *Elektro-Lapinsky* gegenüber hatte vorletztes Jahr zugemacht und Betten-Mischek unten an der Ringbahnstraße letztes. Im einen war jetzt ein Bio-Supermarkt, im anderen eine Thai-Massage, die nach zwei Tagen ein großes Schild ins Fenster hängen musste: *NO erotic massage.* Es hatten sich zu viele Anwohner falsche Hoffnungen gemacht. Bald würden die ersten Studenten aus Westdeutschland einfallen und mit Papas Geld Drei-Zimmer-Wohnungen kaufen. Panta rhei, alles fließt, schon klar, aber musste es denn immer zum Schlechteren sein? Wann kapierten die Lokalpolitiker, die die Aufwertung des Bezirks begrüßten, endlich, dass die Leute, die hier lebten, keine Veränderungen wollten? Dass die einzige Gemeinsamkeit von *Suzy's Späti* und der heilen Welt von *Denn's Biomarkt* der falsche Apostroph war? Als Leo näher kam, sah er, dass die Leute auf den 171er warteten. Er hatte sich also mal wieder ganz umsonst aufgeregt. Erleichtert ging er die zugige Treppe runter zur U7. Die blaue Linie verband Rudow mit Spandau und brachte die Leute aus den Randbezirken in die City. Es roch nach Schweiß, warmem Maschinenöl und grünem Reinigungsgranulat. Ein paar maulende Fahrgäste kamen ihm entgegen.

»Die woll'n uns wohl für blöd verkoofen!«

Wegen Gleisbauarbeiten vom 3. 5. bis 15. 5. verkehrt der Zugverkehr unregelmäßig, verkündete das orange blinkende Schriftband auf den Richtungsanzeigern. Heute war der 3. 6. Das war mal wieder typisch BVG.

Eine schöne Frau in Jeansrock und hohen roten Sandalen stand alleine auf dem dunklen Bahnsteig. Sie war so in ihr dickes Buch vertieft, dass sie wohl nicht mitbekommen hatte, dass es zu Unregelmäßigkeiten kam. Für Juni war es viel zu heiß. Und der Polyesteranteil in Leos Anzug entschieden zu hoch. Weil er jetzt schon schwitzte, beschloss er, der Leserin Gesellschaft zu leisten. Nach einer Minute hatte er sie so weit, dass sie zu ihm rübersah. Nach eineinhalb lächelten sie sich an. Ein Lächeln, mit dem sie sich gegenseitig den Tag versüßten. Kurz darauf begann der U-Bahnhof leise zu vibrieren. Eine fast leere Bahn fuhr ein. Na also. Mit ein bisschen Glück würde er es noch rechtzeitig schaffen. Am Hermannplatz wechselte er in die U8, die Drogenbahn, die von Dealern gern zur Geschäftsanbahnung genutzt wurde. Am Alex herrschte ein Gedränge wie auf der Fanmeile beim WM-

Finale. Bleichgesichtige Berlinerinnen und voll verschleierte Araberinnen, Jungs mit Kopfhörern, Mädchen mit Kinderwagen und Rumänen mit Akkordeons, Alkoholiker aus Russland, Drogendealer aus Afrika und Thailänderinnen aus dem Katalog, Kleinfamilien und Großfamilien, Opas mit Rollator und Omas mit Rennrad, Rollschuh- und Rollstuhlfahrer, Touristen aus aller Welt. Und natürlich jede Menge Schulklassen. Bayerische auf dem Weg zum Reichstag, sächsische auf dem Weg zur Mauergedenkstätte, schwäbische auf dem Weg zur Topographie des Terrors, bremische auf dem Weg zum Deutschen Historischen Museum, nordrhein-westfälische auf dem Weg zur Nordrhein-westfälischen und saarländische auf dem Weg zur Saarländischen Landesvertretung. Nachmittags würden sich alle bei *Primark* treffen. Leo eilte die Treppe hoch und suchte seine Haltestelle. Links die Weltzeituhr, dahinter der Fernsehturm, dann musste die Straßenbahn rechts fahren. Mit schnellen Schritten überquerte er diesen betonlastigen Unort. Hier hielt sich kein Berliner länger auf als unbedingt nötig.

Laut Fahrplan kam die nächste M4 in drei Minuten, laut Digitalanzeige in sechs, tatsächlich in zehn. Die Straßenbahn, die neuerdings Metrotram hieß, fuhr extra langsam, damit sie keine Touristen überrollte, die ständig mit ihren Rollkoffern in den Schienen hängen blieben. Leo stieg vorne ein und stellte sich neben ein rothaariges Skinhead-Mädchen, an dessen ausgemergeltem Körper ein T-Shirt mit *Ick koof bei Lehmann*-Aufdruck schlabberte und das nach vergorenem Gras roch. Die Türen schlossen sich, dann zischten sie mit majestätischer Langsamkeit los. Irgendwo klapperte ein loses Plastikteil. Hinter der Frankfurter Allee, die so breit war, dass ein Jumbojet zwischen ihren stalinistischen Prachtbauten hätte landen können, kramte Leo den Zettel aus der Hosentasche, auf dem er die Adresse notiert hatte:

Greifswalder Straße 124. Hufelandstraße stieg er aus. Er musste suchen, ehe er das ausgebleichte Schild entdeckte: Phönix Verlag.

Irgendwie hatte Leo sich ein Verlagshaus anders vorgestellt. Repräsentativer, erhabener. Literarischer. Er hatte ein allein stehendes Gründerzeithaus mit Kastanienbäumen im Garten erwartet. Oder eine Bauhaus-Villa, vor der Eames-Stühle standen. Das hier war nur ein schmuckloser Zweckbau aus der Nachwendezeit in einer grauen, lauten Straße, die in der Mitte von einem platt getretenen Grünstreifen geteilt wurde. Leo ging durch eine rechtwinklige Toreinfahrt, die in einen engen, dunklen Hinterhof führte. Links standen Rollwagen von Rossmann, rechts kartonweise vergammelte Zucchini.

Der Lift war kaputt, also nahm Leo die Treppe. Je höher er kam, desto heißer wurde es. Im vierten Stock klemmte ein dickes Buch in der Tür und sorgte für etwas Durchzug.

»Wie kann ich helfen?«, fragte es aus dem ersten Zimmer.

»Ich habe einen Termin bei Doktor Durante«, erklärte Leo und trat ein.

An einem Glastisch voller Bücher, Kataloge und Haribotüten löste eine Frau das Rätsel aus dem Zeitmagazin. Drei Wörter hatte sie schon gefunden. Sie hatte lange rotgefärbte Haare und eine rahmenlose Brille und nickte Leo sanftmütig zu. Sie besaß die Ausstrahlung einer Kindergärtnerin, die wusste, dass man mit Druck gar nichts erreichte und von den Kindern genau deswegen bedingungslos geliebt wurde. Bestimmt war sie die gute Seele des Verlags, zu der alle kamen, die Trost oder Rat brauchten oder mal ein paar Augenblicke an einer mütterlichen Brust ausruhen mussten, um nachzudenken.

»Wen darf ich melden?«, fragte sie und griff zum Telefonhörer.

»Leo Donat.«

»Worum geht es?«

»Das würde ich gern mit Doktor Durante persönlich besprechen.«

»Ach, Sie sind Autor?«

Sie ließ den Hörer wieder sinken.

»Herr Durante ist im Moment sehr beschäftigt. Legen Sie Ihr Manuskript bitte dort ab. Er meldet sich, sobald er es gelesen hat.«

Sie deutete mit dem Kugelschreiber auf einen Umzugskarton neben der Tür, der randvoll mit Manuskripten, DIN-A4-Umschlägen und losen Blattsammlungen war. *Gib mir meine Unschuld zurück*, konnte Leo auf einer Titelseite lesen, und *Mit dem Trabbi nach Transnistrien* und *Der Tod kam nach Wernigerode*, wobei das »nach« nachträglich und von Hand dazugeschrieben worden war, anstelle eines durchgestrichenen »aus«. Die Frau hielt ihn offensichtlich für einen talentlosen Hobbyautor, der endlich seinen Roman abgeben wollte, an dem er zwanzig Jahre lang geschrieben hatte, immer nur am Feierabend und an den Wochenenden.

»Ich bin Detektiv!«, hätte Leo ihr am liebsten entgegengeschleudert.

Aber Doktor Durante hatte um *120-prozentiges Stillschweigen* gebeten. Also hielt Leo sich auch daran. Nicht dass er am Ende genau diese Vorzimmerdame beschatten sollte, weil sie zu viel Fehltage hatte.

»Das ist ein Missverständnis. Ich bin kein Autor. Ich bin … geschäftlich mit Doktor Durante verabredet.«

»So, so.«

Sie griff erneut zum Hörer. »Hier ist ein Herr Donat für Sie. Er sagt, er sei mit Ihnen verabredet … nein … ja … nein … gut.«

Während die Frau sprach, musterte sie Leo, als steckte doch ein verkappter Schriftsteller in ihm. Schließlich legte sie seufzend auf und deutete mit dem Kuli um die Ecke.

»Den Gang runter, letzte Tür rechts.«

Im dunklen Flur stapelten sich in durchgebogenen Billy-Regalen Bücher in allen Farben, Formen und Größen. Romane, Taschenbücher, Comics, großformartige Bildbände, es mussten Hunderte sein. Wer sollte das alles lesen? Es erinnerte Leo an das moderne Antiquariat in Kreuzberg, in dem er zu Studentenzeiten manchmal ausgeholfen hatte. Die Türen zu den Büros standen offen, sicher wegen der Hitze. Darin saßen vorwiegend junge Menschen, die lasen oder telefonierten oder auf Monitore starrten oder alles zusammen. Generation M wie Multitasking.

An der letzten Tür stand *Dr. Dieter Durante – Verleger*. Ein Name wie ein Pseudonym. Das Büro war größer als die anderen. Und aufgeräumter. An den Wänden hing ein überlebensgroßes Porträt von Kafka und ein Foto eines schneebedeckten Berggipfels im Sonnenuntergang. Vermutlich selbst geschossen, so wie diese Handy-Werbe-Fotos, die neuerdings die ganze Stadt dekorierten. Doktor Durante saß am Schreibtisch und tippte mit manikürten Fingern auf eine schnurlose Computertastatur. Er war in Leos Alter und strahlte die unterspielte Eitelkeit attraktiver Männer aus. Er war schlank, hatte dichtes Haar und glatte Haut. Am Fenstergriff hing ein graues Sakko. Leo rückte seinen Anzug zurecht und klopfte an den Türrahmen.

»Knock knock knock«, brummte Durante und schaute auf. »Who's there, in the name of Beelzebub?«

»Wie?«

»Shakespeare.« Durante lachte. »*Macbeth*. Kennen Sie nicht?«

»Doch, natürlich«, erwiderte Leo, »ist aber schon eine ganze Weile her.«

»Nehmen Sie doch Platz, Herr Donat. Was wollen Sie trinken? Kaffee, Tee ...?«

Leo hatte schon genug Kaffee in sich reingeschüttet. Und Tee trieb so.

»Wasser, bitte.«

Durante bestellte per Telefonanlage die Getränke.

»Haben Sie gleich hergefunden?«

»Tut mir leid, dass ich etwas zu spät bin. Aber Sie kennen ja die BVG.«

»Ach, Sie sind öffentlich gekommen? Von wo denn?« Schwer zu sagen, woher der Lektor stammte. Gebürtiger Berliner war er nicht. Dass er akzentfrei sprach, war wahrscheinlich berufsbedingt.

»Aus Neukölln.«

»Ich liebe Neukölln«, sagte Durante und klatschte in die Hände. »Dort gibt's derzeit einfach die aufregendste Szene der Stadt.«

Sein verliebter Blick fiel auf den silber gerahmten Schnappschuss auf dem Schreibtisch, auf dem eine anmutige Frau mit südländischen Gesichtszügen zwei kleine Mädchen umarmte.

»Meine Frau und ich gehen irrsinnig gern dort aus. Dagegen ist Pankow ja ein verschlafenes Nest.«

Leo nickte. Sie wussten beide, dass Pankow nur deswegen so verschlafen war, weil Leute wie Durante sofort die Polizei riefen, wenn es mal lauter wurde. Du kriegtest zwar die Leute aus der Provinz – aber nicht die Provinz aus den Leuten.

Eine junge Frau in einer weiten weißen Latzhose brachte die Getränke. Sie hatte kurze dunkle Haare und weiße Zähne, die ein wenig zu klein waren für ihr langes, schmales

Gesicht. Ihr Lächeln hatte etwas Unschuldiges, Reines und Unverdorbenes, als wäre sie noch nicht von der Welt der Erwachsenen korrumpiert worden. Leo wünschte ihr, dass sie sich das bewahrte.

»Du bist ein Schatz, Alina«, sagte Durante augenzwinkernd. »Alina macht bei uns ein Volontariat.«

Alina warf Leo einen scheuen Blick zu, dann verschwand sie wieder.

»Was macht ein Verleger eigentlich so?«, fragte Leo.

Was nach Small Talk klang, war wirkliches Interesse. Leo hatte sich schon immer für andere Arbeitswelten interessiert. Diese Neugierde war für seinen derzeitigen Beruf unerlässlich. Außerdem hoffte er insgeheim immer noch, eine Beschäftigung zu finden, die hundertprozentig zu ihm passte. Vielleicht war ja Lektor was für ihn. Dass er ständig nach einem potenziellen Job für sich Ausschau hielt, war Ausdruck seiner Offenheit, fand er. Er suche immer noch nach seiner Rolle im Leben, sagte hingegen seine Therapeutin. Vielmehr seine Ex-Freundin Rosa, die eine Weiterbildung zum Systemischen Coach machte und Leo regelmäßig als Probanden missbrauchte. Rosa sagte auch: »Dann komm halt endlich mal aus dem Knick, und setz eine deiner zahllosen Ideen in die Tat um, mit denen du uns seit Jahren auf den Wecker gehst!« Manchmal fiel es ihr schwer, ihre Rollen sauber zu trennen.

»Ich mache Bücher«, antwortete Doktor Durante.

»Ich dachte, Schriftsteller machen Bücher?«

Durante lachte. »Die schreiben sie nur. Den Rest mache ich. Ich lektoriere die Texte und lege das Cover, die Zielgruppe und den Verkaufspreis fest und rede mit Buchhändlern, die das Buch verkaufen, und mit Journalisten, die es besprechen sollen. Jedes Buch braucht die richtige Strategie. Was nützt das schönste Buch, wenn es keiner liest?«

»Verstehe«, sagte Leo, »klingt auf jeden Fall sehr spannend.«

Durante nippte schlürfend an seinem Kaffee.

»Detektiv ist sicher tausendmal spannender.«

»Uns Detektiven geht es wie den Lektoren«, erklärte Leo kennerhaft, »die Leute glauben immer, unser Job wäre Wunder wie aufregend. Dabei gibt es da auch viel Leerlauf.«

Er blieb absichtlich so vage, weil er es nicht besser wusste.

»Also, ich wollte als Kind immer Detektiv werden.«

»Detektiv oder Kommissar?«

»Was ist der Unterschied?«

»Der eine ist selbstständig, der andere bei der Polizei.«

»Dann Kommissar.«

Klar, dachte Leo, einer wie der hatte schon als Kind von der Festanstellung geträumt. Deshalb schrieb er jetzt auch keine Bücher, sondern lektorierte sie nur.

»Wie sind Sie eigentlich auf mich gekommen?«

»Sie wurden mir empfohlen. Von Sebastian Polaske.«

»Woher kennen Sie denn Basti?«

»Er hat uns mal die Biografie von Kennedys Simultandolmetscherin angeboten. Schönes Projekt. War leider nichts für uns. Wenn ich mich nicht irre, kam es bei einem kleinen Verlag in Salzburg raus.«

Leo hatte gar nicht gewusst, dass Basti schreibt. Und auch noch über Politik? »Und der hat mich empfohlen?«

»Ich habe ihn nicht direkt gefragt, ob er einen guten Detektiv kennt. Aber ich habe mich daran erinnert, dass er mal erwähnt hat, dass Sie ihm schnell und unkompliziert geholfen haben.«

Basti und Leo waren vor vielen Jahren zusammen mit ihrer Surfband in den Jugendzentren von Spandau, Reinickendorf und Frohnau aufgetreten. Seitdem hatte er Basti nicht gesehen. Bis der sich vor drei Monaten gemeldet hatte, weil seine vierzehnjährige Tochter im Berliner Nachtleben verschollen war. Leo hatte drei Nächte lang alle Clubs der Stadt abgeklappert. Schließlich hatte er Esra im Suicide Circus auf dem RAW-Gelände gefunden, in den Armen einer kahl rasierten Barkeeperin. Die Kleine hatte sich nur halbherzig gewehrt, als Leo sie nach draußen zog. Sie war spürbar froh, diesem Irrsinn entkommen zu sein.

»Was sind Ihre Arbeitsschwerpunkte?«, fragte Durante.

»Ich mache alles von Beschattungen über Mitarbeiterüberwachungen bis zur Personensuche«, antwortete Leo wie aus der Pistole geschossen.

Er hatte sich auf diese Frage vorbereitet. Sein Gegenüber musste ja nicht wissen, dass sein Business noch in den Kinderschuhen steckte. Er hatte bis jetzt nur Basti Polaskes Tochter wiedergefunden und drei Nächte lang ein Autohaus in Köpenick bewacht, das mit Hakenkreuzen beschmiert worden war. Ach, und er hatte eine Katze aufgestöbert, die Oleg, dem achtjährigen Sohn seiner russischstämmigen Nachbarn, entlaufen war. Aber dafür hatte er kein Geld genommen. Deshalb war Leo ja auch so interessiert an diesem Auftrag. Wenn er den gut erledigte, waren vielleicht ein paar Folgeaufträge drin.

Durante senkte seine Stimme. »Es geht um einen unserer Autoren. Ich habe am Telefon ja bereits angedeutet, dass die Aufgabe heikel ist. Ich muss mich hundertprozentig darauf verlassen können, dass nichts von dem, was wir hier besprechen, nach außen dringt.«

Leo nickte. »Verschwiegenheit gehört zu meinem Beruf. Um welchen Autor geht's denn?«

»Um Gunter Maria Schweiger. Er ist spurlos verschwunden.« Doktor Durante betonte den Namen so, als wäre es der Bundespräsident persönlich.

Leo hatte ihn trotzdem noch nie gehört.

»Sagt mir im Moment nichts.«

»Gunter Maria Schweiger ist einer der wichtigsten deutschsprachigen Autoren der letzten Jahre.«

»Was schreibt der denn?«

»Krimis.«

Ein Krimiautor? Wie schade. Nicht, dass Leo etwas gegen Literaten hatte oder gegen Literatur. Im Gegenteil, Leo liebte Bücher. Das tagelange Versinken, am besten in mehreren Büchern gleichzeitig. Bücher dreimal hintereinander lesen. Besonders geistreiche Stellen mit einem Bleistift anstreichen und schöne Sätze auswendig lernen. Bachmann, Brecht und Döblin, Kafka, Kempowski und Faulkner, Grass, Goethe und Jelinek, McEwan, Munro und McCullers, Seghers, Wolf und Zorn, Leo hatte alles gelesen. Nur mit Kriminalromanen konnte er nichts anfangen. Immer geschah gleich auf den ersten Seiten ein bestialischer Mord. Und dauernd diese supertollen Ermittler, die noch die irrsinnigsten Fälle lösten. Rosa las ständig Krimis. Beim Frühstück, in der Badewanne, auf dem Klo und vor allem abends im Bett, wo Leo lieber was anderes machte.

»Beim wichtigsten Literaten des Landes denke ich nicht unbedingt an Krimis.«

»Sondern?«

»An Heinrich Böll und Thomas Mann und Thomas Bernhard«, zählte Leo auf. Das waren Autoren von Weltruhm.

Durante rümpfte die Nase. »Nicht gerade sehr zeitgemäß. Außerdem war Bernhard Österreicher.«

»Dafür hat Böll den Nobelpreis gewonnen!«

»Den liest heute trotzdem kein Mensch mehr. Sehen Sie doch mal an, was sich auf den Bestsellerlisten tummelt. Lauter Kriminalromane.«

»Ich finde nicht, dass alles, was sich gut verkauft, automatisch gut ist.«

»Ich verlege auch lieber Liebeslyrik einer syrischen Asylbewerberin. Oder einen Roman aus dem Moskauer Untergrund. Aber als Publikumsverlag kann ich solche Bücher nur machen, wenn ich auch Erfolgstitel habe, die diese finanzieren.«

»Und das machen Sie mit Krimis?«

Durante stand auf und ging ans Fenster.

»Natürlich. Mischkalkulation. Krimis sichern Arbeitsplätze. Unsere Branche hat jedes Jahr Umsatzverluste hinzunehmen. Die Leute lesen immer weniger.«

Er sah in den Hof herunter, als würden diese Leute dort unten herumstehen.

»Panta rhei.«

Doktor Durante nickte. »Welches Buch haben Sie zuletzt gelesen?«

Genau diese Frage hatte ihm der Personalchef von Foodora gestellt, als Leo sich dort als Assistent der Geschäftsleitung beworben hatte. Zum Glück wollte Durante was von ihm und nicht umgekehrt, sonst wäre Leo jetzt ins Schwitzen gekommen. Bei Foodora hatte er *Jamie Oliver* geantwortet, weil er dachte, dass ihm das bei einem Essensportal Pluspunkte einbringen würde. Bekommen hatte den Job einer, der *Digitales Business Modelling* gelesen hatte.

»Ich bin in letzter Zeit kaum zum Lesen gekommen«, antwortete Leo ehrlich. Er hatte schon länger kein Buch mehr in den Händen gehabt. Man kam ja zu nichts mehr in dieser schnelllebigen, an Reizüberflutung leidenden Zeit. Der tägliche Joint, mit dem er gegen sechs den Feierabend einläutete, war der Konzentrationsfähigkeit auch eher abträglich. Und seit es Serien gab, war es sowieso ganz aus. Schade eigentlich.

Durante schien ihn durchschaut zu haben. »Heute macht ja alle Welt *Bingewatching*. Wussten Sie, dass die meisten Serien ihre Vorbilder in der Literatur haben?«

Das war Leo neu.

»Die verschachtelte Erzählform, das multiperspektivische Erzählen, die vielen parallelen Stränge – all das haben sie sich bei den großen Russen abgeguckt. Ohne Puschkin, Dostojewskij oder Tolstoi gäbe es kein Netflix und kein HBO.«

»Und kein Amazon.« Leo klang wie ein Schüler, der Fleißpunkte sammeln wollte.

»Hören Sie mir auf mit Amazon. Nachdem die den ganzen Buchmarkt kaputt gemacht haben, knöpfen sie sich jetzt mit ihren selbst produzierten Serien das Fernsehen vor.«

»Nachdem sie bereits den Einzelhandel auf dem Gewissen haben.«

Durante seufzte. »Hoffen wir, dass *Mordsapplaus* ein Erfolg wird. Schweigers neues Buch soll diesen Herbst erscheinen. Darin geht es um einen alkoholkranken Schauspieler, der Pantomime-Workshops gibt und auf der Toilette einer kleinen Kellerbühne ermordet wird.«

»Und diesen Schweiger soll ich also finden.«

Irgendetwas behagte Leo an diesem Job nicht. Er war in seinem Leben bestimmt schon ein Dutzend Mal für ein paar Tage verschwunden, ohne einer Menschenseele Bescheid zu geben, und nie hatte man einen Detektiv auf ihn angesetzt. Wieso tat dieser Programmchef das?

»Glauben Sie, ihm ist etwas zugestoßen?«

Doktor Durante seufzte. »Wir wollen es nicht hoffen.«

»Wann hatten Sie das letzte Mal Kontakt zu ihm?«

»Vor drei Wochen. Da war GM hier im Verlag.«

»Wer?«

»Gunter Maria Schweiger. GM. Wir haben die PR für sein neues Buch besprochen. Er hat übrigens genau da gesessen, wo Sie jetzt sitzen.«

Leo rutschte auf dem Sessel hin und her. Das war die Kraft der Promis; selbst wenn man sie nicht kannte, war man ergriffen, auf dem gleichen Stuhl zu sitzen wie sie.

»Vielleicht besucht er Freunde oder Verwandte?«

Doktor Durante schüttelte den Kopf. »GM hat keine Freunde. Verwandte auch nicht. Er lebt allein und zurückgezogen in einem kleinen Ort und verreist so gut wie nie. Es grenzt an ein Wunder, dass er überhaupt nach Berlin gekommen ist. Ich habe ihn bestimmt hundertmal angerufen. Aber er hebt nicht ab. Deswegen mache ich mir ja solche Sorgen.«

»Antwortet er auch nicht auf Mails?«

»Er hat gar keinen Computer.«

Leo war verdutzt. »Wie schreibt er denn seine Romane?«

»Mit der Schreibmaschine.« Durantes Antwort war eher rhetorischer Art. »Wenn er ein Buch beendet hat, geht er immer mit einer roten Mappe mit dem Manuskript darin in ein Geschäft in seinem Dorf, wo es ein Kopiergerät gibt, macht eine Kopie und schickt sie zu uns. Unsere Volontärin muss den Text dann erst mal elektronisch erfassen.«

»Ganz schön altmodisch und umständlich.«

Leo war das sympathisch.

»Da ist noch etwas.« Der Programmchef räusperte sich.

Das überraschte Leo nicht. Es gab immer noch ein Etwas.

»Nämlich?«

»Leider ist nicht nur Schweiger verschwunden, sondern auch sein Manuskript.«

»Das mit dem alkoholkranken Schauspieler?«

»Genau. *Mordsapplaus* ist unser Spitzentitel im Herbstprogramm. Wir planen Lesereisen und Pressetermine, der *Focus* will ein großes Porträt machen. Aber das geht nur, wenn wir das Manuskript haben.«

»Bis wann brauchen Sie es?«

»Am besten bis gestern. Der Text muss bis Ende Juni in Produktion.«

»Also gut«, befand Leo, »wie heißt denn das Dorf, in dem Ihr Starautor wohnt?«

»Garching an der Alz.«

»Gar-was??«

»Garching. An der Alz.«

»Nie gehört. Wo soll denn das sein?«

»In Bayern.«

3

»Bist du verrückt?! Das ist dein erster Job seit Monaten, und du nimmst ihn nicht an?«

Rosas Stimme tönte blechern. Sie hatte sich geweigert, ihn nach oben zu lassen.

»Diese weiß-blaue Idylle liegt mir einfach nicht.«

»Du sollst da ja keinen Urlaub machen, sondern arbeiten!«

»Ich soll da einen Schriftsteller besuchen. Das ist doch keine richtige Arbeit.«

»Einen Schriftsteller? Das klingt doch total spannend!«

Nach dem Termin in der Greifswalder war Leo zu Rosa rüberspaziert. Die wohnte in einer Achtzig-Quadratmeter-Wohnung auf der Weddinger Seite des Mauerparks, die sie 1990 bezogen hatte und die immer noch 380 Euro kalt kostete. Leo hatte auch mal eine Weile dort gewohnt. Er hätte gern gesagt, es sei die schönste Zeit seines Lebens gewesen. Aber wenn zwei erwachsene Menschen, die vorher jahrelang alleine gelebt hatten, plötzlich vierundzwanzig Stunden lang aufeinanderhockten, kam es zwangsläufig zu Streitereien, von denen die um die Spülmaschine die mit Abstand harmloseste war.

»Komm schon, lass mich rein. Es ist total heiß, ich brauche dringend ein Glas Wasser.«

Rosa stöhnte. »Du kannst nicht einfach so auftauchen und erwarten, dass ich alles stehen und liegen lasse und was mit dir trinke.«

»Das war einfach eine spontane Idee. Du schimpfst doch immer, ich sei zu wenig spontan.«

»Ich kann jetzt nicht.«

»Dann lass uns heute Abend essen gehen.«

Leo überlegte, wohin. Mit Fast Food brauchte er ihr nicht kommen. Fast Food war in Rosas Augen das Essen der Einsamen und Erfolglosen. Das war irgend so ein frühkindliches Ding bei ihr, hinter das Leo noch nicht gekommen war.

»Im *Lass uns Freunde bleiben* oder im *EntwederOder.*«

»Vielleicht«, erwiderte Rosa, »wir sprechen später noch mal.«

»Du kannst mich jetzt nicht wegschicken. Du bist meine Therapeutin.«

»Ich bin dein Coach. Und das auch nur probeweise.«

»Trotzdem trägst du Verantwortung. Was ist, wenn ich mir die Pulsadern aufschneide?«

»Dafür bist du viel zu feige. Außerdem spricht mich bei einem so beratungsresistenten Klienten wie dir jedes Gericht der Welt frei.«

»Hast du Besuch?«

Leo versuchte, nicht so nervös zu klingen, wie er in der messingfarbenen Blechplatte aussah, in die er sprach. Er sah einen Mann, der nicht mehr ganz jung war, nicht mehr so schlank, nicht mehr so behaart und nicht mehr so gesund wie früher.

»Nein.«

Das klang nicht sehr überzeugend. Hatte sie etwa Männerbesuch? Allein bei dem Gedanken zogen sich seine Nackenmuskeln zusammen. Leo hatte die Hoffnung noch nicht aufgegeben, dass sich das mit ihnen wieder einrenkte. Er liebte Rosa. Immer noch. Doch, ja. Irgendwie schon. Sie mussten ja nicht gleich wieder zusammenziehen. Blöderweise fand Rosa keinen Sinn in einer Beziehung, wenn man nicht zusammenlebte. Sie hatten so lange über diesen Punkt gestritten, bis Rosa ihn eines Tages einfach vor die Tür gesetzt und seitdem nicht wieder reingelassen hatte. Leo hatte Stunden hier unten verbracht. Vielleicht hatte er sogar mehr Zeit vor Rosas Tür verbracht als mit Rosa selbst. Über die Gegensprechanlage diskutierten sie das Wetter und die Wahl zum Berliner Abgeordnetenhaus und den *Tatort* vom letzten Sonntag und tauschten Kochrezepte und Filmtipps aus. Leo hatte ihr sogar mal einen Heiratsantrag gemacht, den Rosa zuerst angenommen und später abgelehnt hatte, alles durch die Gegensprechanlage. Einmal hatten sie sogar Gegensprechanlagensex, wobei nur Rosa zum Höhepunkt gekommen war. Schließlich stand Leo auf der Straße, wo ständig Menschen vorbeikamen.

Durch die Gegensprechanlage hatte Rosa auch angefangen, Leo zu therapieren: »Du machst dich total lächerlich, wenn du den Job nicht annimmst.«

»Sagst du das als meine Freundin?«

»Nein, als dein Coach.«

»Was ist denn bitte so schlimm daran, einen Job abzusagen?«

»Den ersten Job seit Monaten. Du hättest Geld verdienen können. Wie kannst du erwarten, dass dich jemand ernst nimmt, wenn du dich selbst nicht ernst nimmst?«

Rosa wusste, dass Geld wichtig war. Deswegen hatte sie, als sie mit ihrer Weiterbildung angefangen hatte, ihre halbe Stelle bei der Unteren Denkmalschutzbehörde Steglitz-Zehlendorf auch nicht aufgegeben, wo sie Anträge auf denkmalrechtliche Genehmigung bearbeitete.

»Ich nehme mich ernst. Deshalb habe ich den Job ja abgesagt. Weil ich weiß, dass ich mich da unten nicht wohlfühlen würde.«

»Das ist so, wenn man arbeitet. Dass man manchmal etwas tun muss, was man nicht mag.«

»Da warte ich lieber auf was Schöneres.«

»Seit ich dich kenne, wartest du darauf, dass was Schönes um die Ecke kommt und dein Leben verändert.«

»Was ist daran falsch?«

»Weil du vor lauter Warten dein Leben nicht anpackst.«

4

Pünktlich um 10:30 rollte am nächsten Tag der ICE 1509 von Hamburg nach München aus dem Untergeschoss des Berliner Hauptbahnhofs. Rosa hatte recht gehabt, mal wieder: Das war nur ein Job, mehr nicht, Jobs erledigte man, kassierte das Honorar und fertig. Morgen Nachmittag würde Leo zurück sein. Hätte er gewusst, dass der Zug auch am Südkreuz hält, wäre er natürlich erst dort eingestiegen. Er hatte Mühe, seinen alten Schweinslederkoffer in das Gepäckfach zu wuchten. Der war verdammt schwer, weil sich darin außer ein paar Sachen zum Wechseln und einem gelben Ostfriesennerz acht Schweiger-Romane befanden. Die hatte Durante ihm mitgegeben, damit Leo sich in den Fall und den Menschen einlesen konnte. *Mordssauerei, Mordsgestank, Mordsnacht, Mordshunger, Mordskerl, Mordsglück, Mordsgaudi* und *Mordsmäßig*, lauter großformatige Paperbacks mit ähnlichen Covermotiven, das dünnste 523, das dickste 652 Seiten schwer. Die Übergabe hatte im Hof stattgefunden, zwischen Rollwagen und Obstkisten. Als Leo zurück zum Phönix Verlag gekommen war, hatte Durante schon unten auf ihn gewartet. Es war Leo so vorgekommen, als wollte sein Auftraggeber unbedingt verhindern, dass er noch mal nach oben ins Büro kam.

Leo hatte einen guten Tagessatz herausgeholt, 500 Euro plus Spesen plus eine Fahrtkostenpauschale von 200 Euro. So schlecht konnte es der Verlagsbranche also gar nicht gehen. Gleich beim Zugticket hatte er einen Gewinn von

150 Euro gemacht, weil er bei eBay eine Rückfahrt mit Zugbindung nach München erstanden hatte. Von einer Zahnarzthelferin aus Pasing, die mit Schädelbasisbruch in der Charité lag, weil sie während einer Spreerundfahrt aufgestanden und mit dem Kopf gegen die Hobrechtbrücke geknallt war. Von diesem Schnäppchen war Leo so beseelt, dass es ihn nicht weiter störte, dass der Zug fast fünfeinhalb Stunden brauchte. Zum Glück war der Waggon klimatisiert, draußen war es noch mal zwei Grad wärmer als gestern.

Als der Koffer endlich verstaut war, musste er ihn wieder runterwuchten, weil er vergessen hatte, seinen Proviant und die Bücher auszupacken. Fluchend und unter den missbilligenden Blicken der anderen Fahrgäste legte er ihn auf den Boden, fischte die acht Bücher, zwei Eierbrötchen aus Damirs Backshop und ein Dossier über Gunter Maria Schweiger heraus, das Durante ihm ebenfalls zur Verfügung gestellt hatte. Es entpuppte sich als Kopie eines Wikipedia-Eintrags:

*Gunter Maria Schweiger (*1960 in Fedderwardesiel) ist ein deutscher Schriftsteller. Nach mehreren Lyrik- und Prosabänden begann er Krimis zu schreiben. Nach* Helga Hansen ermittelt *(2002) und* Mord am Polarmeer *(2004) gelang ihm mit* Mordssauerei *der Durchbruch. Das Buch war so erfolgreich, dass Schweiger ihm sieben weitere Romane um den Kommissar Feddersen folgen ließ. Die Romane spielen alle in Dözingen, einem fiktiven Dorf in Bayern, das Schweigers Wohnort Garching an der Alz nachempfunden ist. Sechs der acht bisher erschienenen Bücher Schweigers (Stand 2016) standen auf Platz 1 der* Spiegel *Bestsellerliste. Eine Verfilmung der Reihe lehnt Schweiger kategorisch ab. Vor seiner Karriere als Schriftsteller arbeitete Schweiger als Schweißer, Lagerist und Fremdenführer. Er besuchte eine Abendschule. Das geplante Architekturstudium* *trat er wegen des Erfolgs der* Mords-*Reihe nicht an. Schweiger lebt und arbeitet zurückgezogen in Garching an der Alz.*

Es folgte eine Liste mit Werken, Auszeichnungen und weiterführenden Weblinks. Leo legte den nicht sehr aussagekräftigen Text zur Seite und knöpfte sich die *Mordssauerei* vor. Vorne drauf war ein buntes Warhol-Schwein. Auch die anderen Bücher zierten Warhols: eine Kuh, ein Schwein, ein Pferd, ein Frosch, eine Katze, eine Ziege und eine Gans. Leo wusste gar nicht, dass Warhol so ein inniges Verhältnis zu Tieren gehabt hatte. Im Buch berichtete der Ich-Erzähler im Präsens, wie er mit seinem Vater und seinem Großvater eine Gans schlachten will. Der Erzähler ist nervös, es ist sein erstes Mal, die Gans ist auch nervös, weil sie spürt, dass es ihr letztes Mal sein wird. Der Erzähler muss das Tier festhalten, das auf einem Holzbock liegt. Der Großvater setzt gerade das Messer an ihren Hals, da springt die Gans plötzlich laut kreischend auf, stößt den Jungen zu Boden und fliegt davon. Die ganze Szene war sehr lustig beschrieben, der Icherzähler machte aus seiner eigenen Tollpatschigkeit keinen Hehl, und alles war in verschriftlichter bayerischer Mundart geschrieben, *woaßt scho, hast eh, schaust fei.* Leo klappte das Buch zu und blickte aus dem Fenster. Draußen zogen die Kornfelder Brandenburgs vorbei. Manchmal tauchten einzelne graue Bauernhäuser auf. In einem davon schrieb vielleicht gerade jemand an einem Brandenburg-Krimi, *weeste, haste, kiekste.*

Leo sah sich im Abteil um. Alle starrten in Laptops, Smartphones oder Tablets. Ein Mann mit einem überdimensionierten Kopfhörer sah sich einen Actionfilm an. Für Leo, der Spielfilme als reine Abendbeschäftigung betrachtete, war das wie Alkohol zum Frühstück. Eine ältere Dame legte Patiencen. Ein Teenager durchsuchte seine

Playlist nach einem Song. Die Einzige, die hier las, war eine sportliche Frau mittleren Alters, aber die las nur in einem Stapel Schulhefte; Deutschaufsätze, soweit Leo das aus der Entfernung beurteilen konnte. Nicht mal das vielfach ausliegende Reisemagazin der Bahn rührte irgendjemand an. Doktor Durante hatte recht, die Lektüre schien keine Rolle mehr zu spielen. Wer hatte denn dann die ganzen Bücher von Schweiger gelesen? Und die zigtausend anderen, die jährlich auf den Markt kamen?

Plötzlich erklangen die treibenden Geigen aus der Ouvertüre von *Der unsichtbare Dritte*, einem seiner Lieblingsfilme von Hitchcock. Der dicke Gerhard hatte ihm das mal als Klingelton installiert. Alle Mitreisenden sahen auf.

Leo zog sein altes Motorola aus der Jacke und klappte es auf.

»Leo, alte Socke«, rief es laut.

Gerhard war Leos bester Freund. Er war Maler und lebte in einer Gartenlaube in einem Schrebergarten in Lichtenberg, wo er seit Jahrzehnten an einem Panorama arbeitete, das in bunten Bildern erzählen sollte, wie die Geschichte Deutschlands weitergegangen wäre, wenn sich Ost und West nicht wiedervereinigt hätten. Was als Idee in ihrer Stammkneipe begonnen hatte, hatte sich im Lauf der Jahre zu einem über 120 Meter langen Mammutwerk entwickelt, ein Potpourri aus Sittenbild, Science-Fiction und Größenwahn, und ein Ende war nicht abzusehen.

»Was gibt's?«

»Alles schick. Sag mal, kannst du die Skatkarten mitbringen? Ich habe meine zu Hause vergessen und komme vorher nicht mehr heim.«

»Wann spielen wir noch mal?«

»Um acht in *Schmitts Katze*, wie immer. Steve hat einen Tisch reserviert.«

Stimmt. Sie hatten sich vor Wochen zum Skat verabredet. Das hatte Leo ganz vergessen.

»Sorry, aber ich fürchte, daraus wird nichts. Ich musste kurzfristig weg.«

»Was? Wo bist du denn?«

»Im Zug. Ich habe einen Auftrag.«

Gerhard war hörbar sauer. »Spinnst du? Wir haben einen Termin! Was für einen Auftrag denn?«

»Als Detektiv.« Leo senkte die Stimme. Es musste ja nicht jeder im Abteil wissen, was er beruflich tat.

»Was? Seit wann?«

»Seit einem halben Jahr. Das habe ich doch erzählt.«

Die Blicke der Mitreisenden wurden immer finsterer.

»Und wohin fährst du?«

»Nach Garching an der Alz. Das ist in Bayern.«

»Nach Bayern? Du Verräter!«

Wie jeder ausgewiesene Union-Fan projizierte auch Gerhard seinen Hass auf den FC Bayern aufs ganze Bundesland.

»Reicht es dir nicht, dass die ganzen Schwaben und Bayern und Sachsen zu uns kommen? Musst du jetzt auch noch zu denen nach Hause fahren? Und überhaupt, was willst du denn da unten trinken?«

Wenn es um Bayern ging, konnte Gerhard sich richtig reinsteigern. Erst letzte Woche, beim Billardspielen im *Elefant* am Heinrichplatz, hatte er wieder auf den Kult geschimpft, den die Bayern um ihr Weißbier trieben, das es auch in Berlin in jeder Kneipe gab. Er wollte sogar losziehen und die bayerischen Biergärten und Hofbräuhäuser am Alex und in der Friedrichstraße und am Ku'damm in die Luft jagen.

»Schmecken tut die bayerische Küche auch nicht. Ich weiß, wovon ich spreche, ich habe da mal Urlaub gemacht.«

»Wann soll das denn bitte gewesen sein?« Seit Leo denken

konnte, fuhr Gerhard jeden Sommer an einen FKK-Strand auf Rügen.

»Das war ’86 oder ’87. Mit meinen Eltern. Da gab es überall Schweinsbraten mit Klößen. Die machen dich fertig da unten. Das garantiere ich dir.«

Ein Mann in braunem Sakko stand auf und trat an Leos Platz.

»Könnten Sie vielleicht etwas leiser sein?«, bat er in einem seltsam unterwürfigen Ton.

Die anderen Reisenden horchten auf.

»Wart mal kurz, Gerhard!« Leo drückte das Handy an seine Schulter. »Was ist los?«

»Es wäre nett, wenn Sie nicht so laut sprechen würden.«

So weit kommt’s noch, dachte Leo, dass ihm ein Studienrat vorschrieb, wie laut er zu sprechen hatte.

»Dies ist ein freies Land.«

»Die Freiheit des einen hört da auf, wo die des anderen anfängt.«

»Begrenze ich Sie etwa in Ihrer Freiheit?«

»Ja, weil Sie mich zwingen, Ihre Privatgespräche mit anzuhören.«

»Hören Sie doch einfach weg.«

»Mann, Typ«, mischte sich eine Frau in einer blauen Bluse ein, die ihm bis dahin eigentlich gut gefallen hatte. »Das hier ist das Flüsterabteil. Hier herrscht Ruhe.«

Flüsterabteil? Das hatte Leo ja noch nie gehört. Die Frau zeigte auf zwei winzig kleine Piktogramme in der Mitte des Abteils: ein durchgestrichenes Handy und ein Gesicht mit Zeigefinger vor dem Mund, wie vor Krankenhäusern. In diesem Waggon musste man leise sein. Keine schlechte Sache. Solange man nicht angerufen wurde.

»Okay, okay, Entschuldigung«, sagte Leo und verabschiedete sich von Gerhard. »Ich ruf dich an, wenn ich da bin.«

Er legte auf. Jetzt war es wieder still im Abteil. Bis auf das Klacken der Tastaturen war nichts zu hören. Eine Weile wagte er nicht, sich zu rühren. Erst als die Lehrerin von ihren Deutschaufsätzen aufsah und ihm aufmunternd zulächelte, schlug er wieder die *Mordssauerei* auf. Und war nach zwei Seiten eingeschlafen.

5

Es war schon sieben, als Leo nach Umstiegen in München, Markt Schwaben und Mühldorf endlich seinen Zielort erreichte. Eine feuchtwarme Luft, wie er sie nur aus Italien kannte, schlug ihm entgegen, als er aus dem Zug stieg. Leo hatte zwiebeltürmige Kirchen und geranienbehangene Bauernhäuser erwartet, glückliche Kühe und krächzende Hähne auf Misthaufen. Eben die bayerische Idylle, die Schweiger in seinen Romanen beschrieb. Auf der Fahrt hatte er die *Mordssauerei* zu Ende gelesen. Und sich tatsächlich ganz gut unterhalten. Das Ende war vielleicht etwas dick aufgetragen, aber ansonsten hatte Schweiger eine schmissige Story mit viel bayerischem Flair, verschrobenen Hinterwäldlern und guten Dialogen zu Papier gebracht: Die neue Grundschullehrerin wird umgebracht. Das bringt die intakte Dorfgemeinschaft gehörig ins Wanken. Der Einzige, der Ruhe bewahrt, ist Kommissar Feddersen. Das ist ein verschrobener Stenz, der am liebsten allein ist und doch gern eine Frau hätte, der von der großen, weiten Welt träumt und doch nie aus Garching herauskommt, der mit Leib und Seele Polizist ist, aber dem Polizeiapparat zutiefst misstraut. Unter Verdacht geraten zuerst die Männer des Dorfes, weil die ach so brave Grundschullehrerin mit dem ein oder anderen ein Stelldichein hatte, und dann die Ehefrauen, aus demselben Grund. Am Schluss war es der Opa, der in der ersten Szene die Gans schlachtet. Sein Motiv: Die Grundschullehrerin wollte für den Unterricht die Geschichte des Dorfes aufarbeiten, war beim Stöbern in Archiven auf alte Unterlagen über seine NS-Vergangenheit gestoßen und wollte ihn outen.

Statt bayerischer Idylle gab es in Garching nur Zweckbauten, einfallslose Mehrfamilienhäuser und eine Kirche aus Sichtbeton, die in den Siebzigern vielleicht mal modern gewesen war. Ansonsten war es so flach und öde wie in Mecklenburg-Vorpommern. Und genauso menschenleer. Trotz der vorgerückten Stunde beschloss Leo, gleich zu Gunter Maria Schweiger zu gehen. Vielleicht war der ja zu Hause und hatte sich nur einen Scherz mit Doktor Durante erlaubt. Der Schriftsteller wohnte in der Weiß-Ferdl-Straße, die lag ganz in der Nähe des Bahnhofs. Das entnahm Leo dem Stadtplan, der vor dem trostlosen Bahnhofsgebäude hing. Zwischen Fertighäusern und Flachdachgaragen, umrankt von Birken und Fichten, stand ein lindgrün gestrichenes Häuschen mit blauen Fensterläden und einem roten Kamin. Gemütlich sah das aus. In der Küche brannte Licht.

Leo blieb am Gartentürchen stehen.

»Herr Schweiger?«

Keine Antwort.

»Herr Schweiger! Entschuldigen Sie bitte die Störung. Mein Name ist Leo Donat. Der Phönix Verlag schickt mich.«

Nichts.

Leo stieg über den Zaun. Das Gras stand hoch, die Salate waren geschossen. In einem geflochtenen Brotkorb, der augenscheinlich als Briefkasten diente, lagen ein paar Briefe, Werbeprospekte und die letzten drei Ausgaben des *Trostberger Tagblatts.* Seltsam.

Leo klingelte an der Haustür. Noch mal. Nichts rührte sich. Wo war der denn? Leo musste irgendwie ins Haus kommen. Wer weiß, vielleicht lag Schweiger tot im Keller, weil er gestern Abend beim Weinholen einen Herzinfarkt bekommen hatte, und da war es doch nur recht und billig, wenn Leo nachsah.

Ins Haus zu gelangen, war leicht. Die Hintertür, die zum Garten führte, war nicht abgesperrt. Die Luft war schwer und stickig, hier war schon länger nicht mehr gelüftet worden. Sich im Haus zu bewegen, fiel Leo schon schwerer. Er fühlte sich unwohl, ohne Wissen des Hausbesitzers hier einzudringen und in dessen Sachen herumzuschnüffeln. Das war sein Job, schon klar, dafür gab's auch Geld, aber trotzdem. Letztlich war Leo eine ehrliche Haut, die mit *Was du nicht willst, das man dir tu, das füg auch keinem andren zu* immer gut gefahren war. Was er hier machte, widersprach gänzlich seinen moralischen Grundsätzen. Dazu kam die Befürchtung, dass ihn jederzeit jemand erwischen konnte, ein Nachbar oder ein Dorfpolizist oder Schweiger selbst. Dieses Zuhause war ein gemütliches Puppenhäuschen mit Kachelöfen und abgezogenen Holzdielen, die unter seinen tastenden Schritten quietschten. Auf dem Küchentisch lag ein angebissenes, trockenes Brötchen, darum drapiert die Zutaten für ein gesundes Land-Frühstück: Marmelade, Butter, Käse, Wurst, Müsli, Milch. Bloß, dass das alles schon von wattigen Schimmelkulturen überzogen war.

Leo sah in jedes Zimmer und unter jedes Bett und in jeden Schrank, in den Keller und auf den Speicher – Schweiger war nicht da. Im Schlafzimmer stand ein Doppelbett; nur eine Seite war bezogen. Entweder hatte Schweiger mal mit jemandem zusammengelebt, oder er hoffte darauf. Das kannte Leo nur zu gut. Im Wohnzimmer stand eine riesige Bücherwand. Leo war gespannt, was ein berühmter Literat wohl so las. In Leos Jugend war die Büchersammlung das wichtigste Medium gewesen, um seinen eigensinnigen und -ständigen Charakter zum Ausdruck zu bringen. Man verbrachte seine Freizeit in Buchhandlungen und verschaffte sich mit bunten Suhrkamp-Theoretikern eine Aura, die nicht immer angemessen war. Und man hielt es aus, dass die Mädchen, die man küssen wollte, grundsätzlich andere Bücher lasen. Schweigers Bibliothek bestand ausschließlich aus Krimis. Sie waren nach Ländern geordnet wie Weinflaschen im Weinladen: von A wie Amerika bis Z wie Zypern. Deutschland hatte ein eigenes Regal. Schweigers eigene Werke waren ebenfalls vertreten. Bei M klaffte eine Lücke, als wären ein paar Bücher entfernt worden. Der deutlich sichtbaren Staubkante nach zu urteilen erst kürzlich. Am Ende der Reihe stand eine *Einführung in die Theorie und Praxis des Kriminalromans.* Leo musste schmunzeln. Mit solchen Einführungsbänden hatte er sein ganzes Studium bestritten, *Einführung in den Strukturalismus, Einführung in den Dekonstruktivismus, Einführung in Heidegger* ... Genutzt hatte es nichts. Aber wozu las ein gestandener Autor wie Schweiger so was? Vielleicht stand er ja selbst drin, als Beispiel für einen gelungenen Regionalkrimi. Das Büchlein war vor drei Jahren erschienen, als Dissertation am Germanistischen Institut der Humboldt Universität Berlin.

Auf einer grünen Schultafel standen mit weißer Kreide und in krakeliger Schrift zahlreiche Namen, Orte und Daten, die mit Pfeilen miteinander verbunden waren. Es sah aus wie die Figuren eines Romans. War das der Roman, den Leo suchen sollte? Rechts standen die Namen *Andreas Hotzelwälder † (45), Babsi Hotzelwälder † (39), Caroline Hotzelwälder † (12), Dominique Hotzelwälder † (8)* und *Elena Hotzelwälder † (5).* Waren das die Opfer? Sie hießen alle gleich; handelte es sich um eine Familie? Von ihnen führten Pfeile zu Kommissar Feddersen. Sein eingekreister Name stand im Zentrum. Unter »Falsche Fährte« standen mehrere Namen. Immer erst der Nach- und dann der Vorname: *Riedlinger, Peter. Lustenberger, Toni. Wattenkofer, Ernstl. Greichfeldburger, Eva.*

Schielhansl, Josefa. In der rechten unteren Ecke stand, zweimal unterstrichen: *Der Hund überlebt.*

Mit seinem Motorola-Handy fotografierte Leo die Wand ab. Leider konnte man auf dem kleinen Bildschirm wenig erkennen, also zog er ein kleines Notizheftchen aus der Jackentasche, das er kurz vor der Abfahrt in Berlin gekauft hatte, weil er sich so nackt vorgekommen war.

Beim weiteren Stöbern fanden sich noch eine Schreckschusspistole, erotische Mangas aus Japan und Anlageprospekte der Commerzbank. Aber kein Manuskript. Dafür im Keller eine aufgeklappte Schreibmaschine. Eine Olympia. Ob Schweiger damit seine Romane schrieb? Ein vollgeschriebenes Blatt Papier klemmte auf der Rolle, drei weitere lagen daneben. War das ein Teil des Manuskripts, das Leo holen sollte? Oder die erste Seite des nächsten Romans? Oder ein Abschiedsbrief?

6

Der Schweiger Gunter Maria macht sich schön für den Gottesdienst. Denn heute ist Sonntag, und am Sonntag geht man in die Kirch', das gehört sich so. Der Gunter, den alle Gotti nennen, zieht das weiße Hemd und die Lederhose an und schlüpft in die Wadlwärmer. Er schiebt sie in Position, nicht ganz hoch, nicht ganz tief, genau in der Mitte des Unterbeins müssen sie sitzen, dann ist's recht. Als er in den Flur geht und in seine Haferlschuh schlüpft, hat er auf einmal das Gefühl, dass da was ist. Dass jemand ums Haus rumschleicht. Da war doch ein Schatten vorm holzgeschnitzten Fensterrahmen, oder nicht? Wer könnte das sein? Ein Einbrecher? Ach was, bestimmt sind es Buben aus der Nachbarschaft, die Verstecken spielen.

Gotti überlegt, ob er vorm Gottesdienst noch schnell was essen soll. Es ist spät geworden gestern, er hat bis in die tiefe Nacht geschrieben. Er sitzt grad am vorletzten Kapitel, wenn es so weitergeht, kann er das Manuskript noch vor den Sommerferien an den Verlag schicken, das wär eine feine Sache. Er hat schon eine neue Idee im Kopf, mit der könnte er dann im Frühherbst anfangen. Einen Titel pro Jahr muss er abgeben, das ist vertraglich so festgelegt. Das artet manchmal ganz schön in Stress aus. Aber er will sich nicht beklagen, vom Honorar für Mordsgaudi *hat er den Hof renoviert, von dem für* Mordssauerei *die Australienreise bezahlt und von dem für* Mordsmäßig *den Volvo, ein roter 780er Bertone, ein Traum von einem Auto, von dem nur 6000 Stück gebaut wurden. Aber ein Blick auf die Uhr macht klar, dass aus dem Frühstück nichts wird. Es ist kurz vor halb, und der Gotti will auf keinen Fall zu spät kommen. Er ist gespannt, worüber der Pfarrer wohl heute spricht. In seinen Predigten fahren immerzu irgendwelche Sünder in die Hölle ein, wo sie gegrillt und geköpft und gerupft und geteert und auf andere undenkbare Arten malträtiert werden, dagegen sind Gottis Romane Kinderbücher. Woher der Pfarrer wohl diese Fantasien hat? Vielleicht sollte der Gotti mal über einen mordenden Pfarrer schreiben, der seine unterdrückten Triebe in satanischen Morden auslebt.* Mordspredigt.

Der Gotti bricht also ohne Frühstück zur Kirche auf, aber das passt schon. Schließlich geht er anschließend ins Dampfschiff. *Das ganze Dorf geht nach der Kirche ins* Dampfschiff *zum Mittagessen, Schweinsbraten und Knödel und ein Kraut nach dem Geheimrezept der alten* Dampfschiff*wirtin, zum Reinlegen. Der* Dampfschiff-*Schweinsbraten ist so gut, dass er sogar schon in der* Süddeutschen *gestanden ist. Wenn man ganz ehrlich ist, ist das* Dampfschiff *eigentlich der Ort, für den der Gotti sich schön gemacht hat. Denn da bedient die Zenzi, die Enkelin der alten* Dampfschiff*wirtin, auf die der Gotti schon länger ein Auge geworfen hat. Die ist mit ihren dreiunddreißig Jahren zwar nicht mehr die Jüngste, aber der Gotti ist ja auch bald fünfzig, da würd's langsam Zeit werden. Die Zenzi ist schön drall, genauso wie er's mag, und trägt immer fesche Dirndl, wenn sie bedient, vier verschiedene hat sie, der Gotti hat mitgezählt. So ein Dirndl ist eine tolle Sache, da wird alles, was den weiblichen Körper ausmacht, ins rechte Licht g'rückt. Soweit der Gotti es richtig einschätzen kann, ist sie noch ziemlich gut beieinander, die Zenzi, und alles ist weitgehend da, wo es der liebe Gott mal hingezaubert hat. Wenn es der Gotti richtig einschätzt, hat auch die Zenzi ein bisserl ein Auge auf ihn geworfen. »Mein Schriftsteller«, sagt sie immer zu ihm und lacht dabei. Sie gibt ihm auch immer extra viel knusprige Schwarte, die er so gern mag. Letzten Sonntag hat sie ihm ihre Hand auf den Arm gelegt und einfach nicht mehr weggenommen. Eine gefühlte Ewigkeit spürte er die Hand von der Zenzi, während sie mit dem ganzen Stammtisch geredet hat: Was machen die Ferkel vom Heini, wie geht's der Großmutter vom Bertl, läuft der Traktor vom Danzer wieder? Eindeutiger geht es nicht. Jetzt ist der Gotti dran* *mit dem nächsten Schritt. Er hat sich vorgenommen, die Zenzi heute zu fragen, ob sie nächste Woche gemeinsam in die Stadt reinfahren wollen, irgendwas unternehmen, sie könnten einen Kaffee trinken oder shoppen gehen oder ins Kino oder alles zusammen, das geht ja alles in Passau, im Gegensatz zu Garching, wo gar nichts geht, wenn das* Dampfschiff *zuhat, was einmal im Jahr vorkommt, wenn der* Dampfschiff*wirt zur Nachuntersuchung muss, Prostata.*

Der Gotti tritt vors Haus und dreht sich um, um die schwere Holztür abzusperren, obwohl das gar nicht nötig wär, in Garching, wo jeder jeden kennt, bricht doch keiner ein, da spürt er ein scharfes Ziehen am Hals. Nanu, denkt er noch, da merkt er im nächsten Moment, dass es von einer kalten Stahlschlinge kommt, die jemand von hinten um seinen Hals gelegt hat. Und dieser Jemand, der zieht jetzt zu.

7

Leos Rücken war klatschnass, als er seinen Koffer über eine provisorisch wirkende Brückenkonstruktion wuchtete, die die Gleise hinüber ins Ortszentrum überspannte. Die Altöttinger Straße zog sich. Er musste eine Ewigkeit laufen. In den wenigen Geschäften, die nicht leer standen, befanden sich ein *Pizza-Blitz* und ein *Döner-Express*, das Sonnenstudio *Sunlight* und das *Spielcafé 777*. In einem davon musste das Kopiergerät stehen, das Doktor Durante erwähnt hatte. Als Leo endlich sein Ziel erreichte, schmerzten seine Arme von der vielen Schlepperei. Allmählich erschloss sich ihm der Sinn von Rollkoffern.

Wieso, fragte Leo sich, beschrieb Schweiger seine eigene Hinrichtung? Dass unklar blieb, ob Schweiger tatsächlich starb, machte alles nur noch makaberer. Leo beschloss, sich ein wenig im Dorf umzuhören. Er wollte sich dort ein Zimmer nehmen, wo der Kommissar Feddersen immer sein Bier trank, im *Dampfschiff*. Durst hatte Leo nämlich auch.

Er erkannte das Gasthaus sofort. Es war zwar nicht so groß wie in den Romanen beschrieben. Aber das einzige alt aussehende Haus in der ganzen Straße. Leo betrat die Gaststube. An rustikalen Tischen vor einem grünen Kachelofen saßen Männer mit braunen Augen und mit schwarzem Haar, und aus der Jukebox erklang Musik, die fremd und südlich war. Es war wie in dem berühmten Lied von Udo Jürgens. Nur dass im Chanson einer aufstand und den Fremden einlud, sich zu ihnen an den Tisch zu setzen, während Leo komplett ignoriert wurde. Es wurde auch kein griechischer Wein getrunken, sondern bayerisches Bier. Die Männer, die allesamt rot karierte Hemden trugen, starrten ihn an.

Leo setzte sich an einen Tisch in der Ecke, auf dem ein Korb mit Brezeln und Schrippen stand. Ob die noch vom Frühstück übrig waren? Dass die hier Semmeln hießen, wusste er seit dem Prenz'lberger Semmel-Streit vor ein paar Jahren. Die Brezeln rührte er nicht an. Er hatte gelesen, dass die neuerdings Krebs verursachten, weil sie auf Alublechen gebacken wurden.

Aus der Küche kam die Bedienung und strahlte ihn an. Ihr Gesicht war auf sympathische Weise gerötet, als hätte ihr gerade jemand einen schmutzigen Witz erzählt. Das musste Zenzi sein, die Wirtstochter, in die Schweiger sich den vier Schreibmaschinenseiten nach zu schließen verliebt hatte. Leo verstand das. Sie war hübsch und trug ein rosa-weiß kariertes Dirndl, das zwei große, gesunde Brüste zusammenhielt, die aussahen, als wollten sie jeden Moment aus dem Dekolleté heraushopsen. Leo hatte größte Mühe, nicht zu starren, was der Bedienung überhaupt nichts auszumachen schien. In Berlin hätte sie ihm schon längst eine gescheuert.

»Koo ma eana helfa?«

»Wie bitte?«

»Ob ma eana helfa koo?!«

Die Wörter quollen aus ihr heraus wie aus einem falsch eingestellten Radio. Leo hatte nicht ein Wort verstanden.

»Ich suche ein Zimmer.«

»Fia wia long?« Das klang amerikanisch.

»Bitte?«

»Wia looong!?«

»Ach so, für eine Nacht.«

»Basst. Mengs wos essn aaa?«

»Bitte?«

»Homms Hunger?«

»Ob ich Hunger habe? Ja, gibt's denn noch was?«

»Setzen S' ana hi, I komm glei mit da Koartn. Was woins dringa?«

»Bitte?«

»Bier?« Sie setzte ein imaginäres Bierglas an.

»Ja, ein Pils bitte.«

»Pils homma ned.«

»Pils Mohammed?« Diese Sorte kannte Leo gar nicht. »Halal?«

»Na. Goa koa Pils!«

»Dann bitte ein ganz normales Bier.«

»A Woazn?«

»Bitte?

»Woazn? Weizn?«

»Nein, kein Weizen!«, rief Leo. »Ein ganz normales Bier, bitte. Aber bitte nicht in einem Ein-Liter-Glas.«

»Oiso a Helles. Nehmens Plotz.«

Zenzi verschwand in der Küche.

Leo hoffte, die Einheimischen in ein beiläufiges Gespräch zu verwickeln und so ein bisschen was über Schweiger zu erfahren. Was man als Detektiv halt so machte. Aber er wusste nicht genau, wie er es anstellen sollte. Er beschloss, es langsam anzugehen.

»Guten Abend«, grüßte er, bekam aber keine Antwort.

Die Bedienung brachte die Speisekarte und ein leuchtend gelbes Bier, auf dem eine zentimeterdicke Schaumkrone stand.

»Schwammerl sann aus«, sagte sie, »Blunzn san aus, Wammerl san aus und Saure Lüngerl aa.«

»Bitte?«

Sie schlug die Speisekarte auf und drückte ihren langen Zeigefinger auf die meisten Gerichte.

»Des is aus und des aa und des aa und des aa und des do aa.«

»Das gibt es alles nicht mehr?«

»Oba des und des und des ned.«

Es gab Hirschragout vom *bayerisch sprechenden Hirsch* und *Ladykracher*. Das waren Chili-Pesto-Nudeln. Die glacierten Truthahnspitzen hießen *Frauenschwarm*. Leo wählte ein stinknormales Schnitzel und prostete den Männern vom Stammtisch zu, die seinen Bestellvorgang stumm verfolgt hatten.

»Prost!.«

»Prost!«, erwiderten sie im Chor.

Aber keiner erhob sein Glas.

Was soll's, dachte Leo und trank allein. Das Bier war schön kühl, aber für seinen Geschmack zu süß, fast wie Malzbier. Leo mochte es lieber, wenn ein bitterer Hopfengeschmack am Gaumen haften blieb.

Das dunkelbraune Schnitzel lag in einer dünnen Soße, in der Dutzende Kümmelsamen herumschwammen. Wer machte denn so was? Auf Leos imaginärer Liste der schlimmsten Gewürze der Welt stand Kümmel unangefochten auf Platz eins. Kümmel schmeckte dominant und böse. Hitler hatte immer Kümmel gegessen, wegen seiner Flatulenz. Kam der nicht auch aus der Gegend hier? Und hätte die Bedienung nicht sagen können, dass sie das Schnitzel hier so servierten? Leo kratzte die Soße vom Fleisch und legte es auf die Pommes, die zum Glück in einem separaten Servierschüsselchen gekommen waren – alles unter den wachsam-verschlafenen Augen des Stammtischs. Das Schnitzel war etwas zäh und fad im Geschmack. Als wäre es vor Tagen gebraten und seitdem mehrmals wieder aufgewärmt worden. Dafür war der gemischte Beilagensalat ausgezeichnet. Salatblätter, Möhren- und Selleriestifte, Tomaten-, Gurken- und Rote-

Beete-Scheiben, die in einer wässrigen Essig-Öl-Soße dümpelten. Dagegen konnte der Balsamico abstinken, den der Gerhard sich immer aus Italien schicken ließ.

»Vor allem der Salat«, fand Leo, als die Bedienung fragte, ob's schmeckt. »Wie haben Sie den denn angemacht?«

Zenzi zuckte mit den Schultern: »Ganz normal hoid. Essig, Öl, Maggi, Salz, Pfeffer, Zucker.« Mehr war zu diesem Thema nicht aus ihr rauszukriegen.

Aber Leo war nicht wegen des Salat-Dressings hier, sondern wegen des Schriftstellers, der verschwunden war.

»Sie kennen doch den Herrn Schweiger.«

Der Name ließ den Stammtisch aufhorchen.

»Freili«, sagte Zenzi.

»Wann haben Sie denn den zum letzten Mal gesehen?«

»Vuagestan muang.«

»Bitte?«

»Voargestarn.«

»Vorgestern?«

»Mo-ang.«

»Verstehe. Wo denn?«

»Der kommt jedn Dog zum Essn her. Oba seit a boar Dog ehm nimma.«

»Hat er gesagt, dass er verreisen will?«

»Der red nie wos.«

»Bitte?«

»Der sagt nix.«

»Danke!« Leo überlegte kurz, ob er sagen sollte, dass Schweiger in sie verliebt war. Er ließ es lieber bleiben und bestellte stattdessen noch ein Bier.

Die schweigenden Männer starrten immer noch. Vielleicht redete Schweiger ja mit ihnen. Leo zwinkerte ihnen zu, wenn er ein Stück Fleisch oder Rote Beete in den Mund schob. Sie reagierten nicht.

»Schöne Gegend hier«, tat Leo kund.

Die Männer nickten und schwiegen.

»Die gute Luft. Und diese Ruhe.«

Nicken und Schweigen.

»Nicht so hektisch wie in Berlin.«

Schulterzucken. Bedeutete das, dass das doch sowieso glasklar war? Oder dass sie dazu nichts sagen konnten, weil sie noch nie in der Bundeshauptstadt gewesen waren?

Die Bedienung brachte das Bier.

»Ich kann gut verstehen, dass sich der Gunter Maria Schweiger zum Schreiben hierher zurückgezogen hat.«

Mienen, die sich verfinsterten.

»Wie ist er denn so, der Herr Schweiger?«

»Da Schweiger is a Riesenoarschloch«, brummte der dickste und größte der Männer, der anscheinend der Rudelführer war.

Leo hatte das entscheidende Wort verstanden. »Und wieso?«

»So hoid.«

Hieß das *Sauhund*? Den Begriff hatte er bei der Lektüre von *Mordssauerei* gelernt.

»Weshalb ist der Herr Schweiger denn so ein Sauhund?«

»Weil a oana is.«

»A bleeda Hund, a bleeda.«

Kopfschütteln.

»A oida Depp.«

Sie wollten nicht sagen, warum Schweiger ein solches Arschloch war. Oder sie konnten es nicht, mangels Sprachvermögen.

»A Hundling.«

»A Saukrippi.«

»Wieso denn?«, fragte Leo immer wieder dazwischen.

»So hoid.«

»Ja. Aber warum?«

»Ehm drum.«

»Verstehe.«

»Na oiso.«

»Und a bleeda Millionario is a no dazua.«

Aha, dachte Leo. Daher wehte also der Wind. Sie hatten Schweiger nichts vorzuwerfen, außer seinen Reichtum. Diese hinterwäldlerischen Landwirte sahen nur das Geld und nicht die Arbeit, die dahintersteckte. Schweiger hatte acht sehr erfolgreiche Romane à 500 Seiten geschrieben, das sollte ihm erst mal einer nachmachen.

Plötzlich erschrak Leo. War er nicht genauso wie diese Männer? Hegte er in Berlin nicht auch Aversionen gegen Menschen, die mehr Geld hatten als er? Also gegen fast alle? Wie schrecklich! Leo wurde übel, sein Kopf begann sich zu drehen. Hatte er vom Bier der Erkenntnis getrunken, oder was war los? Rasch winkte er der Bedienung, ließ sich den Zimmerschlüssel geben, zahlte und ging.

8

»Hallo«, meldete sich eine piepsige Kinderstimme.

»Hallo«, erwiderte Leo, der seinen Auftraggeber angerufen hatte. »Kann ich bitte Doktor Durante sprechen?«

Leo stand am Fenster seines spartanisch eingerichteten Gasthofzimmers und rubbelte sich die Haare trocken. Erst nach dem Duschen hatte er gemerkt, dass es keinen Fön auf dem Zimmer gab. Trotz der Hitze in seinem Zimmer hatte er gut geschlafen, und das ohne Gute-Nacht-Joint. Das lag wohl an der Landluft, der man ja alle möglichen Kräfte nachsagte.

»Wer ist denn da?«

»Ein Freund«, nuschelte Leo ausweichend, der sich ja zu absoluter Diskretion verpflichtet hatte. Doktor Durante hatte ihn gebeten, ihn ausschließlich auf dieser Nummer anzurufen und auf keinen Fall mehr im Büro.

»Ich kenne dich nicht«, sagte die Piepsstimme.

»Das stimmt«, sagte Leo, »weil ich ein Freund aus dem Büro bin.«

»Papa sagt, im Büro arbeiten nur Dummköpfe und Nichtsnutze.«

»Ach so. Na ja, ich arbeite nicht wirklich dort. Ich habe den Papa nur dort getroffen.«

»Wer ist denn das?«, rief endlich eine Frauenstimme im Hintergrund, danach gab es eine kleine Rangelei, und dann brach die Verbindung ab.

Leo kam sich vor wie im Kasperletheater.

Kurz darauf klingelte sein Handy.

Er meldete sich mit »Schweiger«, und dann, als er seinen Versprecher bemerkte: »Unsinn! Leo Donat hier.«

»Durante hier. Wo sind Sie?«

»In Garching. In meinem Zimmer im *Dampfschiff*.«

»Hat alles geklappt? Haben Sie das Manuskript gefunden?«

Leo fand es seltsam, dass das das Erste war, wonach sein Auftraggeber fragte.

»Leider nicht. Schweiger auch nicht. Der ist spurlos verschwunden. Ich fürchte, dem ist was zugestoßen.«

»Wie kommen Sie darauf?«

»Weil den seit ein paar Tagen keiner mehr gesehen hat und weil mehrere Zeitungen in seinem Briefkasten stecken und auf seinem Küchentisch eine halb verschimmelte Semmel liegt.«

»Was?«

»Eine Schrippe.«

»Ich weiß, was eine Semmel ist. Da war nur eine Störung in der Leitung. Und wo ist er?«

»Das weiß keiner«, berichtete Leo. »Wird in der Geschichte, an der er schrieb, eine fünfköpfige Familie ermordet?«

Doktor Durante horchte auf. »Haben Sie das Manuskript doch gefunden?«

»Nein. Aber in Schweigers Arbeitszimmer steht eine große Tafel mit lauter Namen und Pfeilen darauf.«

»Was für Namen?«

Leo blätterte in seinem Notizbuch.

»Im Zentrum steht Feddersen. Dann gibt es eine tote Familie namens *Hotzelwälder*. Und einen Hund, der überlebt. Und diverse Namen von Verdächtigen, die alle recht provinziell klingen: Riedlinger, Peter. Lustenberger, Toni. Wattenkofer, Ernst. Greichfeldbu...«

»Es reicht«, unterbrach ihn Doktor Durante. »Ich habe es verstanden. Das könnte die Skizze des Romans sein. Aber ich brauche den Text dazu. Das komplette Buch.«

»Es ist nicht da«, sagte Leo, »dafür etwas sehr Merkwürdiges. Im Keller liegen vier beschriebene Papierseiten, auf denen Schweiger umgebracht wird.«

»Was? Hat er das selbst verfasst?«

»Nehme ich an. Ein Blatt steckt in seiner Schreibmaschine. In dem Text beschreibt er ganz genau, wie er sich für den Kirchgang fertig macht, und dann wird eine Schlinge um seinen Hals gelegt.«

»Schweiger geht nie in die Kirche«, wandte Doktor Durante ein. »Stirbt er denn? In dem Text, meine ich.« Seine Stimme klang seltsam desinteressiert.

»Das bleibt offen. Vielleicht hat ihn das Dorf um die Ecke gebracht.«

»Das Dorf?«

»Die Dorfgemeinschaft.«

»Wieso sollten sie das tun?«

»Weil sie in seinen Büchern wie Vollidioten rüberkommen.«

»Haben sie das gesagt?«

»Die sind nicht besonders gesprächig hier. Aber dass sie nicht gut auf Schweiger zu sprechen sind, war nicht zu überhören.«

Doktor Durante tat das ab wie etwas selten Abwegiges. »Das überzeugt mich nicht. Schweiger hat acht Bücher über Garching geschrieben. Wieso sollten sie ihm ausgerechnet beim neunten den Hals umdrehen?«

Kam es Leo nur so vor, oder war es Durante tatsächlich egal, was mit seinem Autor passiert war?

»Ich habe bis jetzt nur mit wenigen Dorfbewohnern gesprochen«, sagte Leo, der die Flinte nicht so schnell ins Korn werfen wollte, »ich könnte noch ein paar Tage bleiben und mich weiter umhören.«

»Nein«, erwiderte Doktor Durante entschieden, »das Beste ist, Sie kommen wieder zurück.«

»Und Schweiger?«

»Der wird schon wieder auftauchen.«

9

Doktor Durante hatte nicht mit sich reden lassen und Leo nach Berlin zurückbeordert. Schade. Leo wäre gern noch geblieben. Vor allem wegen des Geldes. Ob Doktor Durante ihn buchen würde, wenn mal wieder ein Schriftsteller verschwunden war? Ob er ihn weiterempfahl? Hoffentlich, denn neue Aufträge waren nicht in Sicht. Was soll's, dachte Leo, er würde schon wieder was finden. Er war wie die Stadt, in der er lebte: dazu verdammt, immerfort zu werden und niemals zu sein. Ein Relikt aus dem alten Westberlin, das aus einer Zeit stammte, als man sich keine Sorgen um irgendwas machen musste. Er hatte jahrelang studiert, was seltsam folgenlos geblieben war, und gefeiert und nächtelang an den Tresen dieser Stadt über den Zustand der Welt debattiert, er hatte WGs gegründet und wieder aufgelöst und als Taxifahrer, in Copyshops und Kneipen gejobbt, war nach Thailand und Südamerika gereist, *run to the jungle*, und hatte die verschiedensten Beziehungsformen ausprobiert, on und off, in and out, hart und soft, ganz und immer wieder gar nicht, immer in dem Wissen, dass seine Zeit noch kommen würde. *Golden Years.* Er hatte den Ratschlag der Grußkarten, jeden Tag so zu leben, als wäre es der allerletzte, beherzigt und gelebt. Aber leider war er dabei nur älter geworden. Nun musste er sehen, wo er blieb. Gestorben waren mittlerweile die Postkartenshops, die diese kartonierten Sinnsprüche damals verkauft hatten, genauso wie die Buch- und Schallplatten- und Haushaltswarenläden, die Metzger und Bäcker und Schuster. Dafür gab es jetzt Souvenirshops und Hugo-Boss-Boutiquen, in denen man Jeans für 220 Euro kaufen konnte, die aufgerissene Knie hatten. Auch Bars und Restaurants sollten heute möglichst abgefuckt aussehen und den Charme des Provisorischen und Zusammengezimmerten haben. Aber wehe, etwas war wirklich abgefuckt und provisorisch. *Leos Stullen-Stübchen* in Moabit wurde nach vier Wochen von Amts wegen geschlossen, wegen *mangelnder sanitärer Einrichtungen.* Bullshit – die Leute sollten bei ihm essen, keine anderen Geschäfte verrichten! Seinen Berlinhasser-Shop in der Weserstraße, in dem er *I hate Berlin*-T-Shirts und -Tassen verkaufte, musste er nach einem halben Jahr dichtmachen, weil niemand die Ironie seiner Produkte verstand. Und weil die Berlin-Hasser den Berlin-Liebhabern zahlenmäßig weit unterlegen waren. Die waren auch nicht bereit, ihre Aversion öffentlich zur Schau zu stellen, geschweige denn dafür Geld auszugeben. Danach tingelte er eine Weile als GEZ-Kontrolleur durch Reinickendorf und das Märkische Viertel: *Gibt es in Ihrem Haushalt Fernseh- oder Radiogeräte, und wenn ja, wie viele?* Ihm war noch nie so viel geballter Hass entgegengeschlagen wie in dieser Zeit. Für die meisten kam die GEZ gleich hinter Politikern und Börsenmaklern – alles Verbrecher. Als die Fernsehzwangsabgabe kam, war er den Job wieder los. Er versuchte sich als Fahrradkurier, Bio-Imker und schließlich als Detektiv. Darauf war er gekommen, weil es keine staatlich anerkannte Ausbildungsordnung dafür gab. Sprich, jeder, der wollte, durfte sich Detektiv nennen. Das Einzige, was man brauchte, war ein polizeiliches Führungszeugnis und einen Gewerbeschein. Leo hatte die Gabe, sich immer wieder neu zu erfinden, so wie David Bowie. Nur dass es bei dem immer alle toll gefunden hatten, während es Leo stets als Zeichen mangelnden Durchhaltevermögens und mentaler Instabilität ausgelegt wurde. Das war ungerecht, denn als Bowie in den Siebzigern nach Berlin gekommen war, um sich von Drogen zu befreien und sich musikalisch weiterzuentwickeln, hatte er ja nicht gewusst, ob ihm das gelingen würde. Heute schwärmten alle ganz selbstverständlich von Bowies produktiven Berliner Jahren, als wären sie persönlich dabei gewesen. Dabei dachten alle immer nur vom Ergebnis her und sahen nicht den Weg dorthin. Kaum einer wusste, wie anstrengend es war, sich immer wieder neu zu erfinden. Wenn man alles Mögliche ausprobierte und sich tage-, wochen- oder manchmal auch jahrelang nicht sicher war, ob es was werden würde mit dem neuen Ich. Wenn man zu den unterschiedlichsten Rauschmitteln griff, um den Transformationsprozess zu beschleunigen oder um die damit einhergehenden Unsicherheiten auszuhalten, meistens beides. Auch Bowie hatte seinen Drogenkonsum in Berlin ja nie ganz aufgegeben. Er produzierte *Lodger* und *Low* und *Heroes*, dann verschwand er wieder, um *China Girl* zu machen und Iman zu heiraten.

Leo saß vor einem kugelrunden Dorfbrunnen, der müde vor sich hin plätscherte, und überlegte, was er Rosa schreiben sollte. Im *Dampfschiff* hatten kostenlose Postkarten ausgelegen, die Garching zeigten. Auf der Rückseite stand *Deutschland ist schön – wir zeigen es.* Sonst nichts. Das war gut. In Berlin waren kostenlose Postkarten meist beidseitig bedruckte Werbe-Flyer, die vollkommen nutzlos waren. Die *Dampfschiff*-Postkarten lagen auch nicht vor einer stinkenden Kneipen-Toilette aus, sondern auf einem sauberen Empfangstresen, neben einer Schale mit bunten Gummibärchen. Leo hatte gleich mehrere eingesteckt.

Rosas Adresse kannte er auswendig. Mit dem Text war es schon schwieriger. Er wollte sie überraschen, aber nicht überrumpeln, ihr eine Freude machen, aber nicht ihre Zuneigung erpressen. *Liebe Rosa.* Was schrieb man einer Frau, die man gerade ein bisschen vermisste und mit der man, wenn sie hier gewesen wäre, wahrscheinlich über irgendeine Belanglosigkeit gestritten hätte, das Wetter oder seinen unpraktischen Koffer oder zehn gestohlene Postkarten, obwohl man etwas, das kostenlos auslag, grundsätzlich nicht stehlen konnte. *Liebe Rosa.* So eine Postkartenhälfte war ganz schön groß, wenn man nicht wusste, was man zu Papier bringen sollte. *Liebe Rosa.* Und viel zu klein, um alles darauf unterzubringen, was einem in den zehn Minuten, die Leo jetzt schon überlegte, durch den Kopf ging. *Liebe Rosa.* Die Grundstimmung sollte positiv sein. *Liebe Rosa.* Und in die Zukunft weisen. *Liebe Rosa.*

Schließlich schrieb er:

Liebe Rosa,
Bayern würde dir bestimmt gefallen. Wir können ja mal zusammen herkommen, dann zeige ich dir alles, dein Leo

Leo lehnte sich zurück und betrachtete sein Werk. Er war nicht unzufrieden. Blöd war nur, dass erst ein Drittel der Karte beschriftet war. Dabei hatte er doch extra groß geschrieben, wie früher bei Strafarbeiten in der Schule. Ein *Ich liebe dich* hätte noch hingepasst. Oder ein *Ich vermisse dich.* Am Ende setzte er einfach zwei große Smileys drunter. Was in der digitalen Welt funktionierte, konnte in der analogen ja nicht falsch sein.

Er fischte eine Briefmarke aus seinem Geldbeutel, die er vor Monaten mal gekauft und doch nicht gebraucht hatte, und klebte sie auf. Leider schief. Das würde Rosa bestimmt als Erstes auffallen. Sie hatte einen ausgeprägten Sinn für Ordnung und Symmetrie.

Egal, in den Briefkasten damit und fertig. Er kühlte

seinen Kopf noch mal unter dem Wasserstrahl des Dorfbrunnens, dann machte er sich auf den Weg zum Bahnhof. Wenigstens war sein schweinsledener Koffer nicht mehr so schwer. Leo hatte nämlich sieben der acht Schweiger-Bücher im Hotelzimmer zurückgelassen. Nur Band 2 hatte er mitgenommen, *Mordsspaß*. Er kam um 10:12 Uhr am Bahnhof an. Eine Minute zu spät. Der Zug fuhr gerade ab. Leo starrte ihm entgeistert hinterher. Das konnte doch nicht wahr sein! In Berlin fuhr nie irgendwas pünktlich, wieso denn dann hier?!

10

Leo stand an der Ausfallstraße von Garching an der Alz und streckte den Daumen raus, wie zu Schulzeiten. Der nächste Zug fuhr erst in zwei Stunden. So lange konnte er unmöglich warten. Ab München hatte er Zugbindung, den Anschluss musste er also unbedingt erwischen. Es kamen nicht viele Autos vorbei. Nur ein paar *Adams* und *Clios* und *Micras* mit seltsamen Kennzeichen, die Leo nicht zuordnen konnte. AÖ und CHA und DFR. Irgendwann hielt ein großer schwarzer SUV. Die Marke konnte Leo nicht erkennen, irgendwas Asiatisches, mit einem dreistelligen Kennzeichen. Das getönte Beifahrerfenster ging automatisch runter wie ein Theatervorhang und gab einen dicken, grinsenden Mann frei, dessen Gesicht mit geplatzten blauen und roten Äderchen übersät war. Leo erkannte ihn sofort. Er war einer der Männer, die ihn gestern im *Dampfschiff* vom Stammtisch aus angeschwiegen hatten. Der hatte Leo gerade noch gefehlt.

»Wo soll's hingehen?«, fragte der Mann auf Hochdeutsch.

»Ich muss nach München«, erklärte Leo vorsichtig, »fahren Sie in die Richtung?«

»Eigentlich nicht«, sagte der Mann, »aber ich kann Sie bis zur Autobahn bringen, das ist kein großer Umweg für mich.«

Leo wollte dem Fahrer den Koffer zeigen, aber er schaffte es nicht, das Ding bis auf Fensterhöhe zu heben. Das Auto war noch größer, als er gedacht hatte.

»Ich habe einen Koffer.«

»Den tun wir in den Kofferraum.« Der Mann sprach nicht nur hochdeutsch, er war auch hochfreundlich.

Der Mann stieg aus und ging um das Schiff herum nach hinten, wo er nach einer kleinen Ewigkeit mit Leo zusammentraf, so ausladend war das Auto. Er trug ein schwarzes Sakko über braunen Cordhosen und grobmaschige Wollsocken, die in Badelatschen steckten. In Berlin wäre diese Kluft vielleicht als Stil durchgegangen. Hier in der Provinz sah es vor allem schrullig aus.

Auf der Ladefläche stapelten sich Metallkisten und Ledertaschen, Decken und Jacken, Badetücher und Angeln, Spaten und dreckverschmierte Gummistiefel.

»Ist leider etwas unordentlich«, entschuldigte der Mann sich.

»Das macht doch nichts«, sagte Leo.

Der Geruch, der ihm entgegenschlug, war viel schlimmer. Eine eigentümliche Mischung aus Kuhscheiße, nassem Hund und Verwesung.

Der Mann deutete auf Leos Koffer. »Soll ich helfen?«

»Geht schon«, sagte Leo, der das unbedingt alleine schaffen wollte.

Er holte Schwung, wuchtete den Koffer in den Wagen und schob ihn in die Lücke, die der Mann freigeräumt hatte. Es ging überraschend leicht. Dann sah er, dass der Mann von hinten geschoben hatte.

Der Mann grinste ihn an. »Dann wollen wir mal!«

Leo dachte, dass er sich an den Geruch gewöhnen würde. Dran gewöhnen hieß ihn nicht mehr riechen. Doch es stank einfach zu sehr. *To know him is to smell him.* Dass die Heizung auf 4 stand und der elektrische Fensterheber sich nicht bedienen ließ, tat ein Übriges. Der Fahrer grinste zufrieden vor sich hin wie ein Kind, das sich am Geruch der eigenen Pupsereien ergötzte.

Er trat aufs Gaspedal, und der Wagen beschleunigte in null Komma nichts auf 130.

Er war Tierarzt: »Eigentlich Großvieh, aber Kleinvieh macht auch Mist.«

Er hieß: »Manfred Zeller, angenehm.«

Und er hatte einen ausgeprägten Mitteilungsdrang: »Du kannst mich duzen, ich bin der Manni. Der Wagen ist sechs Jahre alt. Gebraucht gekauft. Wer ist denn heute noch so blöd und kauft einen Neuwagen. Ich stamme ursprünglich aus Hannover. Ich habe in München studiert und war in Landshut und in Bayreuth und bin seit zehn Jahren in Garching. Wegen einer Frau, warum sonst. Ich habe sechs Kinder von drei Frauen, die mich ein Vermögen kosten. Ich komme gerade von einem Bauern, wo eine Kuh gekalbt hat. Leider ist die Kuh gestorben. Sie hat stundenlang geschrien vor Schmerzen.«

»Das ist ja schrecklich!«

Leo versuchte, so flach wie möglich zu atmen und gleichzeitig diesen Informationsüberfluss sortiert zu bekommen.

Manni zuckte mit den Schultern. »Wenigstens das Kalb hat überlebt.«

»Wo ist die Kuh jetzt?«, fragte Leo, der mehr mit der toten Mutter mitfühlte als mit dem lebenden Kind.

»Im Schlachthof.«

»Die Ärmste«, sagte Leo, dem mal wieder schmerzhaft bewusst wurde, dass die vielen Currywürstchen, Steaks und Rinderbraten, die er in seinem Leben schon gegessen hatte, vorher auch als Vieh gelebt hatten. Der geringste Teil davon bio.

Manni griff in seine Jackentasche und holte eine Rolle Pfefferminzdrops raus. Er knubbelte umständlich einen mit den Zähnen heraus. Er warf die Packung in die Mittelkonsole und wurde plötzlich sehr streng: »Was willst du hier!?«

Seine Freundlichkeit war wie weggeblasen, als hätte er gerade kein Pfefferminzbonbon geschluckt, sondern eine Transformationstablette.

Leo war so perplex, dass ihm keine Antwort einfiel. »Was meinst du?«

»Du kannst mir nichts vormachen«, konterte Manni und überholte einen rostigen Traktor, »du schnüffelst doch seit Tagen bei uns herum.«

»Ich bin ja erst gestern Abend angekommen! Heute fahre ich schon wieder. Außerdem habe ich nicht geschnüffelt.«

»Sondern?«

»Gesucht«, sagte Leo ausweichend. Er wollte sich nicht in die Karten gucken lassen.

»Und was?« Das Gespräch entwickelte sich zu einem verbalen Kampf zwischen zwei Männern, die beide nicht verlieren wollten.

»Darüber darf ich nicht reden.«

Manni blaffte: »Ich weiß es sowieso.«

»So? Was denn?«

»Du suchst das Manuskript von Gunter Maria Schweiger.«

Keine Frage, der Kerl landete die besseren Treffer. Leo spürte, wie er ins Hintertreffen geriet.

»Woher willst du das wissen?«

»Von Gunter Maria. Er erzählt mir alles.«

»Ich dachte, der hat keine Freunde.«

»Wer sagt das?«

Leo zählte auf: »Sein Lektor. Und die Bedienung aus dem *Dampfschiff*. Und die Männer vom Stammtisch vom *Dampfschiff*.«

»Wem glaubst du, den Deppen vom Stammtisch oder mir?«

»Dir natürlich«, antwortete Leo, der Manni lieber nicht

daran erinnerte, dass er gestern mitten unter diesen Deppen gesessen hatte.

Manni schüttelte den Kopf. »Der Gunter Maria hat schon seit Wochen Angst, dass jemand kommt und seine Geschichte klaut. Wenn in den nächsten Tagen etwas passiert, hat er immer wieder gesagt, dann wundere dich nicht.«

»Wieso sollte die jemand klauen wollen?«

»Gunter Maria hat immer nur Andeutungen gemacht. Auf der Geschichte liegt ein Fluch, hat er immer wieder gesagt.«

»Wie soll das denn gehen? Er hat die Geschichte doch selbst erfunden. Die kann nur er selbst verfluchen.«

Manni blieb dabei, dass Gunter Maria das gesagt hatte.

Leo wollte wissen, worum es in der Story ging.

Manni winkte ab. »Das kann ich dir nicht sagen. Ich musste Gunter Maria versprechen, dass ich mit niemandem darüber rede.«

Aber Leo hatte eine Idee: »Dann machen wir es so. Ich sage, um was es geht, und wenn es stimmt, nickst du.«

»Einverstanden«, sagte Manni nach einigem Zögern.

»Eine fünfköpfige Familie wird umgebracht. Nur der Hund überlebt.«

Manni nickte. Na also, das war ja schon mal was.

In Leo keimte Hoffnung auf. »Ist das Buch fertig? Wo ist es?«

»Selbst wenn ich es wüsste, würde ich es dir bestimmt nicht sagen!«

»Verstehe«, sagte Leo. »Es ist nur so, dass es in Berlin ein paar Leute gibt, die ziemlich dringend drauf warten.«

»Deswegen schicken sie auch dauernd jemanden vorbei.«

Das kapierte Leo nicht. »Was soll das heißen? War schon mal jemand da?«

Manni nickte. »Vor ein paar Tagen. Auch einer vom Verlag. Der hat genauso rumgeschnüffelt wie du.«

»Woher weißt du, dass er auch vom Verlag war?«

»Von Gunter Maria. Ich wollte vor drei Tagen ein Bier mit ihm trinken gehen. Aber er konnte nicht. Er hat Verlagsbesuch, hat er gesagt. Am nächsten Tag war der Gunter Maria verschwunden. Und der Besuch war auch weg.«

Leo hatte nicht den Eindruck, dass Manni ihm was vormachte. Der Verlagsmann war eine Spur, und zwar eine heiße.

»Hat Gunter Maria gesagt, wie der Verlagsmann heißt?«

»Nein.«

»Hast du ihn gesehen? Kannst du beschreiben, wie er aussah?«

»Groß. Dünn. Weißer Anzug. Keine Haare. Sonnenbrille. Die hat er auch in geschlossenen Räumen nicht abgenommen.«

Das brachte Leo nicht wirklich weiter. So rannte am Stuttgarter Platz in Charlottenburg jeder zweite Kerl rum.

»Und er fuhr einen alten Volvo«, sagte Manni. »Einen roten Zweitürer.«

11

»Wieso haben Sie mir nicht gesagt, dass Sie schon mal jemanden zu Schweiger geschickt haben?«

»Was soll ich getan haben?«, erwiderte Doktor Durante. »Wer ist denn da?«

»Ich bin's. Leo Donat.«

Leo stand auf der schattigen Nordseite des Münchner Hauptbahnhofs und telefonierte. Manni hatte darauf bestanden, ihn hierher zu fahren. Er wollte sichergehen, dass Leo auch tatsächlich verschwand.

»Ich habe Ihnen doch gesagt, dass Sie mich auf meinem privaten Handy anrufen sollen.«

»Tut mir leid. Das habe ich vergessen. Soll ich auflegen und noch mal auf der anderen Nummer anrufen?«

»Nein!«, maulte Durante. »Jetzt sprechen wir ja schon. Was wollen Sie?«

»Ich hatte gerade ein sehr interessantes Gespräch mit dem Garchinger Tierarzt. Der ist ein guter Freund von Schweiger und behauptet, dass vor ein paar Tagen schon mal ein Verlagsmensch da war.«

»Wer soll das gewesen sein?«

»Das wüsste ich gerne von Ihnen.«

»Ich habe keine Ahnung!«

»Sie haben also niemanden hergeschickt?«

»Nein«, antwortete Doktor Durante. »Wer war das? Der Lektor eines anderen Verlags? Wollte er Schweiger abwerben?«

»Keine Ahnung. Ich weiß nur, dass er dünn und groß war und eine Glatze und eine schwarze Brille hatte. Außerdem fuhr er einen roten Volvo. Einen Zweitürer.«

»Erik Mutschmann?«, rief Doktor Durante. »Das gibt's doch gar nicht. Was macht der denn bei GM Schweiger?«

Leo kam langsam durcheinander. »Wer ist Erik Mutschmann?«

»Ein berühmter Krimiautor aus Landau in der Pfalz.«

»Noch einer? Verlegen Sie auch seine Bücher?«

»Ja«, sagte Doktor Durante. »Dass Mutschmann bei Schweiger war, gefällt mir gar nicht. Nicht nach all dem, was vorgefallen ist.«

»Was war denn los?«

Doktor Durante stöhnte auf, als würden die Erinnerungen schmerzen. »Es gab einen kleinen Streit zwischen Mutschmann und Schweiger. Hintergrund war, dass Mutschmann unbedingt mal den Deutschen Buchpreis gewinnen wollte. Dabei zählen Krimis in Deutschland zur Unterhaltungsliteratur und bekommen keine literarischen Preise, ganz egal, wie gut oder erfolgreich sie sind. Jeder in der Branche weiß das. Gunter Maria Schweiger hat eine böse Glosse für das Branchenblatt der Buchbranche darüber geschrieben, den *Buchreport.* Darin machte er sich über Krimiautoren lustig, die sich für Literaten halten. Er hat keine Namen genannt, aber jeder wusste, wer gemeint war.«

»Und ich dachte immer, dass sich Schriftsteller alle total gut verstehen. So wie man es halt im Fernsehen sieht, wenn der PEN-Club tagt.«

»Schön wär's. Schriftsteller sind schwierige Leute. Wenn die Kameras auf sie gerichtet sind, mögen sie sich. Aber hintenrum stechen sie sich Dolche in den Rücken. Ich verstehe das ein Stück weit, schließlich sind sie alle Konkurrenten, die um dieselben Leser buhlen.«

»Möglicherweise hat Mutschmann Schweiger aus Rache umgebracht.«

»Ich weiß nicht«, sagte Doktor Durante, »das geht mir dann doch zu weit. Krimiautoren beschreiben Verbrechen, sie begehen sie nicht selbst. Erik Mutschmann ist ein erfolgreicher Schriftsteller. Der setzt doch wegen eines Streits mit einem Kollegen nicht seine Karriere aufs Spiel.«

»Haben Sie eine bessere Theorie?«

Doktor Durante hatte keine. »Dann ist es das Beste, wenn Sie wieder nach Berlin kommen und ich die Polizei rufe.« Er klang verzweifelt.

»Das halte ich für keine gute Idee«, bremste Leo.

»Wieso nicht?«

»Weil Sie doch Schweigers Manuskript wollen. Glauben Sie mir, wenn die Polizei Schweigers Haus auf den Kopf stellt und das Manuskript findet, landet es erst mal als Beweisstück in der Asservatenkammer. Es kann Monate oder Jahre dauern, bis das wieder freigegeben wird.«

»Was schlagen Sie vor?«

»Dass ich zu Erik Mutschmann fahre und ihn frage, ob er was zum Verbleib des Manuskripts sagen kann.«

»Hätten Sie denn so viel Zeit?«

Leo war froh, dass Doktor Durante ihn jetzt nicht sehen konnte, denn die Dollarzeichen in seinen Augen wären ihm peinlich gewesen.

»Die nehme ich mir eben. Schließlich lautet mein Auftrag, das *Mordsgeschrei* zu beschaffen. Da es nicht in Garching ist, muss ich eben dorthin fahren, wo er sich allem Anschein nach befindet.«

Und verdopple mal eben mein Honorar, dachte Leo mit unterdrückter Freude. Ein weiterer Tag würde noch mal 500 Euro bringen.

»Haben Sie Erik Mutschmanns Adresse in Landau?«

»Die muss ich erst raussuchen. Ich schicke sie Ihnen.«

»Bitte als SMS.«

»Verstanden«, sagte Doktor Durante. »Eine Bitte noch: Wenn Sie bei Mutschmann sind, könnten Sie ihn bei der Gelegenheit fragen, wo sein eigenes Manuskript bleibt?«

»Ist der etwa auch überfällig?«

»Seit einer Woche.«

12

Der Zentrale Omnibusbahnhof zu Füßen der Hackerbrücke sah aus wie ein Gürteltier aus einem Science-Fiction-Film und spuckte im Minutentakt grüne, gelbe und rote Busse aus, die nach ganz Europa fuhren. Einer davon fuhr nach Landau. Fahrzeit vier Stunden, genauso viel wie der Zug. Er kostete aber nur 15 Euro statt 100. Weil der Bus so gut wie leer war und er noch Zeit hatte, ging Leo noch mal los, um was zu essen. Jenseits der Hackerbrücke fand er eine Metzgerei, in der es sehr leckere warme Leberkässemmeln gab. Die Scheibe war bissfest, das Brötchen knackig, der Senf würzig-süß, und auch das Spezi von Paulaner war ausgezeichnet. Wenn aus der Detektei nichts würde, könnte er ja Berlins ersten Paulaner-Spezi-Import aufmachen. Leo liebte Fast Food. In Berlin kannte er alle guten Schnellimbisse: Die *Curry Baude* am Gesundbrunnen, den *Kachel-Döner* in der Adalbertstraße, die *Wan Tans* am Rosenthaler Platz. Es entbehrte nicht einer gewissen Ironie, dass ausgerechnet er so auf Fast Food stand. Fast Food war ja mal als Essen für die besonders Eiligen erfunden worden, die keine Zeit für ein richtiges Mittagessen hatten. Für Berufstätige, die zurück ins Büro oder auf die Baustelle mussten. Zu denen gehörte Leo überhaupt nicht. Wenn er eins im Überfluss hatte, dann war es Zeit. Er hatte so viel davon, dass er oft gar nicht wusste, wohin damit. Man müsste seine Zeit verkaufen können. Das wäre ein tolles Geschäft. Der Käufer bekäme Zeit und der Verkäufer Geld. Denn blöderweise hatten ja die, die zu viel Zeit hatten, meist auch zu wenig Geld, um es dann auszugeben.

Als er zurückkam, war der Bus bis auf zwei Reihen hinterm Fahrer immer noch leer. Leo suchte sich einen Fensterplatz weit hinten und freute sich auf eine geruhsame Fahrt. Doch nach und nach tauchten immer mehr Fahrgäste auf, und als es dann endlich losging, waren alle Plätze besetzt. Die Sonne knallte durchs Fenster. Sie waren noch nicht aus München heraus, da teilte der Fahrer mit, dass die Klimaanlage ausgefallen war. Die meisten Mitreisenden waren Teenager. Die Mädchen feilten ihre Fingernägel, die Jungs soffen Bier, weiter hinten wurde geknutscht. Alle quatschten durcheinander, untermalt von deutschen Schlagern, die über die Bordbeschallung zugeschaltet waren, und den Heavy-Metal-Videos, die Leos Sitznachbar auf einem Tablet ansah. Ohne Kopfhörer. Er war kahlköpfig und hatte drei tätowierte Knasttränen unterm rechten Auge. Ein Russe, tippte Leo, oder Ukrainer. Quer zu ihren Füßen lag dessen riesige Sporttasche. Das letzte Mal so eingezwängt gefühlt hatte Leo sich in der Schule, im Schwitzkasten von Sven Kowalski aus der 8b. Er musste sich immer wieder sagen, dass er 85 Euro gespart hatte und es in vier Stunden geschafft haben würde.

In drei, sagte er sich bei der Ausfahrt Augsburg.

In zweieinhalb, bei der Ausfahrt Günzburg.

In zwei, in eineinhalb und in einer bei den Ausfahrten Ulm, Merklingen und Kirchheim/Teck.

Nichts sagte er sich, als der Bus den Flughafen Stuttgart ansteuerte. Auch nicht, als es nach zwanzigminütigem Zwischenstopp, bei dem niemand aus- oder zustieg, weiterging. Erst als der Bus auf dem Zubringer zurück zur Autobahn sein Tempo drosselte, wurde Leo nervös.

Schließlich blieb der Bus ganz stehen.

Sie waren in einen Stau geraten. Staus kannte Leo seit Jahren nur aus dem Radio, wenn es auf der A 111 zwischen Flughafen Tegel und Kurt-Schumacher-Platz mal wieder gekracht hatte.

»Scheise«, sagte der Glatzkopf mit scharfem, osteuropäischem Akzent. Leo hatte richtiggelegen.

»Es geht bestimmt gleich weiter«, glaubte Leo.

»Kannst du vergässän. Geht nix mehr. Ich fahre das jäde Wochä. Steckst du immer fest.«

Der Russe sah auf seine Armbanduhr. »Das kostet uns sicher zway Schdunde. Eher dray.«

Es wurden viereinhalb.

Viereinhalb Stunden lang kein Fünkchen Panta rhei.

Zu Hause konnte Leo tagelang nichts tun, ohne dass ihm langweilig wurde. In diesem Bus war er nach einer Stunde mit den Nerven am Ende. Leo verfluchte den Fahrer, weil er dem Stau nicht ausgewichen war. Er verfluchte die Autofahrer, die ihn verursacht hatten. Er verfluchte den Deutschen Bundestag, weil der ja unbedingt den Fernbusverkehr hatte liberalisieren müssen. Er verfluchte Schweiger, weil der verschwunden war, und diesen Erik Mutschmann, weil der möglicherweise Schweigers Manuskript gestohlen hatte. Er verfluchte Doktor Durante, der ihm diesen Auftrag gegeben, Rosa, weil sie ihm zugeredet, und sich selbst, weil er sein Gras zu Hause und *Mordsspaß* von Schweiger im Koffer gelassen hatte, der unten im Gepäckfach stand.

Da fiel Leo die *Einführung in die Theorie und Praxis des Kriminalromans* ein, die er bei Schweiger mitgenommen hatte. Er stand auf und fummelte das Buch aus seiner Baumwolltasche, die in dem schmalen Gepäckfach über ihm lag. Es war in einem kleinen Verlag in Tübingen herausgekommen und in dem trockenen Stil geschrieben, an dem Leo sich schon zu Studentenzeiten die Zähne ausgebissen hatte. Das erste Kapitel widmete sich den *Anfängen der Kriminalliteratur: König Ödipus von Sophokles.* Ödipus suchte den Mörder des ehemaligen Königs Laios und wusste nicht, dass er selbst es war. Das zweite Kapitel analysierte Edgar Allan Poes Erzählung *Der Doppelmord in der Rue Morgue* von 1841, die als erste moderne Detektivgeschichte überhaupt galt, in der ein Detektiv herausfand, dass der Mörder ein entlaufener Orang-Utan war. Ein Kapitel stellte feministische Ansätze vor, eins psychoanalytische und eines dekonstruktivistische. Leo konnte sich beim besten Willen nicht vorstellen, dass es auf dieser Welt irgendjemanden gab, der diese Einführung gelesen hatte, außer vielleicht die Eltern des Autors. Leo suchte nach dem Namen. Der Autor entpuppte sich als Autorin. Sie hieß Gudrun Kleindienst. Beziehungsweise Doktor Gudrun Kleindienst. Schließlich war es ihre Dissertation. Ein Foto von ihr gab es nicht. Vielleicht konnte sie ihm weiterhelfen?

Weil der Russe eingeschlafen war, lieh Leo sich dessen Tablet aus. Vorsichtig zog er es aus seiner mächtigen Umklammerung. Er fand Gudrun Kleindienst auf der Seite des Germanistischen Instituts der Humboldt-Universität. Sie gab in diesem Semester eine Lehrveranstaltung über Schweizerische Kriminaldramen von Dürrenmatt bis Widmer und ein Seminar über Anfänge des deutschsprachigen Thrillers.

An G.Kleindienst@hu-berlin.de

Sehr geehrte Frau Kleindienst,
mit großem Interesse habe ich die »Einführung in die Theorie und Praxis des Kriminalromans« gelesen. Deshalb wende ich mich an Sie, denn seit Kurzem bin ich im Besitz einer kleinen, spannenden Kriminalgeschichte. Ich würde gerne wissen, wer sie verfasst hat. Möglicher-

weise war es ein berühmter zeitgenössischer Krimiautor. Vielleicht könnten Sie als Fachfrau mal einen Blick drauf werfen. Zu Ihrer Beruhigung: Es dauert bestimmt nicht lange, der Text ist nur knapp vier Seiten lang.
Freundliche Grüße und besten Dank im Voraus,
Leo Donat

Leo war selbst ganz erstaunt, wie schleimig er schreiben konnte. Sein Coaching machte sich allmählich bezahlt. Rosa hatte ihm immer wieder eingebläut, dass Freundlichkeit weiterhalf, wenn man etwas von anderen Menschen wollte.

Anschließend klickte Leo sich durch die Nachrichten. Ein Späti-Betreiber in Moabit hatte einen Dieb mit dem Feuerlöscher in die Flucht geschlagen. Das Columbiabad musste gestern nach einer Massenschlägerei geräumt werden. Die Zahl der Berlin-Touristen war im ersten Quartal schon wieder um acht Prozent gestiegen. Es sollte weiter heiß und stickig bleiben. Im Osten nichts Neues.

13

Leiche schwimmt in der Alz

(Alt-Neuöttinger Anzeiger) Am Freitag wurde in der Alz der Leichnam eines unbekannten Mannes gefunden. Der Tote, der unbekleidet war, klemmte in einer Reuse fest. Da mehrere Hundert Meter weiter oben ein Handtuch und Badelatschen gefunden wurden, geht die Regensburger Kriminalpolizei, die die Ermittlungen aufgenommen hat, von einem tragischen Badeunfall aus. Die Spurensicherung dauert derzeit noch an.

Ob es sich bei dem Toten um den seit Tagen vermissten Schriftsteller Gunter Maria Schweiger handelt, konnte die Polizei nicht bestätigen. Die Identität des Mannes konnte bisher noch nicht geklärt werden. Dass er bereits mehrere Tage im Wasser lag, erschwert seine Identifikation.

Mögliche Zeugen, denen in der Nähe des Tatortes etwas Verdächtiges aufgefallen ist oder die Menschen gesehen haben, werden gebeten, sich bei der Polizei zu melden. Wer hat zwischen Montag und Mittwoch einen Mann gesehen, der leicht- oder unbekleidet zur Alz ging? Wer vermisst eine nahestehende Person, an einen Freund oder Nachbarn? Wer kann gegebenenfalls Hinweise zum Verbleib der restlichen Kleidung geben?

14

Es gibt über zweitausend Arten Gottesanbeterinnen. Die meisten davon leben in tropischen und subtropischen Gegenden. In Europa gibt es nur eine einzige Art, das ist die Europäische Gottesanbeterin. Man findet sie auch in den rheinland-pfälzischen Weinbergen. Gottesanbeterinnen sind eine Fangschreckenart, bei der das Weibchen das Männchen während oder nach dem Geschlechtsverkehr auffrisst …

Vicky Gauss saß in ihrem Arbeitszimmer unterm Dach und blätterte in *Brehms Tierleben*. Sie wollte nächste Woche mit der 5c in einen Weinberg gehen. Das würde bestimmt schön werden, sie mochte Projekttage mit den Kleinen. Die waren noch rein und unverdorben und freuten sich über Expeditionen. Vicky liebte die Kinder. Auch wenn das Wissen, dass diese süßen Fratze in wenigen Jahren zu lustlosen Monstern mutieren würden, die ihr das Leben zur Hölle machten, es ihr erschwerte, immer völlig unvoreingenommen zu sein.

Dass Gottesanbeterinnen ihre Männer auffraßen, wusste Vicky natürlich. Dass sie schon während des Geschlechtsakts damit anfingen, war ihr neu. Wieso machten die das? *Brehms Tierleben* zufolge verspeisten die Gottesanbeterinnen ihren Partner nicht absichtlich. Sondern sie fraßen immerzu alles, was sie zwischen die betenden Arme bekamen, und hörten auch während des Geschlechtsakts nicht damit auf, sodass es manchmal eben ihre Männchen erwischte. Vielleicht stimmte das gar nicht, überlegte Vicky. Vielleicht war das in Wahrheit eine Art Liebesdienst. Angeblich gab es

Menschen, die sich beim Sex absichtlich den Hals zuschnürten, um den Orgasmus zu intensivieren. Manche starben sogar dabei, weil sie nicht rechtzeitig wieder locker ließen, so wie dieser australische Sänger damals, wie hieß der noch mal? So was machten immer nur Männer. Die Gottesanbeterin fraß den Gottesanbeter beim Sex, um ihm somit den absoluten Superorgasmus zu bescheren. Umgekehrt gab es so was nicht. Der Mann, der einer Frau einen Superorgasmus schenkte, musste erst noch erfunden werden.

Es war kurz vor sechs. Vicky bekam Hunger. Sie ging runter in die Küche und schob eine Spinatlasagne in die Mikrowelle, die noch vom letzten Wochenende übrig war. Früher hatte sie nie auf Vorrat gekocht. Seit sie meistens allein aß, fror sie viel ein. In der Tiefkühltruhe warteten drei Portionen Rotkraut, zwei Rinderrouladen und viermal Sauce Bolognese. Um diese Zeit war ihr Mann immer nach Hause gekommen. Besser gesagt, ihr Ex-Mann. Eine halbe Stunde später ging der Streit los. Er fand immer irgendwas, an dem er herumkritteln konnte. Ihn störte, wie langsam sie aß, wie lange sie duschte, wie unbequem die Lehne ihres Schreibtischstuhls eingestellt war. Wenn er ihr wenigstens mal eine richtige Szene gemacht hätte. Aber er verpackte ja alles immer nur in scheinbar beiläufige Fragen: »So stellst du deine Schuhe hin? Sitzt du immer so nah vorm Fernseher? Bist du dir sicher, dass man das noch essen kann?«

Drei Monate nach ihrem vierzigsten Geburtstag warf sie ihn raus. Er zog nach Ludwigshafen. Wenn sie sich heute zufällig auf einem Weinfest in der Umgebung begegneten, wechselten sie ein paar belanglose Worte wie ehemalige Nachbarn.

Das *Bling!* der Mikrowelle riss Vicky aus ihren Erinnerungen. Sie nahm die Lasagne heraus, setzte sich an den großen Tisch im Esszimmer und goss sich ein Glas Wein ein.

Einen Silvaner von der *Winzergenossenschaft Leiningerland*, den sie heute Morgen kalt gestellt hatte. Es war zwar erst kurz nach sechs, aber trotzdem. Vor ihr lagen die Aufsätze ihres Deutsch-Leistungskurses, die noch korrigiert werden mussten. Zwanzig Schüler des örtlichen Gymnasiums, die mit der Frage »Welche juristische und moralische Verantwortung trägt Faust daran, dass Grete das gemeinsame Kind umbringt?« heillos überfordert waren. Die knallten sich täglich hundertfach in Ballerspielen über den Haufen, aber wenn sie sich einmal theoretisch mit einem gewaltsam ausgelöschten Leben beschäftigten sollten, schauten sie blöd aus der Wäsche. Darauf hatte Vicky gar keine Lust. Heute war Freitag, das Wochenende stand vor der Tür. Sie schob die Aufsätze zur Seite und schlug die Fernsehzeitung auf. Im ZDF kamen zwei Krimis, später im Ersten einer aus Skandinavien. Das klang doch gut.

Aber verdammt, hatte sie sich in Berlin nicht vorgenommen, wieder mehr zu unternehmen? Sie war gestern von einer Fortbildung aus der Hauptstadt zurückgekommen. Drei Tage lang hatte sie sich über Gewaltprävention informiert und abends alleine die Stadt erobert. Die lebendige und bunte Atmosphäre auf den Straßen hatte ihr gefallen. Natürlich war sie am Brandenburger Tor gewesen, auf der Museumsinsel und im Udo-Lindenberg-Musical am Potsdamer Platz. Aber wirklich beeindruckt hatte sie das echte Berliner *Street Life*. Diese Lebenslust. Diese Ausgeflipptheit. Die vielen Kreativen, die alle Vollbärte und Piercings und Start-ups hatten. Läden, die noch Schallplatten verkauften. Geschäfte, die nur grüne Tees anboten oder nur Emailgeschirr oder nur Lakritz. Und Lokale, die so lustige Namen trugen wie *Fräulein Dickes*, *Knödelwirtschaft* und *Frissdichsatt*. Dort gab es eine kalte Takatukka-Suppe mit geschrotetem Mohn, das Bier stammte von einem kleinen Brauereikollektiv aus dem Umland, und die Servietten musste man sich von einer fetten Rolle Zewa Wisch&Weg abreißen, die von Tisch zu Tisch wanderte – herrlich! Sie hatte sich so lebendig gefühlt wie lange nicht. Sie war zu jung, um ihr Leben vor der Glotze zu verbringen, verdammt nochmal! Sie schenkte sich noch ein Glas Wein ein und blätterte zu den Veranstaltungstipps. Ins Kino gingen freitags ihre Schüler, denen wollte sie in ihrer Freizeit nicht begegnen. Theater? Dort bewiesen bürgerliche Paare sich und den anderen, dass sie noch gemeinsame Interessen hatten. Nein, danke! Was war mit einer Weinstube? Eine Frau, die am Freitagabend alleine ausging, hatte was Deprimierendes. Sie konnte eine Kollegin anrufen und fragen, ob sie Lust auf ein Glas Wein hatte. Aber die saßen wahrscheinlich alle mit ihren Männern auf dem Sofa und glotzten Krimis aus Deutschland und Skandinavien. Was war denn sonst los? Das Rote Kreuz lud zum Blutspenden ein. Die Mundartbühne spielte *En Schoppe zu viel.* In Historischen Rathaus von Speyer gab ein Kammermusikorchester Werke von Mozart, und in Landau gab es eine Krimiführung.

Auf den Spuren von Erik Mutschmanns beliebter Kommissarin Susi Wiegand erkunden wir Landau. Wir ermitteln in den dunklen Gassen der Altstadt, finden Spuren im Savoyenpark und im historischen Festspielhaus. Unkostenbeitrag 15 Euro, Treffpunkt 19:00 Uhr an der Statue des Prinzregenten Luitpold, telefonische Voranmeldung erbeten.

Das klang doch interessant.

15

»Liebe Fahrgäste, in wenigen Minuten erreichen wir unser Endziel, die schöne Universitätsstadt Landau. Ich möchte mich – auch im Namen von Flixbus – noch mal für die Verspätung entschuldigen. Es würde uns freuen, Sie bald wieder an Bord begrüßen zu dürfen.«

Kaum hatte der Fahrer seine heuchlerischen Abschiedsworte gesprochen, stand Leo auf. Er holte seine Jacke aus dem Gepäckfach, nickte dem Russen kurz zu und ging zur Tür. Wo er noch mal zehn Minuten stehen musste, ehe der Bus tatsächlich hielt. Und dann noch mal fünfzehn, bis er seinen Koffer hatte. Weil er in München als Erster eingestiegen war, war er jetzt der Letzte, der sein Gepäck bekam.

Es war beinahe sieben Uhr abends und immer noch drückend heiß. Das hier war die heißeste Gegend Deutschlands. Leo verspürte großen Durst. In einem fensterlosen Eckhaus an der nächsten Straßenecke lockte ein altbackenes Schild mit *Moninger Bierspezialitäten.* Dorthin wollte Leo gehen. Vorher musste er noch Doktor Durante anrufen. Es sprang nur die Mailbox an.

»Hallo, hier ist noch mal Leo Donat. Ich bin jetzt in Landau. Sie wollten mir doch Mutschmanns Adresse durchgeben, damit ich ihn gleich morgen früh besuchen kann.«

Ein Hotel brauchte er auch. Am Bahnhof gab es bestimmt eine Hotelauskunft. Leo schleppte seinen Koffer zu einem nichtssagenden grauen Flachbau, wie es sie in Deutschland zu Hunderten gab. Wenn Zweckmäßigkeit oberste Priorität hatte, kam eigentlich immer Stuss raus. Die blecherne Postkutsche an der Wand sah aus wie aus dem Werkunterricht. Leos Blick fiel auf eine Plakatwand auf dem Bahnhofsvorplatz. Zwei Schönheiten mit makellosen Körpern warben für die neuesten H&M-Bikinis. Die waren alle gefotoshoppt, sagte Rosa. Aber lange konnten sie ihn nicht fesseln, denn daneben hing ein kleineres Plakat.

Auf den Spuren von Erik Mutschmanns beliebter Kommissarin Susi Wiegand erkunden wir Landau. Wir ermitteln in den dunklen Gassen der Altstadt, finden Spuren im Savoyenpark und im historischen Festspielhaus. Unkostenbeitrag 15 Euro, Treffpunkt 19:00 Uhr an der Statue des Prinzregenten Luitpold, telefonische Voranmeldung erbeten.

Es gab Menschen, die glaubten nicht an Zufälle. Leo schon. Das hier war einer, und zwar ein unglaublicher! Der Mutschmann, den er suchte, machte heute eine Stadtführung! Leo rief sofort die angegebene Nummer an.

»Graubner?«, meldete sich eine Frauenstimme.

»Ich rufe wegen der Führung an«, erklärte Leo.

»Ei, welsche dann?«

»Die von Mutschmann.«

»Die ist grad losgegange.«

Leo sah auf die Uhr. Es war kurz nach sieben.

»Ich weiß. Kann ich noch mitmachen?«

»Ei, hawwe Se sisch aaagemeld?«

»Was?«

»Ei, hawwe Se sisch aaagemeld?« Gleiche Wortwahl, gleicher Tonfall.

»Ich habe es versucht«, log Leo, der Frau Graubners Widerstände spürte. »Aber es war entweder besetzt, oder der Anrufbeantworter sprang an.«

»Des kanned sei.«

»So was denke ich mir doch nicht aus!«

»Na guud«, sagte Frau Graubner. »Komme Se halt noch dezu.«

»Ich bin in drei Minuten da! Wo genau steht der König Luitpold?«

»Des ist nur de Prinzregent. Un der schded uffem Rathausplatz.«

Leo eilte zurück in den Bahnhof, wuchtete seinen Koffer in ein Schließfach und freute sich über das schöne Geräusch des Zusperrens. Gab es ein Schloss, das sich beim Schließen schöner anhörte und -fühlte als ein deutsches Bahnhofs-Schließfach? Ein bisschen schwerfällig, mit einem angenehmen mehrstufigen Widerstand und einem entschiedenen Ratsch-Klack am Ende. Blöd nur, dass Leo noch mal aufsperren musste, weil er aus Versehen seine Lederjacke mit eingeschlossen hatte; zwei Euro, nur wegen seiner Gedankenlosigkeit.

Der Rathausplatz war fast so groß wie der Alexanderplatz. Er war umsäumt von stattlichen Bürgerhäusern, in denen sich Cafés und Gasthäuser befanden. In den anderen waren *Rossmann-*, *dm-* und *Müller*-Filialen untergebracht. Die Pfälzer schienen ein echtes Reinlichkeitsproblem zu haben. Die Reiterstatue, die er suchte, stand im hinteren Teil des Platzes. Blöderweise wartete dort niemand mehr darunter. Die Gruppe musste schon losgezogen sein. Hätten die nicht ein paar Minuten warten können!?

16

»Hinter mir sehen Sie das Frank-Loebsche Haus. Das mehrere Hundert Jahre alte Gebäude wurde schon als Wirtshaus, Kaufhaus und Speicherhaus genutzt. Seinen Namen verdankt es seinen ehemaligen Besitzern, der jüdischen Familie Frank-Loeb, die im Nationalsozialismus enteignet wurde. 1987 hat die Stadt Landau das Haus erworben und umgebaut. Wer weiß denn, in welchem Krimi dieses Haus eine wichtige Rolle spielt?«

Vicky Gauss kannte die Antwort: *Tulpen aus Amsterdam.* Sie hatte alle Mutschmann-Krimis gelesen.

Vicky stand mit dreißig anderen Teilnehmern der Krimiführung vor dem historischen Fachwerkhaus und lauschte dem Vortrag der Fremdenführerin Frau Graubner, die ein schwarz-weißes Trachtenkleid trug. Vicky fand dieses Frage-Antwort-Spiel etwas kindisch. Die anderen Teilnehmer reckten die Finger in die Höhe und tuschelten sich die richtige Antwort zu.

Frau Graubner nickte einem hüftsteifen Herrn zu. »Ja, bitte?«

»Tulpen aus Amsterdam«, antwortete der Herr brav.

Frau Graubner strahlte. »Richtig!«

»In dem Haus wird die Leiche eines holländischen Schmuckbesitzers gefunden«, fügte eine junge Frau hinzu, die sich gar nicht gemeldet hatte. »Kommissarin Susi Wiegand findet raus, dass er Verbindungen zur Familie von Anne Frank hatte.«

Ein Raunen ging durch die Gruppe. Anne Frank? Die Anne Frank!?! An der Krimitour nahmen also auch Leute teil, die Mutschmanns Bücher nicht kannten.

»Richtig«, sagte Frau Graubner nicht mehr ganz so begeistert. Wahrscheinlich hatte die junge Frau gerade die nächste Frage vorweggenommen. »Zacharias Frank war der Urgroßvater von Anne Frank und hat dieses Haus im Jahr 1870 gekauft.«

Früher hatte Mutschmann Bücher zur Stadt- und Landesgeschichte veröffentlicht, für die sich kein Mensch interessiert hatte. Dann fing er an, sein Wissen in Krimis einzubauen, seitdem lief es. *Crime History* hieß das Subgenre, das er damit geschaffen hatte. In *Schwarz Tot Gold* ging es um das Hambacher Fest, in *Baumeister des Todes* um den Baumeister Vauban und in *Eisige Nächte* um den pfälzischen Polarforscher Georg von Neumayer, der die sieben Weltmeere bereist und die Deutsche Seewarte in Hamburg gegründet hatte. Heldin der Krimireihe war Kommissarin Susi Wiegand. Susi sah gut aus, trieb regelmäßig Sport, hatte einen IQ von 150, drei süße Kinder und den gut aussehenden Franzosen Jean-Claude zum Mann, der sie auch nach fünfzehn Jahren Ehe immer noch begehrte wie am ersten Tag. Es gab nicht wenige Pfälzerinnen, die Susi Wiegand dafür hassten, so perfekt zu sein. Vicky fand diese Karikatur aller Männerträume eher amüsant.

»Dann gehen wir jetzt in den Innenhof«, ordnete die Führerin an, »bitte beachten Sie das gut erhaltene Fachwerk.«

Eine Krimiführung hatte sich Vicky anders vorgestellt. Spielerischer. Interaktiver. Dass man selbst Spuren suchen und einen Fall lösen musste, allein oder in Gruppen. Stattdessen klapperten sie Landaus Sehenswürdigkeiten ab, die sie längst kannte. Aber immer noch besser, als diesen schönen Sommerabend vor der Glotze zu verbringen. Leider nahmen außer ihr nur Paare teil. Was machten denn die alleinstehenden Männer an ihren Freitagabenden? An so einem Event nahmen sie jedenfalls nicht teil.

Die Führerin zeigte nach oben in die zweite Arkaden-Reihe. »In welchem Band macht Jean-Claude Susi Wiegand einen Heiratsantrag?«

»Schwarz Tot Gold«, riefen mehrere Teilnehmer.

Darin wurde der Landrat von Bad Dürkheim von Unbekannten mit einer gold-rot-schwarzen Fahne an einen Baum gespießt. Der Verdacht fiel auf studentische Burschenschafter, die auf dem Hambacher Schloss ein Verbindungstreffen veranstalten wollten. Der Landrat hatte das unter dem Applaus der linksliberalen Dürkheimer Bürgerschaft abgelehnt, die Pfalz dulde keine rechten Hetzer. Doch dann fand Susi Wiegand raus, dass der Landrat selbst heimliches Mitglied dieser Verbindung war. Sie tauchte ein in einen Sumpf aus Schmiergeldzahlungen, Betrug und Erpressung, der bis in die rheinland-pfälzische Landespolitik hineinreichte. Nebenbei rettete sie ihrem Mann Jean-Claude das Leben, der daraufhin erneut um ihre Hand anhielt, obwohl sie schon verheiratet waren.

»Und wer würde einen Antrag von so einem Mann ablehnen?!«

»Niemand!«, riefen alle.

Selbst Vicky musste lachen.

In das Gelächter hinein erklang eine verrauchte Stimme: »Ist das hier die Mutschmann-Führung?«

Alle drehten sich um. Da stand ein mittelalter, unrasierter Kerl, dem der Schweiß von der Stirn rann. Vicky traute ihren Augen nicht: Das war der Mann, mit dem sie gestern im Zug gesessen hatte. Der im Flüsterabteil so laut telefoniert hatte, dass er gemaßregelt werden musste. Den sie gern angesprochen hätte, was sie sich aber mal wieder nicht getraut hatte.

Obwohl sie überhaupt nicht mehr an ihn gedacht hatte, erkannte sie ihn sofort wieder. Schwer zu sagen, ob er vierzig war und älter aussah oder fünfzig und sich gut gehalten hatte. Er wirkte ein bisschen mitgenommen, und auch sein Dreitagebart gehörte mal wieder gestutzt. Trotzdem oder gerade deswegen strahlte er etwas Großstädtisch-Geheimnisvolles aus, etwas Verführerisches, Zupackendes – kein Vergleich zu den Männern aus der Pfalz. Die verströmten eher die teigige Aura von Aufbackbrötchen. Es sollte Menschen geben, die nicht an Zufälle glaubten. Vicky war eine von ihnen. Was wollte der Unbekannte aus dem Zug hier? Hatte er sie gesucht? Sie war ganz aufgeregt. War das die zweite Chance, auf die man so oft im Leben hoffte, ohne sie je zu bekommen?

»Hätten Sie nicht auf mich warten können?«, fragte der Mann.

»Wer sinn dann Sie?«, erwiderte die Führerin.

Einige Teilnehmer drehten sich zu ihr um, weil sie ins Pfälzische gekippt war.

Gute Frage, dachte Vicky.

»Sie haben doch gesagt, dass Sie unter dem Dings-Reiter warten.«

»Ich wess jetzt ned.« Die Führerin zog einen DIN-A4-Ausdruck aus der Tasche, auf dem die Teilnehmer aufgelistet waren. »Hawwe Se denn bezahlt?«

»Natürlich«, sagte der Mann.

Vicky sah ihm an, dass das geschwindelt war. In zwanzig Jahren Lehramt entwickelte man ein Gespür, ob jemand log oder nicht.

Auch die Führerin schien sich nicht sicher, ob das stimmte. Aber weil die anderen Teilnehmer unruhig wurden, steckte sie den Zettel zurück in die Tasche.

»Also gut«, sagte sie, diesmal wieder auf Hochdeutsch,

»die nächste Station ist die Festhalle. In welchem Roman muss Susi Wiegand …«

»Das Totenhaus!!«, rief die Gruppe im Chor.

Die Jugendstil-Festhalle war eine Mischung aus K. u. k.-Bahnhof, französischer Kathedrale und Rudolf-Steiner-Schule. Frau Graubner stellte sich in den Schatten des vordachartigen Balkons und wartete, bis man sich im Halbkreis um sie versammelt hatte. Der Neue musterte die einzelnen Gruppenmitglieder wie ein misstrauischer Schäferhund seine Schafe. Vickys Herz schlug schneller, als sie sich neben den Neuen stellte. Sie konnte sein Aftershave riechen. Sie wollte etwas zu ihm sagen, aber was?

Sie stellte sich vor, wie es wäre, nach seiner Hand zu greifen und ihn mit nach Hause zu nehmen. Das fühlte sich schön an. Seit ihrer Scheidung vor zwei Jahren hatte sie keinen Mann mehr berührt. In den drei Jahren davor auch nicht. Wieso war sie nur immer so brav und zurückhaltend? Was war denn so schlimm daran, mit einem fremden Menschen Kontakt aufzunehmen? Sie musste ja nicht mit der Tür ins Haus fallen und fragen, ob er Lust hätte, mit ihr durchzubrennen. Was sprach gegen ein ganz normales Gespräch? Schlimmstenfalls hatte er keine Lust auf Konversation. Na und? Das Leben würde weitergehen. Andererseits könnte er auch gänzlich unsympathisch sein oder lispeln oder Mundgeruch haben. Aber auch das würde sie überleben.

»Die denkmalgeschützte Festhalle ist einer der elegantesten Festspielbauten Deutschlands. Mit welchen privaten Problemen hat Susi Wiegand in dieser Geschichte zu kämpfen?«

»Ihre Tochter hat einen Reitunfall«, rief eine rothaarige Frau.

»Nein, das passiert in *Der große Grenzverkehr*«, korrigierte sie ein Mann. »Im *Totenhaus* hat sie Angst, dass ihr Mann sie betrügt.«

»Stimmt«, sagte die Rothaarige und klatschte sich an den Kopf.

»Ich wusste von Anfang an, dass sie sich das nur einbildet«, fügte ein anderer Mann hinzu, »das würde Jean-Claude nämlich nie tun.«

»Okay, es reicht«, beschied der Neue. »Wer von Ihnen ist Herr Mutschmann?«

Alle drehten sich nach ihm um.

»Ich muss dringend mit ihm sprechen.«

»Aber Herr Mutschmann ist nicht da«, erklärte Frau Graubner.

»Ist das hier nicht die Mutschmann-Führung?«

Alle lachten.

Der Neue wurde ungeduldig. »Was soll das? Wir sind doch in Landau, oder nicht?«

Weiteres Gelächter.

Vicky hätte den anderen am liebsten den Mund verboten, aber sie war ja nicht in der Schule.

»Diese Führung wandelt auf den Spuren von Susi Wiegand«, erklärte Frau Graubner, »mit Herrn Mutschmann hat das gar nichts zu tun.«

»Und wo finde ich Herrn Mutschmann? Es ist wirklich sehr dringend.«

»Das weiß ich nicht.«

Der Mann wandte sich an die Gruppe. »Weiß jemand, wo ich Erik Mutschmann finde?«

Alle schüttelten den Kopf.

»Merde«, fluchte der Neue, drehte sich um und ging.

17

Leo ging zurück auf den Marktplatz, setzte sich an den erstbesten Tisch und bestellte ein Bier. Weil er so großen Durst hatte und nicht gleich betrunken sein wollte, zeigte er mit dem Finger zusätzlich auf eine der großen Apfelsaftschorlen, die auf den Nachbartischen standen. »Aber bitte nicht zu dünn.«

»Gern«, sagte der junge Kellner, der eine richtige Kellnerschürze trug, freundlich.

Leo sah sich um. Alles hier war sauber und ordentlich, es gab Tischdecken und Besteckkästen. Jung und Alt, Arbeiter und Angestellte, Beamte und Studenten, Punks und Bauarbeiter saßen hier einträchtig beisammen. So was kannte Leo gar nicht. In Berlin war alles schön säuberlich getrennt.

Als der Kellner die Apfelsaftschorle brachte, fragte Leo, wo Mutschmann wohnte. Denn Doktor Durante hatte die Adresse immer noch nicht geschickt und ging auch nicht ans Telefon.

»Wer?«, fragte der Kellner.

»Erik Mutschmann, der Schriftsteller.«

Der Junge schüttelte den Kopf: »Keine Ahnung, ich studier hier nur.«

Leo rief die Telefonauskunft an.

»Tut mir leid«, erklärte eine weibliche Stimme mit falscher Freundlichkeit, »wir dürfen keine Adressen rausgeben, nur Telefonnummern.«

»Dann bitte die Telefonnummer von Erik Mutschmann.«

Kurzes Getippe, dann: »Tut mir leid, es liegt kein Eintrag vor.«

Und jetzt? Einwohnermeldeämter hatten samstags geschlossen. Der dicke Gerhard hob nicht ab. Wahrscheinlich war er immer noch sauer, weil Leo den Skattermin verbaselt hatte.

Leo nahm einen großen Schluck Schorle ... und spuckte ihn sofort wieder aus. Das war kein Apfelsaft, das war Weißwein! Das soffen die hier halbliterweise!? Leo spülte schnell mit einem großen Schluck Bier nach, um den sauren Geschmack zu neutralisieren. Als er sich eine Zigarette in den Mund steckte, hielt ihm jemand ein brennendes Feuerzeug hin, auf dem in roten Buchstaben *Winzergenossenschaft Leiningerland* stand.

»Vielleicht kann ich Ihnen helfen.«

Leo schob die Zigarette in die Flamme, dann sah er auf. Vor ihm stand eine Frau und lächelte. Sie gefiel Leo auf Anhieb. Aber ihm gefielen ja alle Frauen, die sich für ihn interessierten. Auch wenn er sich sicher war, dass er sie noch nie in seinem Leben gesehen hatte, kam sie ihm bekannt vor.

»Darf ich mich setzen?« Sie hatte große, gesunde Zähne. Wie überhaupt ihre ganze Erscheinung etwas Gesundes und Normales hatte. Sie war normal groß, trug normale Bluejeans, eine normale Handtasche und eine normale Kurzhaarfrisur und normale, bequem aussehende Schuhe.

Ehe Leo antworten konnte, hatte sie schon einen *Spitzen* oder *Bizzen* bestellt, er hatte es nicht richtig verstanden. Er bestellte sich ein weiteres Bier.

»Was wollen Sie von Mutschmann?«

Kurz fragte Leo sich, ob die Frau auf ihn angesetzt worden war. Von Doktor Durante vielleicht oder von Manni, dem Tierarzt aus Garching. Aber letztlich war seine Neugier größer als das Gefühl der Bedrohung.

»Ich wollte mich einfach ein bisschen mit ihm über sein neues Buch unterhalten.«

»Sind Sie Journalist?«, fragte die Frau.

»Nein. Ich arbeite für einen Verlag.«

»Sind Sie Lektor?«

»Sagen wir, ich arbeite einem zu. Dem, der Erik Mutschmanns Bücher verlegt, um genau zu sein.«

»Wie aufregend.«

»Mögen Sie Mutschmanns Bücher?«

Die Frau dachte kurz nach. »Sie sind unterhaltsam und spannend. Bei der Lektüre lernt man viel über Geschichte. Aber von Frauen hat er keine Ahnung. Ich meine, keine Frau der Welt kriegt Ehe, Familie, Beruf, Sport, Freunde und Freizeit unter einen Hut und ist dabei immer gut drauf.«

»Wahrscheinlich sind Mutschmanns Bücher genau deshalb so erfolgreich.«

»Ich finde nicht, dass alles, was sich gut verkauft, automatisch gut ist.«

Es gefiel Leo, hier zu sitzen und mit einer unbekannten Frau über Literatur zu plaudern. Er war nun mal ein Frauenmensch. Er fühlte sich in der Gegenwart von Frauen wohler als in der von Männern. Das war schon immer so gewesen. Sein Coach fand, die Gründe dafür lägen in seiner Vergangenheit, bei seinem Vater und seiner Mutter, und wollte da mal ran. Aber das ging Leo zu weit. Es war eben so, und damit basta. Das war schon in der Jugend losgegangen. Gemeinsam mit seinen Freunden spielte er Fußball, fuhr mit dem Mofa in der Gegend rum und soff sich auf Partys die Birne weg. Aber er verbrachte seine Zeit auch gern mit Mädchen. Das hätten seine Kumpels ebenfalls gern getan, aber sie wussten nicht, wie das ging. Sie brachten in Anwesenheit von Mädchen keine zwei geraden Sätze heraus. Sie schoben das auf ihre Nervosität, auf ihre feuchten Hände und die Erektion, die sie bekamen, wenn sie nur an ein Mädchen dachten. Die Wahrheit war, dass sie nicht wussten, worüber sie mit einem Mädchen reden sollten. Sie hatten keine anderen Themen als Fußball, Mofas und Alkoholabstürze. Das fanden Mädchen uninteressant, wenn sie es nicht sogar verabscheuten.

Leo hatte nie Probleme gehabt, sich mit Mädchen zu unterhalten. Weil er sich für dasselbe interessierte wie sie. Für Bücher. *Der große Gatsby* und *Madame Bovary*, *Der Fänger im Roggen* und *Die Glasglocke*, *Das Delta der Venus* und *Portnoys Beschwerden*, *Jules und Jim* und *Hundert Jahre Einsamkeit*, Leo konnte stundenlang in Büchern versinken. Ebenso lange konnte er über Bücher sprechen. Mit Mädchen. Er sprach mit ihnen über Bücher und die Menschen in den Büchern und das Leben, in dem sie gefangen waren. Er redete über Gesellschaften und Konventionen, über Sehnsüchte und Ausbrüche, über Liebe und Sex. Bücher waren das Brennglas, durch das man sein eigenes Leben betrachtete. Wer über Bücher sprach, sprach über sich selbst. *Geht es dir auch so? Verstehst du das? Fühlst du auch manchmal so? Würdest du das auch gern mal ausprobieren?* Wer Bücher las, suchte nach Anleitung und Inspiration. Wenn Oskar Matzerath und Maria Truczinski sich gegenseitig mit Brausepulver verführten, konnte man das auch mal ausprobieren. Wenn in *Love etc.* eine Dreiecksbeziehung erzählt wurde, wieso das nicht ebenfalls versuchen? Und wenn man in einer lauen Sommernacht mit einer schönen fremden Frau vor einem gemütlichen Lokal saß und Bier und Weißweinschorle trank, konnte man versuchen, mit ihr zu schlafen, so wie Tomas in der *Unerträglichen Leichtigkeit des Seins* mit fremden Frauen schlief. Die Kunst bestand darin, die Liebe und den Liebesakt voneinander zu trennen. Sagte Tomas.

Leo wusste jetzt auch, an wen die Frau ihn erinnerte – an das Mädchen mit dem Perlenohrring, dieses Bild von Vermeer, das vor ein paar Jahren verfilmt worden war. Weil sie auch so einen lasziv geöffneten Mund hatte.

»Und was machen Sie beruflich?«

»Ich bin Lehrerin. Am hiesigen Gymnasium.«

Die Kellnerin brachte die Getränke. Die Frau stürzte sofort das halbe Glas hinunter.

»Entschuldigung, aber ich hatte einfach großen Durst. Darf ich?«

Sie nahm sich eine von Leos Zigaretten, die auf dem Tisch lagen. Gleich beim ersten Zug bekam sie einen derartig heftigen Hustenanfall, dass Leo fürchtete, sie könnte ersticken. Leo klopfte ihr auf den Rücken und kramte ein zerknülltes, aber unbenutztes Papiertaschentuch aus seiner Hosentasche. Sie wischte sich damit die Tränen aus dem Gesicht und lächelte. Sie gefiel ihm immer besser.

»Wir sind uns schon mal begegnet«, sagte sie.

Leo kam beim besten Willen nicht drauf, wo.

»Vorgestern im ICE.«

»Sind Sie auch aus Berlin?«

Vicky rauchte weiter, aber Leo sah, dass sie nur noch paffte.

»Ich hatte dort eine Fortbildung. Das waren wirklich spannende Tage. Kein Wunder, bei der Stadt. Entschuldigen Sie, ich rede und rede und habe mich nicht mal vorgestellt. Ich heiße Vicky Gauss.«

»Leo Donat«, sagte Leo. »Wohnen Sie hier?«

Vicky nickte. »Ein paar Kilometer weiter. In Germersheim.«

»Sie sprechen aber keinen Dialekt.«

»Ich stamme aus dem Hohenlohischen. Den Dialekt, den man dort spricht, musste ich mir abgewöhnen, weil mich meine Schüler nicht verstanden haben.«

Sie bestellten noch ein Getränk und redeten über die

Provinz und Berlin, die Liebe und das Leben und darüber, wie wichtig es war, die richtige Balance zwischen Freizeit und Beruf zu finden. Leo verschwieg, dass heute erst sein zweiter richtiger Arbeitstag war. Je länger sie sprachen, desto weniger dachte er an seinen Fall. Er kam sich vor wie James Bond, der berufsbedingt mal wieder eine tolle Frau aufgerissen hatte. Vicky brachte ihm Pfälzer Ausdrücke bei: *Woi* und *Schbarschel* und *Leewerknöpp*, *Zwiwwl* und *Gawwl*. Leo erklärte ihr, dass kein Berliner *Schwangere Auster* oder *Telespargel* sagte. Sie stritten ein bisschen, weil Vicky Berliner Kneipen gut fand, die Leo nicht kannte oder nicht mochte. Es war ein gutes und lustiges Gespräch, unkompliziert und doch voller Spannung. So nett hatte Leo sich in Berlin schon lange nicht mehr unterhalten. Im Moment verspürte er überhaupt keine Lust, in diesen stinkenden Moloch zurückzukehren.

Weil er dringend was essen musste, wechselten sie das Lokal.

»Ich weiß, wo es den besten Saumagen in ganz Landau gibt.« Vicky zog ihn in eine der engen Gassen.

Leo wurde bleich. »Das kann ich leider nicht essen.«

»Aus religiösen Gründen?«

»Aus politischen. Das hat Helmut Kohl doch immer den ausländischen Staatsgästen serviert.«

Der Kanzler der Einheit hatte so lange Saumagen gegessen, bis die Mauer gefallen war. Das war der Anfang vom Ende von Leos Kreuzberger Lebenswandel gewesen.

Vicky bestand darauf, dass Leo das pfälzische Nationalgericht probierte. Sie gingen in ein rustikal eingerichtetes Lokal, dessen Namen Leo nicht aussprechen konnte. *Bubblbubb*. Oder *Babbldabb*.

Nie im Leben hätte Leo gedacht, dass Saumagen so gut schmeckte. Er hatte einen blutwurstartigen Eintopf erwartet, der sich über den Teller ergoss. Stattdessen bekam er eine angebratene, würzige und schnittfeste Wurstscheibe, deren Konsistenz an einen Bratknödel erinnerte. Dazu gab es knusprige Bratkartoffeln und Sauerkraut, das stundenlang auf dem Herd gestanden haben musste, so dunkel und rösch war es.

Weil Leo gefragt hatte, zählte Vicky auf, was alles im Saumagen drin war: »Gepökeltes Schweinefleisch, Kartoffeln, Kalbsbrät, Brötchen, Eier, Salz, Pfeffer, Piment, Thymian, Lorbeer, Majoran, Muskatnuss.«

Nach dem Essen zogen sie weiter in eine *Woistubb.* Dort gab Leo dem *Geschbritzdn* eine zweite Chance. Diesmal schmeckte er ihm. Aber in Vickys Gegenwart hätte ihm wohl auch Traktordiesel geschmeckt. Vicky erklärte, dass Müller-Thurgau dasselbe war wie Rivaner. Leo erzählte, dass mittlerweile jeder Berliner Späti süddeutsches Bier führte.

»Einerseits finde ich die Verdrängung lokaler Biersorten doof. Andererseits schmeckten Rothaus und Hohenthanner zehnmal besser als Schultheiss oder Kindl.«

Dieses Gefühl, im Alltag ständig Widersprüche aushalten zu müssen, kannte Vicky nur zu gut.

Leo fühlte sich wie in seinen besten Berliner Zeiten. Er war mit einer schönen Frau in einer Bar, sie hatten die Nacht vor sich, und es war scheißegal, was morgen war. *It's hard to be a saint in the City.*

Als Leo erklärte, dass er noch ein Hotelzimmer für die Nacht brauchte, lud Vicky ihn zu sich nach Hause ein.

»Bei mir ist genug Platz.«

Leo nahm an. So würde er mindestens 80 Euro sparen.

»Mein Koffer steht aber noch im Schließfach am Bahnhof.«

»Den holen wir später«, flüsterte Vicky und legte ihre Hand auf sein Knie.

Leo hatte in seinem Leben schon einige Frauen geküsst. Trotzdem war es immer wieder wie beim allerersten Mal. Nichts versöhnte einen Mann so sehr mit der Welt wie die Liebe. Für wenige Minuten waren alle Sorgen vergessen. Leider merkte der Mann auch nirgendwo so deutlich, dass er älter wurde. Leo war einfach nicht mehr so gelenkig wie früher. Um Vicky küssen zu können, hatte er sich weit nach vorn gebeugt. Weswegen sich gleich seine Bandscheibe meldete.

Er erzählte ihr vom eigentlichen Grund seiner Reise. Dass er Detektiv war und der Phönix Verlag ihn hergeschickt hatte, weil Erik Mutschmann möglicherweise das Manuskript von Gunter Maria Schweiger gestohlen hatte. Dass der spurlos verschwunden war, genauso wie sein Manuskript, und dass der Verdacht auf Mutschmann gefallen war, weil der Streit mit Schweiger gehabt hatte.

Vicky hing an seinen Lippen. »Aber wieso klaut ein Autor das Manuskript eines Kollegen?«

»Genau das soll er mir morgen früh erklären.«

»Warum nicht jetzt gleich?«

»Weil es zu spät ist?«

Vicky schlug mit der Faust auf den Tisch. »Quatsch. In einem Fernsehinterview hat Mutschmann mal gesagt, dass er immer nachts schreibt. Morgen früh macht der dir bestimmt nicht auf, weil er da nämlich schläft.«

»Wir wissen ja gar nicht, wo er wohnt.«

»Ich schon.«

Je mehr Leo bremste, desto mehr drehte Vicky auf, wie ein Teenager kurz vor der ersten Klassenparty. »Dich schickt der Himmel, Leo! Endlich ist hier mal was los!«

»Und ich dachte, genau deshalb zieht man in die Provinz. Weil nichts los ist.«

18

Erik Mutschmann wohnte in einem ausgebauten Dachgeschoss in der südlichen Innenstadt. Hundertsechzig Quadratmeter, Marmorbad, zwei Balkone, vierter Stock, eigener Fahrstuhl. Er lebte allein. Er hatte keine Familie. Das erzählte Vicky, als sie durchs nächtliche Landau liefen, das beängstigend leer war. Sie hatte das aus einer Homestory des Südwestrundfunks, die vor zwei Jahren im Fernsehen gelaufen war und für viel gehässige Kommentare in den sozialen Medien gesorgt hatte.

»Klarer Fall von Sozialneid«, befand Vicky.

Leo suchte die Klingelschilder ab.

»Das ist das falsche Haus.«

Es gab nur Meier, Müller, Schmidt, Radenkowic, Tuffan und Klinker.

Vicky zeigte auf das oberste Klingelschild.

»Da ist er doch.«

»S. W.?«

»Klar, Susi Wiegand. Der will nicht, dass alle Welt bei ihm klingelt.«

»Alle Welt, so wie wir.«

»Genau«, sagte Vicky und drückte den Knopf.

Irgendwo weiter oben hörte man es klingeln. Niemand öffnete. Leo trat einen Schritt zurück und sah hoch. Im obersten Stockwerk brannte Licht, und ein Fenster war geöffnet.

»Der muss da sein.«

Vicky klingelte noch mal.

»Lass es uns morgen früh noch mal versuchen«, sagte Leo.

»Nichts da«, befand Vicky und zog ihn hinters Haus.

Leo war das alles nicht recht. Er wollte keine Frau, die er erst seit wenigen Stunden kannte, mit in die Sache hineinziehen. Immerhin hatte Mutschmann möglicherweise nicht nur ein Manuskript geklaut, sondern auch den dazugehörigen Schriftsteller verschwinden lassen.

Aber was blieb ihm anderes übrig, als Vicky zu folgen? Der Hinterhof wurde von der gläsernen Kabine eines Außenlifts illuminiert. Zwischen Mülltonnen und Fahrrädern schlich eine Katze herum. Vielleicht war es auch eine Ratte.

»Wir sollten besser gehen«, sagte Leo.

Vicky wollte nicht auf ihn hören. Sie drückte den Knopf, und die Fahrstuhltür ging leise summend auf.

»Na bitte.«

Im Lift gab es nur zwei Knöpfe, EG und DG. Der Lift fuhr also direkt und ohne Zwischenhalt in Mutschmanns Dachgeschoss.

Vicky drückte DG. Nichts passierte.

»Das war's dann wohl«, meinte Leo.

Vicky inspizierte das Display. »Bestimmt braucht man einen Zahlencode.«

Sie konnte ein ganz schöner Dickschädel sein.

»Willst du etwa so lange Zahlenreihen durchprobieren, bis das Ding anspringt?«

Vicky drückte vier Tasten. Im nächsten Moment begann der Fahrstuhl leise zu ruckeln, und die Türen schlossen sich.

Leo fragte sich langsam, wer hier eigentlich der Detektiv war, er oder sie.

»Woher wusstest du das?«

»Ich habe einfach geraten«, erklärte Vicky. »1832.«

Die Zahlen sagten Leo nichts.

»1832? Hambacher Fest. Die erste große Demonstration für Einigkeit und Recht und Freiheit auf deutschem Boden. Hier in der Pfalz. Mutschmann interessiert sich sehr für Geschichte. Es lag nahe, dass er ein historisches Datum nimmt.« Vicky klang zum ersten Mal an diesem Abend wie eine richtige Lehrerin.

Lautlos glitt der Lift nach oben. Als die Fahrstuhltür im vierten Stock wieder aufging, stand Erik Mutschmann breitbeinig vor ihnen und grinste sie an. Er war also doch zu Hause! Nach einer Schrecksekunde realisierten Leo und Vicky, dass das nur ein lebensgroßer Pappaufsteller war, der an einer Wand lehnte. Das ganze Wohnzimmer war dekoriert mit Bildern von ihm. Mutschmann auf der Frankfurter Buchmesse, Mutschmann in der Kabine des 1. FC Kaiserslautern, Mutschmann neben dem früheren rheinland-pfälzischen Ministerpräsidenten, dem dicken, Leo hatte seinen Namen vergessen.

»Herr Mutschmann?«

Keine Antwort.

»Am besten teilen wir uns auf«, sagte Vicky und trat ein, »du suchst rechts, ich links.«

So machten sie es.

Immer wieder hörte er Vicky jauchzen: »Die Wohnung ist der Hammer!!«, als wären sie in Flitterwochen an der französischen Riviera und das hier ihre Villa mit Meerblick.

Leo durchsuchte die Küche, das Schlafzimmer und die Speisekammer. Nirgendwo lag eine rote Mappe.

Auch nicht im Lesezimmer, das bis unter die Decke mit historischen Schmökern vollgestellt war. *Der Pfälzische Erbfolgekrieg, Bilderatlas zur Badisch-Pfälzischen Geschichte, Liselotte von der Pfalz – eine deutsche Prinzessin am Hof des Sonnenkönigs.*

Auf dem Boden des angrenzenden Arbeitszimmers lag

ein völlig demoliertes Laptop. So wie das aussah, war es mit einer Art Vorschlaghammer bearbeitet worden. War da Mutschmanns Manuskript darauf gewesen? Dann war es jetzt wahrscheinlich futsch.

Leo setzte sich und stöberte in den Schubladen des Schreibtischs. Er fand schwarze Notizbücher von Moleskine, die von der ersten bis zur letzten Seite vollgeschrieben waren. Leo besaß auch ein paar solcher Kladden, aber über zwei, drei Seiten war er nie hinausgekommen. In einem der Moleskines stieß er auf Stichpunkte zu einem Roman. War das Mutschmanns neuestes Werk? Es ging um den Mord an einer Familie mit drei Kindern. Die Nachbarin hatte den Vater, die Mutter und drei kleine Kinder in ihrem Haus entdeckt. Der Hund der Familie, der zurückgeblieben war, kam in ein Tierheim. Leo stutzte. Wo hatte er so was gerade erst gelesen? Auf Schweigers Whiteboard, na klar! Dort war ebenfalls eine fünfköpfige Familie niedergestreckt worden, und nur der Hund hatte überlebt. Wenn das Zufall war, dann ein verdammt komischer.

In der untersten Schublade fand er eine rote Mappe. War das Schweigers Mappe? Hatte Mutschmann sie mitgenommen? Leider befand sich darin kein Manuskript. Nur vier bedruckte Seiten mit einer Geschichte von Susi Wiegand. Leo wollte gerade zu lesen beginnen, da erfüllte ein markerschütternder Schrei die Wohnung.

»Aaah!!!«

Leo machte sich umgehend auf die Suche nach der Verursacherin.

Vicky stand wie angewurzelt vor der Badezimmertür und starrte in den hell erleuchteten Raum. Das Bad war komplett in Weiß gehalten. Die Badewanne, die Fliesen, das Waschbecken, die Handtücher, die Waschlappen, das Necessaire, alles war weiß. Und voller Blut. Es sah aus wie nach einem

Happening oder einer rituellen Schlachtung. Der starke Farbkontrast war zutiefst faszinierend. Aber auch zutiefst verstörend. Denn es war völlig klar, dass das menschliches Blut war. Und dass es dem Menschen, der so viel davon verloren hatte, wahrscheinlich gerade sehr schlecht ging.

19

Leo stand in der Küche und wartete darauf, dass die achteckige Espressomaschine zu sprudeln begann, die er mit pechschwarzem Pulver gefüllt hatte. Über dem Herd hingen zwei Postkarten. Auf der einen stand *Heute ist der erste Tag vom Rest deines Lebens*, die andere zeigte die Nofretete aus dem Neuen Museum in Berlin. Leo hätte schwören können, dass die sich in Dahlem befand. Er zündete sich eine Zigarette an. Es war kurz vor elf. Seine Kumpels standen jetzt wahrscheinlich im *Brink's am Eck* in Kreuzberg und tranken Bier. Und er? Hing in einem Auftrag drin, der immer vertrackter wurde. Aus einem verschwundenen Autor waren zwei geworden, von denen einer, dem vielen Blut in seinem Badezimmer nach zu urteilen, vermutlich tot war. Was die Lebendigkeit des anderen nicht wahrscheinlicher machte. Dazu kamen zwei verschwundene Manuskripte.

Nach der Sache im Badezimmer war die Stimmung rapide gekippt. Das Flirrende, Flirtende, Spielerische war einem misstrauischen Belauern gewichen. Schreckliche Erlebnisse schweißten entweder für immer zusammen oder führten früher oder später zur Trennung, das war Leos Erfahrung. Auch ihm war schlecht geworden von dem vielen Blut, und er wäre am liebsten sofort abgehauen und zurück nach Berlin gefahren. Aber weil Vicky mit den Tränen kämpfte und umzukippen drohte, riss er sich zusammen. Nur mit Mühe hatte er sie davon abhalten können, die Polizei zu rufen. Was hätten sie sagen sollen? *Guten Abend, wir sind gerade in eine*

Wohnung eingebrochen, in der viel Blut ist? Auch den Wunsch, in den umliegenden Krankenhäusern abzuklappern und zu fragen, ob ein verletzter Herr Mutschmann eingeliefert worden war, redete er ihr aus.

»Wir bekommen doch gar keine Auskunft. Weil wir nicht mit ihm verwandt sind.«

Sie waren mit Vickys zwanzig Jahre altem VW Passat über Felder und Wiesen nach Germersheim gefahren, wo Vicky in einem Reiheneckhaus wohnte. Auf der ganzen Fahrt hatte sie kein einziges Wort gesagt. Leo hatte sich nicht getraut, sie an seinen Koffer zu erinnern, der noch im Bahnhofsschließfach stand. Sie war sofort nach oben gegangen, um zu duschen. Die Badezimmertür hatte sie verriegelt.

Das Blubbern der Espressomaschine riss Leo aus seinen Gedanken. Es gab auf der ganzen Welt keinen besseren Geruch als frischen Kaffee. Leo schenkte sich eine große Tasse ein, setzte sich an den Tisch und zog vier zusammengefaltete DIN-A4-Seiten aus dem ausgefransten Innenfutter seiner Jacke. Er hatte sie vorhin eingesteckt, als Vicky so laut geschrien hatte. Er aschte ins Waschbecken und begann zu lesen.

20

Der Morgen dämmerte. Susi Wiegand lag im Ehebett. Durch das offene Schlafzimmerfenster hörte sie die ersten Rotkehlchen. Susi war seit einer Stunde wach. Sie betrachtete den gut aussehenden Mann, der neben ihr lag. Jean-Claude, mit dem sie seit fünfzehn Jahren verheiratet war. Sie liebte ihn wie am ersten Tag. Jean-Claude wollte heute mit den Kindern nach Lothringen fahren, um seine Eltern zu besuchen. Sie würden nicht vor Sonntag Abend zurück sein. Susi Wiegand konnte sie nicht begleiten. Der Fall Cordula Vogler aus Bad Bergzabern hielt das Kommissariat in Atem. Die junge Anästhesistin war letzte Woche nicht von ihrem Zumba-Kurs in Neustadt an der Weinstraße nach Hause gekommen. Zwei Tage später wurde ihre Leiche in einem Weinberg bei Deidesheim gefunden. Der brasilianische Kursleiter hatte ein Alibi.

Susi bedauerte es, nicht zu ihren Schwiegereltern fahren zu können. Sie mochte die beiden. Gérard und Emilienne waren gebildete und humorvolle Menschen, geistig noch total fit. So wie sie wollte Susi auch mal alt werden. Ihre eigenen Eltern waren schon lange tot. Ermordet. Am Tag vor Susis Abiturfeier. Das war der Grund gewesen, wieso sie zur Polizei gegangen war.

Susi schmiegte sich an ihren Mann. »Aufstehen, Cherie, ihr müsst los.«

Jean-Claude drehte sich im Halbschlaf zu ihr. Er gab ihr einen Kuss. Sie schliefen miteinander. Kurz, aber intensiv. Dann stand Susi auf und weckte die Kinder. Sie nahmen sie für einen Tag aus der Schule. Die Rektorin hatte nichts dagegen. Die drei wuchsen zweisprachig auf und hatten hervorragende Noten. Jean-Paul duschte.

Susi schmierte ihren süßen »naines« ein paar Stullen für die Fahrt. Walnussbrot belegt mit Biokäse und Gurken aus dem eigenen Garten. Dazu organischen Apfelsaft ohne Zuckerzusatz. Die Kinder liebten diesen gesunden Durstlöscher. Susi verabschiedete jedes mit einem Kuss: »Adieu, Etienne! Adieu, Pascal! Tschüs, Patrizia!« – »Adieu, Maman! Tschüs, Mama!« –, und ihren Mann mit einer langen Umarmung: »Adieu, l'amour de ma vie.« Sein dichtes Haar duftete nach Blumenwiese und Herbststurm. Susi sog den Duft in sich auf. Wie sollte sie zwei Tage ohne diesen Mann nur überstehen?.

Susi sprang unter die Dusche und fuhr ins Kommissariat. Sie öffnete das Verdeck ihres VW Cabriolets und ließ ihr langes kastanienbraunes Haar im Fahrtwind trocknen. Bei der Bäckerei Feder kaufte sie Kärscheblotzer für die Kollegen. Seit Tagen schoben sie wegen des Falles Cordula Vogler Überstunden. Susi hatte das beste Team, das eine Kriminalkommissarin sich nur wünschen konnte.

Als sie die Tüten mit der kuchenartigen Süßspeise auf ihren Rücksitz stellte, stand er plötzlich neben ihr. Susi erkannte ihn sofort. Wie lange war das her? Vierzehn Jahre? Fünfzehn. Es war der Sommer gewesen, bevor sie Jean-Paul getroffen hatte. Sie war damals bei Interpol in Straßburg gewesen. Erik Mutschmann war ein Autor, der Polizeischutz brauchte. Die Hisbollah war hinter ihm her. Susi war das jüngste Mitglied, das jemals auf einem Auslandseinsatz dabei gewesen war. Fünf Tage im Libanon, in einer Villa in der Bekaa-Ebene, unter einer Sonne, die unbarmherzig brannte. Die Zeit verging unendlich langsam und dann, als sie einander entdeckt hatten, viel zu schnell.

Susi hatte ihren Mann nie betrogen. Trotzdem wusste sie sofort, dass sie wieder mit Erik schlafen würde. Weil da noch etwas offen war. Sie wusste auch, dass es keinen Einfluss auf ihre Ehe haben würde. Erik gab ihr seine Karte. »Ruf mich an!«

Samstag früh fassten sie die Mörderin. Es war die Schwester der Toten. Samstagmittag ging Susi zu Erik. Unter ihrem beigen Trench-

coat trug sie blaue Spitzenwäsche aus den Galeries Lafayette. So feine Seide bekam man nur in Paris. Sie brauchten nicht viele Worte. Susi gab sich Erik hin, wie damals in der Bakaa-Ebene. Erik war ein Hohepriester der Lust, ein Beduine im Wüstenzelt, ein Mönch in Tibets Klöstern, ein Eskimo, der gerade vom Walfang zurückkam. Sie liebten sich in den fünf Betten seines Schlafzimmers, auf dem ovalen Wohnzimmertisch und unter der gold-rot-schwarzen Fahne des Hambacher Festes, die ihm so viel bedeutete. Sie schwebten von Höhepunkt zu Höhepunkt. Beim sechsten hörte Susi auf zu zählen. Den letzten hatten sie im Badezimmer, vor dem großen Spiegel über dem Waschbecken.

Danach setzte Susi sich auf den Badewannenrand und betrachtete den schönen Schriftsteller. Erik ließ kaltes Wasser in das Waschbecken laufen. Susi griff nach der silbernen Nadel, die in ihrem Haar steckte. Als sie sie herauszog, fielen ihre dichten Locken auf ihre Schultern. Sie stand auf, beugte sich über Erik, der gerade mit beiden Händen in das kühle Nass griff und sich das Gesicht benetzte, und stach die Nadel zwischen seine Schulterblätter, wie ein Torero seinen verzierten Pfeil in die Schulter eines schwarzen Stiers. Erik sackte sofort zusammen. Ein zweiter Stich ins Herz, und er war tot. Er lächelte, als er seinen letzten Atem aushauchte. Susi hatte ihn töten müssen. Weil sie der Leidenschaft dieses Mannes niemals entkommen würde. Sie hatte keine Angst, dass der Verdacht auf sie fallen würde. Es gab in Eriks Leben keine Spur von ihr, nicht mal einen Fingerabdruck.

21

»Was liest du da?«

Vicky stand mit nassen Haaren in der Tür, bekleidet mit einem fest verschnürten Bademantel, der entschieden zu dick für die hochsommerlichen Temperaturen war, die trotz der vorgerückten Stunde noch herrschten.

»Ein paar Seiten, die ich in Mutschmanns Wohnung gefunden habe.«

Vicky setzte sich. Ihr Gesicht war sehr blass. Das konnte aber auch an der Küchenbeleuchtung liegen.

Leo deutete an, ihren Arm zu berühren. »Geht's besser?«

Sie nickte. »Ich habe eine Valium genommen. Und zwei Tranxilium.«

Ganz schön viel, fand Leo.

»Was steht drin?«

»Wie Susi Wiegand den Mord an einer Zumba-Tänzerin aufklärt. Und anschließend Erik Mutschmann in dessen Badezimmer umbringt.«

Vicky zog den Text zu sich und begann zu lesen.

Kam es ihm nur so vor, oder las Vicky sehr langsam?

»Dein Kaffee ist gut«, sagte Leo.

»Den kaufe ich immer in Frankreich«, antwortete Vicky, ohne aufzusehen.

Er zündete sich noch eine Zigarette an.

»Ganz schön makaber«, sagte sie schließlich, »Mutschmann hat eine Affäre mit Susi Wiegand. Einer Figur, die er selbst erfunden hat und die ihn umbringt.«

»Ist das Mutschmanns Stil?«, fragte Leo. »Du kennst doch seine Romane.«

»Das kann ich nicht sagen. Und selbst wenn: Warum sollte er so was schreiben?«

»Vielleicht als Fingerübung«, überlegte Leo. »Oder zur erotischen Stimulation. Die Menschen stehen auf die verrücktesten Sachen.«

Vicky nickte zustimmend. Es war nicht klar, ob sie dabei an ihre eigenen Fantasien dachte oder an die eines anderen.

»Im Haus von Schweiger habe ich was Ähnliches gefunden«, fuhr Leo fort, »vier Seiten, die seine Ermordung beschreiben. Mit dem Unterschied, dass es nicht zum Sex kommt und der Täter für den Leser unerkannt bleibt. Ich hatte gedacht, dass Mutschmann das vielleicht geschrieben hat, als er bei Schweiger war. Aber mittlerweile bin ich mir da nicht mehr so sicher.«

22

Der Wecker zeigte kurz nach acht, als Vicky aufwachte. Es war vollkommen dunkel. Als sie gestern Nacht nach Hause gekommen waren, hatte sie als Erstes alle Vorhänge zugezogen. Die Nachbarn mussten ja nicht gleich sehen, dass sie Herrenbesuch hatte. Sie riss die Fenster auf. Sie sah immer noch alles ganz dunkel und unscharf, wie durch eine dicke Milchglasscheibe. Sie hatte Kopfschmerzen. Nach und nach fiel ihr alles wieder ein. Das mit dem Detektiv und dem Gespritzten und mit Mutschmann und dem Blut. Gott hatte ihre Gebete, dass das alles ein Traum sein möge, also nicht erhört. In was für eine Geschichte war sie da nur hineingeraten? Sie hatte lediglich Spaß haben und ja, auch mal wieder mit einem Mann schlafen wollen. Spaß hatte sie gehabt. Mit einem Mann geschlafen hatte sie ebenfalls, auch wenn das nicht so toll gewesen war. Sie hatte sich einfach nicht gehen lassen können. Zum Glück war Leo bald danach eingeschlafen. Aber zusätzlich war sie nun Zeugin in einem Mordfall. Oder Verdächtige, weil sie ja in der Wohnung gewesen waren? Sie hätten gestern doch zur Polizei gehen sollen, verdammt! Langsam fiel ihr wieder ein, was ihr im Halbschlaf durch den Kopf gegangen war. Deswegen war sie überhaupt nur aufgewacht. Etwas, das damit zu tun hatte, was gestern vorgefallen war.

Sie zog den Bademantel an und ging nach unten. Es roch nach Zigarettenrauch. Leo musste geduscht haben, er lag mit nassen Haaren auf dem Sofa und war in die Rillen einer

Schallplatte vertieft. Er trug einen alten Schlafanzug ihres Ex-Mannes, den sie ihm gestern rausgelegt, den er aber gar nicht angezogen hatte.

»*Station to Station*«, sagte er, als er sie bemerkte. »Tolle Scheibe. Die letzte, die Bowie in L. A. aufgenommen hat, bevor er nach Berlin kam. Das ist eine Originalpressung von 1976. Die ist richtig was wert.«

»Die Schallplatten gehören meinem Ex. Die hat er noch nicht abgeholt.«

»Ach so.« Leo schob die LP zurück in die Hülle, die auf dem Boden lag.

»Ich weiß jetzt, woher ich den Namen kenne«, sagte Vicky.

»Welchen Namen?«

»Den der ermordeten Zumba-Tänzerin!«

Vicky ging ans Bücherregal und zog ein Taschenbuch heraus, dessen Cover einen Strandkorb, der mit einem rot-weißen Absperrband umwickelt war, zeigte. Sie warf es aufs Sofa.

»Was ist das?«

»*Wellenverbrecher* von Frieda Burmeister. Das ist eine Krimiautorin, deren Heldin Solveig Claasen eine Heilpraktikerin ist, die immer auf eigene Faust in Mordfällen ermittelt.«

Leo griff nach dem Buch. »Warum zeigst du mir das?«

»Weil in *Wellenverbrecher* eine Anästhesistin ermordet wird, die Cordula Vogler heißt. Genau wie auf den vier Seiten, die du bei Mutschmann gefunden hast. Bei Frieda Burmeister hat sie in der Tatnacht einen Tangokurs besucht, der Tanzlehrer ist Argentinier, am Ende kommt raus, dass ihre leibliche Schwester die Mörderin ist. Das ist genau die gleiche Geschichte!«

»Unsere Cordula Vogler tanzt keinen Tango«, stellte Leo richtig, »sondern Zumba.«

Er lud sie ein, sich zu setzen, indem er mit der flachen Hand auf das Sofa klopfte. Sie blieb lieber stehen.

»Aber der Rest ist identisch«, sagte sie. »Derjenige, der Mutschmanns Mord beschrieben hat, muss *Wellenverbrecher* gut kennen.«

Leo richtete sich auf. »Wo spielen die Krimis von dieser Frau Burmeister?«

»An der Ostsee.«

»Ost oder West?«

Diese Frage verstand sie nicht.

»In dem Teil der Ostsee, der in der ehemaligen DDR liegt, oder in der früheren BRD?«

Vicky zuckte die Schultern. »Ich glaube, West. Spielt das denn heute überhaupt noch eine Rolle?«

»Allerdings«, konstatierte Leo, »Vierzig Jahre prägen für vierhundert Jahre. In welcher Stadt ermittelt diese Heilpraktikerin denn?«

Vicky hob das Buch wieder auf und blätterte darin herum. »Prerow auf dem Darß.«

»Also Ost. Mal angenommen, diese Frieda Burmeister hat die vier Seiten geschrieben, die ich bei Mutschmann gefunden habe – beweist das, dass sie ihn auch getötet hat? Und Gunter Maria Schweiger?«

»Schwer zu sagen«, sagte Vicky, »wir wissen ja nicht mal, ob sie die beiden gekannt hat.«

»Ich muss dringend telefonieren.«

23

»Wie können Sie es wagen?!«

Leo verstand nicht. »Habe ich schon wieder die falsche Nummer gewählt?«

»Nein«, zischte Doktor Durante erbost. »Aber wissen Sie, wie spät es ist?«

Die Germersheimer Kirchturmuhr hatte gerade acht geschlagen. War das etwa zu früh?

»Schweiger ist tot«, erklärte Leo.

Er hatte sich nur schnell die Lederjacke über den Schlafanzug gezogen und war raus in den Garten gegangen, um in Ruhe mit seinem Auftraggeber zu sprechen.

»Das weiß ich doch längst«, sagte Doktor Durante.

»Woher?«

»Das Bayerische Landeskriminalamt hat mich gestern Abend angerufen.«

Jetzt war Leo der Erboste. »Wieso erzählen Sie mir das nicht?«

Vor Wut zündete er sich eine neue Zigarette an.

»Das tue ich doch gerade. Was ist mit Mutschmann?«

»Dem vielen Blut in seinem Badezimmer nach zu schließen dürfte er auch tot sein.«

»Das wird ja immer ...« Doktor Durante fehlten die Worte. »Haben Sie Schweigers Manuskript gefunden?«

Es wunderte Leo nicht, dass er zuerst danach fragte.

»Leider nein. Das von Mutschmann auch nicht. Sein Laptop ist mutwillig zerstört worden.«

»Wer war das?«

Im Nachbarhaus wurde ein Rollladen hochgezogen. Eine Frau mit Lockenwicklern im Haar starrte Leo an. Als er ihr zuwinkte, verschwand sie nach hinten.

»Sagt Ihnen der Name Corinna Vogler etwas?«

»Ist das die Täterin?«

»Nein. Eine Anästhesistin, die in *Wellenverbrecher* ermordet wird. Das ist ein Roman von Frieda Burmeister.«

»Was hat denn die damit zu tun?!«

»Vielleicht viel«, erwiderte Leo. »Ich habe bei Mutschmann vier Seiten mit einer Story gefunden, in der eine Corinna Vogler ermordet wird. Unter den gleichen Umständen wie in *Wellenverbrecher*. Susi Wiegand löst diesen Fall.«

Die Frau mit den Lockenwicklern kam zurück ans Fenster. Sie hatte einen glatzköpfigen Mann mitgebracht. Zu zweit sahen sie Leo beim Telefonieren zu.

»Susi Wiegand löst einen Fall von Solveig Claasen?«

»Genau. Es kommt aber noch dicker. In dem Text schläft Susi mit Erik Mutschmann. Danach tötet sie ihn. Genauso wie bei Schweiger.«

»Susi Wiegand hat Schweiger getötet?«

»Nein«, stellte Leo richtig, »Mutschmann und Schweiger werden jeweils in einem Text getötet.«

Leo wollte wissen, ob Frieda Burmeister die Herren Schweiger und Mutschmann kannte.

Doktor Durante wägte ab: »Dem Schweiger ist sie höchstens ein-, zweimal auf der Buchmesse begegnet. Mit Mutschmann ist sie seit Jahren befreundet. Ich kann mir beim besten Willen nicht vorstellen, dass sie was damit zu tun hat.«

»Wie kommt dann die tote Anästhesistin in einen Text, den ich in Mutschmanns Wohnung gefunden habe?«

»Das hätte doch jeder schreiben können, der *Wellenver-*

brecher gelesen hat. Das Buch hat sich allein im HC hunderttausendmal verkauft!«

»Wer ist HC?«

»Hardcover. Bücher mit festem Einband.«

Je mehr Doktor Durante Leos Theorie ablehnte, desto mehr steigerte der sich hinein. »Aber nicht jeder hat das schriftstellerische Talent, mal so eben vier Seiten lang Mutschmanns Schreibstil zu kopieren. Das hat ein Profi geschrieben. Frieda Burmeister ist ein Profi.«

»Frieda ist der liebenswerteste und selbstloseste Mensch, den ich kenne. Bevor die jemanden tötet, bringt sie sich lieber selbst um. Und überhaupt: Frieda kann Mutschmann gar nicht bezwingen. Die ist höchstens eins fünfzig groß.«

»Davon würde ich mir gern selbst ein Bild machen.«

»Sie wollen an die Ostsee?«

»Jawohl«, sagte Leo, der vor seiner geistigen Abrechnung schon einen weiteren Arbeitstag hinzuaddiert hatte. »Sie rufen in einer Stunde bei der Polizei in Landau an und sagen, dass Sie Erik Mutschmann nicht erreichen. Sobald die die Ermittlungen aufnehmen, ist das nicht mehr unsere Baustelle.«

»Na gut«, sagte Doktor Durante, »aber nur unter einer Bedingung.«

»Die wäre?«

»Dass Sie Frieda fragen, wo ihr Manuskript bleibt.«

Leo konnte es nicht glauben. »Was denn, die auch!?!«

»Sie wollte vor drei Wochen abgeben.«

Der Verleger klang ernstlich besorgt.

Das galt es auszunutzen. »Sie können sich auf mich verlassen. Ich brauche allerdings einen höheren Spesensatz.«

»Weshalb?«

»Für einen Mietwagen.« Von Bussen und Zügen hatte Leo erst mal genug.

»Wie viel?«

»Zweihundert.«

»Ich gebe Ihnen hundertfünfzig.«

»Deal.«

Ein Wagen der Golf-Klasse kostete 60. Mit unbegrenzten Kilometern 90. Aber das erfuhr Leo erst, als er den Wagen am nächsten Tag wieder abgab. Dass es eine Einwegmiete war, schlug mit weiteren 150 zu Buche, der verlorene Tankdeckel mit 110.

24

Das Biosphärenreservat Pfälzerwald ist das größte zusammenhängende Waldgebiet Deutschlands und lockt mit vielen Wanderwegen, pittoresken Felsformationen und tollen Aussichtspunkten. In der Pfälzer Rheinebene gibt es viele ausgebaute Fahrradwege. Es gibt Burgen und Schlösser, Fachwerkhäuser und in den sanften Hügeln der Pfälzer Weinberge malerische Winzerdörfer.

Das klang toll. Eins war klar, bei seinem nächsten Pfalzbesuch würde Leo länger bleiben. Er stand vorm Bahnhof Germersheim, blätterte in einer Hochglanz-Werbebroschüre, die dutzendfach im Wartebereich auslag, und wartete auf den Bus. Der fuhr samstags nur alle dreißig Minuten. Und brauchte eine Stunde bis Landau. Reisen in der Provinz verlangte Geduld und Demut.

Vicky hatte ihn nicht nach Landau fahren wollen. Sie hatte ihm auch Frieda Burmeisters Buch nicht geben wollen. Wenn er eines wollte, meinte sie, solle er doch nach Landau fahren und sich eins kaufen. Sie war enttäuscht, dass er nicht länger geblieben war. Es hatte ihr gut gefallen, mit ihm zu schlafen. Leo hatte gespürt, wie sie sich ihm völlig hingegeben hatte, wie eine Erasmus-Studentin, die in einem Studentenwohnheim am anderen Ende der Welt die Liebe entdeckt. Ein Anflug männlichen Stolzes ergriff ihn. Auch er wäre gern noch geblieben. Aber er musste weiter. Nach Prerow, wenn er diesen Kriminalfall lösen wollte. Er ging nicht ohne Wehmut. Die Nacht mit Vicky war sehr schön gewesen. Hätten sie sich zu einer anderen Zeit und unter anderen Umständen kennengelernt, hätte sich was ganz Tolles entwickeln können.

Um seinen Koffer aus dem Bahnhofsschließfach zu bekommen, musste Leo vier Euro nachzahlen. Er schleppte ihn die Maximilianstraße hoch bis zum Autoverleih. Auf GPS verzichtete er, weil das extra kostete. Der Autoverleih-Angestellte suchte ihm die Route nach Prerow im Internet raus und druckte sie aus. Das war nett. So wie eigentlich alle Pfälzer immerzu unheimlich nett und entspannt waren. Das kannte er aus Berlin gar nicht. War hier denn nie mal jemand schlecht gelaunt?

Aus der Golf-Klasse wählte Leo einen *Mitsubishi Colt*, weil der am besten zu einem Privatdetektiv passte. Sein Koffer war zu groß für den Kofferraum. Also platzierte er ihn auf der Rückbank, stellte die Klimaanlage an und fuhr in die Innenstadt. Dort war eine Thalia-Buchhandlung, hatte der Mann vom Autoverleih gesagt. Aber Leo fand diese blöde Geberstraße einfach nicht. Sosehr er das Lenkrad auch drehte und wendete, es gab kein Durchkommen. Als er zum vierten Mal in die gleiche Sackgasse hineingefahren war, klopfte jemand an seine Scheibe. Es war ein Polizist mit dünnen Beinen und einem medizinballgroßen Bauch. Leo erschrak. War die Polizei schon hinter ihm her? Hatte man ihn in Mutschmanns Wohnung gesehen? Aber wie war man auf ihn gekommen? Seine Fingerabdrücke waren doch gar nicht polizeilich erfasst, oder? Ruhig bleiben, Leo Donat!

Er öffnete das Fenster.

»Kann isch Ihne helfe?!«, fragte der Polizist und nahm seine blaue Mütze ab. Seine Stimme blieb die ganze Zeit freundlich, während sein Handeln von tiefem Misstrauen geprägt war. Er inspizierte das Auto von allen Seiten, linste in den Fußraum und prüfte sogar, ob der Kofferraum auf war.

»Ich suche die Gerberstraße.«

»Die is gleich do hinne.« Der Polizist deutete um die Ecke. »Aber da könne Se ned hiifaahre.«

»Wieso nicht?«

Der Polizist lächelte ihn unheimlich freundlich an. »Weil des Fußgängerzohn is.«

»Ach so«, sagte Leo, »das könnten sie ja auch dranschreiben.«

»Hammer doch«, sagte der Polizist und zeigte lächelnd nach links und rechts. Tatsächlich, da standen mehrere Schilder mit durchgestrichenen Autos. Die hatte Leo durch die tief gezogene Windschutzscheibe des Colts einfach nicht gesehen.

»Dann lauf ich eben schnell rüber.«

Der Polizist bekam große Augen. »Aber do dürfe Se fei ned schdee bleibe.«

»Bitte?«

»Des iss absoludes Haldeverbod. Wenn Se's waache, is de Waache weg.«

»Bitte?«

»Auto«, sagte der Polizist und zeigte mit dem Daumen hinter sich, »weg.«

Leo kapierte. Die pfälzische Freundlichkeit war gar keine wirkliche Freundlichkeit, sondern einfach nur die Art, wie man hier miteinander redete. Egal, ob man stinksauer aufeinander war oder sich vor Glückseligkeit verbrüdern wollte. Sie war genauso normal wie die Berliner Unfreundlichkeit, bei der sich auch niemand was dachte.

»Scheiße.«

Das überhörte der Polizist freundlicherweise: »Fahre Se

am beschde an de Baahnhoof. Do gibd's um die Zeid am eheschde en freie Parkbladz.«

»Mach ich«, sagte Leo und fuhr direktemang auf die Autobahn. Er hatte die Schnauze voll. Am vielbeklagten Niedergang der Fußgängerzonen waren die Leute doch selbst schuld. Wenn einem das Einkaufen so schwer gemacht wurde, war es doch völlig klar, dass die Kunden ihre Bücher nur noch im Internet bestellten!

25

Nirgendwo konnte man so gut nachdenken wie auf der Straße. Das letzte Mal hatte Leo vor vier Monaten am Steuer eines Autos gesessen, als er mit einer Pritsche von Robben und Wintjes seine Sachen aus Rosas Wohnung geholt hatte. Jetzt holte er alles aus dem Mitsubishi Colt raus. Er schoss an Mannheim vorbei und an Darmstadt. In Frankfurt fuhr er unter einem Flugzeug durch, das Sekunden später auf dem Flughafen landete. Das war schön. Beim Kirchheimer Dreieck blieb er auf der A 4 Richtung Nordosten. Das war falsch. Er hätte auf die A 7 gemusst, Richtung Kassel, Hannover und Hamburg. Verdammter Mist, und jetzt? Eine Straßenkarte hatte er nicht. Es blieb ihm nichts anderes übrig, als bei der nächsten Ausfahrt rauszufahren und zu wenden. Das würde ihn mindestens eine halbe Stunde kosten.

Leo war kein Typ, der an Schicksal oder den göttlichen Plan glaubte. Er glaubte eher an die Macht des Zufalls. Aber langsam fragte er sich schon, ob es so was wie Fügung gab. Denn kurz nachdem er seinen Fehler bemerkt hatte, tauchte am Horizont eine Amazon-Lagerhalle auf. Mitten auf der grünen Wiese stand dieser riesige weiße Klotz und wurde von der Mittagssonne beschienen, als hätte er die ganze Zeit darauf gewartet, dass Leo Donat vorbeikam. Die schickte der Himmel. Leo war zwar ein erklärter Gegner der großen Versandhändler, weil sie die kleinen Einzelhändler in seinem Viertel plattmachten, Hand in Hand mit den reichen Schnöseln aus Westdeutschland, die die Wohnungen aufkauften.

Aber wo, wenn nicht bei Amazon würde er an einem Samstagnachmittag in der Provinz Bücher von Frieda Burmeister bekommen?

Bei der nächsten Ausfahrt fuhr er ab und dann weiter nach Gefühl. Er hielt sich immer rechts, überquerte die Fulda, von der er gar nicht wusste, dass es sie auch als Fluss gab, und hatte wenige Minuten später sein Ziel erreicht.

Die Halle war umringt von riesigen Lkw, vielen weißen Kleintransportern und trockenen Sträuchern, die in der staubigen Luft ums Überleben kämpften. Obwohl heute Samstag war, waren die meisten Mitarbeiterparkplätze belegt. Kein Wunder, die Kunden hörten am Wochenende ja nicht auf, online zu bestellen. Leo parkte und ging hinein.

Das Foyer sah aus wie bei Ikea. Es war nur wesentlich weniger los. Auf einem verwaisten Empfangstresen aus hellem Sperrholz stand *Work Hard. Have Fun. Make History.* So war das hier: Die Leute wurden erst geknechtet und mussten dann behaupten, es mache ihnen Spaß. Good morning, America. An der Wand hingen Fotos der Ausgebeuteten. Sie waren schwarz und weiß und gelb und braun und erinnerten Leo an die United-Colors-of-Benetton-Werbung aus den Achtzigerjahren.

Ein kleiner Inder in einem schlecht sitzenden Anzug tauchte auf. Er hatte einen schlohweißen Haarkranz und buschige Augenbrauen. Vielleicht war er auch Pakistani.

»Schönen guten Tagg!«

»Guten Tag«, erwiderte Leo und fügte, um nicht gleich mit der Tür ins Haus zu fallen, »ganz schön groß bei Ihnen« hinzu.

»Über vierzigtausend Quadratmeter«, erklärte der Inder stolz und kletterte hinter den Tresen. Er war also der Portier. »Sieben Fußballfelder. Das hier war unser erster Standort. Mittlerweile haben wir acht in Deutschland.«

»Toll.«
»Wie kann igg helfen?«
»Ich brauche ein Buch«, sagte Leo.
Der Inder zog seine Augenbrauen hoch. »Von hier?«
»Genau.«
»Hier kann man nigg kaufen. Wir sind nur das Lager.«
»Das weiß ich«, sagte Leo und legte einen Zehn-Euro-Schein auf den Tresen, den er vorher aus seinem Geldbeutel geholt hatte. »Aber vielleicht könnte ich sie trotzdem bekommen?«
Der Inder sah regungslos auf den Schein herab, als klebten ansteckende Keime daran.
»Ich brauche ein Buch von Frieda Burmeister.«
»Die kenne igg nicht.«
Entweder er kapierte wirklich nichts. Oder er trieb gerade mit seiner gespielten Ahnungslosigkeit das Bestechungsgeld nach oben.
Leo legte noch einen Zehner drauf.
»Ich brauche es wirklich sehr dringend. Es geht um Leben und Tod.«
Der Inder griff zum Telefon. Er sprach kurz, und eine gefühlte Sekunde später erschienen zwei bullige Männer. Wachschutz.
»Dürften wir Sie höflich bitten, unser Haus zu verlassen?«
Höflich hieß, dass der ältere die Tür aufhielt und der jüngere Leo hinausschob. Er schaffte es nicht mal, sein Geld mitzunehmen.
Draußen steckte er sich erst mal eine Zigarette an. Und jetzt? Mit einem Smartphone hätte er sich wenigstens im Internet ein paar Leseproben anschauen können. Es wurde allerhöchste Zeit, dass er sich endlich eins anschaffte.
Leo wollte gerade zu seinem Auto zurückgehen, als ein junger Mann aus einer kleinen Tür der Amazon-Halle kam

und ihm zuwinkte. Leo wusste nicht, ob er gemeint war. Aber der Mann lief auf ihn zu, also blieb Leo stehen. Irgendwo zirpte eine Grille.

Der Mann war vielleicht dreißig Jahre alt, hatte Dreadlocks und trug ein orangefarbenes Amazon-T-Shirt.

»Hey, Mann«, sagte er, »gab's grade Ärger oder was?«

»Ich wollte nur was besorgen. Aber der Wachschutz hatte was dagegen.«

Der Rastafari musterte ihn. »Bist du von der Gewerkschaft? Oder Journalist?«

»Wie kommst du darauf?«

»Von denen will ständig jemand da rein und rumschnüffeln.«

»Ich bin Detektiv«, verriet Leo, weil er den Rasta sowieso nie mehr wiedersehen würde.

Der Rasta nickte. »War ich auch mal. Ein beschissenes Geschäft.«

»Da drin ist es besser, oder was?«

»Klar, Mann! Das ist der beste Job der Welt.«

»Was machst du denn?«

»Ich bin Picker. Ich laufe rum und hole die Ware aus den Regalen und bring sie zum Packer, der sie einpackt. Dazu kommt: geregelte Arbeitszeit, Mindestlohn, bezahlter Urlaub, Krankenversicherung. Amazon ist super. Mir geht es super. Seit ich vor zehn Jahren aus Bosnien hergekommen bin, ging es mir noch nie so gut.«

Damit hatte Leo nicht gerechnet. Aber er hatte keine Zeit für wirtschaftspolitische Diskussionen.

»Said«, sagte der Bosnier und streckte ihm die Faust entgegen.

»Leo«, sagte Leo und hielt mit seiner Faust dagegen.

»Was wolltest du denn besorgen?«

»Ein Buch von Frieda Burmeister.«

»Kenne ich nicht.«

»Die schreibt Regiokrimis.«

Said stöhnte auf. »Ihr Deutschen und eure Regiokrimis. Das ist wirklich eine Obsession. Wenn die Regierung eines Tages alle Regiokrimis verbietet, bricht bestimmt ein Volksaufstand aus.«

Leo dachte genauso. Trotzdem ärgerte es ihn, dass der Bosnier sich über die Deutschen lustig machte.

»Wozu brauchst du die Bücher?«

»Ich muss ein paar Texte miteinander vergleichen.«

»Das klingt nach einem verdammt langweiligen Job, Bruder.«

Said sah sich um, ob jemand in der Nähe war. »Bücher kann ich keine rausbringen. Wegen der Detektoren. Aber ich kann dich reinbringen.«

»Wirklich? Das wäre toll, Mann.«

»Ich kann doch einen Bruder nicht hängen lassen!«

Leo war ein wenig gerührt von so viel Solidarität: »Vielen Dank, *Bruder*!«

»Ich muss das erst mal vorbereiten.« Said sah auf seine Uhr. »Sagen wir, in einer Stunde. Bei den Barracken da vorne.«

Er zeigte auf ein paar Hütten, die seitlich des Parkplatzes standen.

Leo zögerte. Eine Stunde war natürlich ganz schön lang. In der Zeit hätte er bei der nächsten Ausfahrt rausfahren und einen Buchladen suchen können. Aber wer weiß, ob die am späten Samstagnachmittag überhaupt noch geöffnet hatten. »Also gut.«

Said hielt ihm die Hand hin. »Das kann ich natürlich nicht umsonst machen, Leo.«

Leo seufzte. Hatte er wirklich geglaubt, er bekäme mal was ohne Gegenleistung?

»Wie viel?«

»Hundert.«

»Fünfzig.«

»Es kann mich meinen Job kosten, wenn ich dich da reinbringe, Bruder«, erklärte Said.

»Sechzig.«

»Achtzig.«

»Einverstanden.« Leo schlug ein.

Von Said konnte er noch viel lernen.

Leo setzte sich in sein Auto, schaltete die Klimaanlage an und wartete. Immer mal wieder fuhr ein Auto vor, aus dem Menschen ausstiegen, die Richtung Halle gingen. Mal alleine, mal zu zweit, mal ganze Familien. Nach fünfzig Minuten schlenderte auch Leo langsam zu den Barracken. Und sah, dass die Leute, die in der letzten Stunde vorgefahren waren, sich alle dort versammelt hatten. Das waren bestimmt zwei Fußballmannschaften. Was machten die da? Leo bekam ein ungutes Gefühl. Wenn die hier rumstanden, konnte Said ihn doch nicht reinschmuggeln.

Eine Businessfrau mit brauner Businessfrisur, blauem Businesskostüm und schwarzen Businessschuhen erschien.

»Ganz herzlich willkommen bei Amazon!«

»Guten Tag«, antwortete ein atonaler Chor.

»Kommen Sie doch näher«, sagte die Businessfrau zu Leo, der abseits stand. »Wir anderen beißen schon nicht.«

Die Gruppe lachte.

Die Businessfrau zog kleine rote Plastikkarten aus einer Amazon-Baumwolltasche.

»Darf ich Sie bitten, diese hier anzustecken?«

Sie zeigte, wie man die Karte mit Hilfe der Klammer an die Jacke klemmte. Auch Leo, der näher getreten war, bekam eine Karte in die Hand gedrückt.

»Dann wollen wir mal.«

Leo hob die Hand. »Kommt noch jemand anders?«

»Wie meinen Sie das?«

»Noch ein Kollege von Ihnen oder so?«

»Nein.«

Die Gruppe zog los. Leo schloss sich an. Vielleicht wartete Said drinnen auf ihn.

»Wie viel haben Sie bezahlt, um da reinzukommen?«, fragte Leo einen älteren Herrn, der schwer schnaufte.

Der Mann sah ihn irritiert an. »Goar naud.«

»Wie bitte?«

»Ja, nix halt.«

Ungehindert glitt die Gruppe durch das Foyer und schlüpfte durch ein Tor in eine große Zwischenhalle. Leo hielt sich in der Mitte, damit der Inder am Tresen ihn nicht sehen konnte.

In der Halle versammelte die Businessfrau die Gruppe um sich. »Dann begrüße ich Sie noch mal offiziell zur Amazon-Werksbesichtigung. Ich werde Ihnen zeigen, wie viele Schritte nötig sind, um einen Artikel versenden zu können. Am Ende wartet ein kleiner Imbiss auf Sie.«

Leo hatte schon so eine Ahnung gehabt. Aber er hatte es einfach nicht glauben wollen, dass der nette Said ihm achtzig Euro für eine kostenlose Werksführung abgeknöpft hatte. Na warte, wenn er diesen Ganoven erwischte!

»Wir befinden uns hier am ältesten Amazon-Standort. Er wurde 1999 eröffnet. Früher wurden hier hauptsächlich Bücher und CDs verpackt. Heute verpacken wir hier vor allem Babykleidung, Elektrogeräte und Schreibwaren.«

Leo erschrak. »Keine Bücher mehr?«

»Doch, natürlich. Aber sie machen nur noch einen kleinen Teil unseres Programms aus.«

Die Businessfrau brachte es fertig, jede Frage mit einem Businessfrau-Lächeln zu beantworten. Wo lernte man so was?

»Ganz in der Nähe befindet sich ein zweites Lager, Bad Hersfeld 2. Dort werden vor allem Schuhe und Textilien versandt. Bad Hersfeld 2 ist so groß wie fünfzehn Fußballfelder.«

Die und ihre Fußballfelder! Das war offenbar die Währung, mit der hier alles berechnet wurde. Womit Amazon wohl die Hallengrößen in Amerika verglich, wo es keinen Fußball gab?

Die Gruppe zog in die nächste Halle, und Leo ließ sich zurückfallen. Er schnappte sich eine gelbe Sicherheitsweste und machte sich auf die Suche nach Said. Es war gar nicht so leicht, jemanden auf sieben Fußballfeldern zu finden. Besonders, wenn diese mit mehrstöckigen Regalen zugebaut und von einem kilometerlangen Netz von Lauf- und Rollbändern durchwoben waren, auf denen gelbe Plastikwannen herumsausten. An den Schnittstellen standen Verpackungstische, an denen Pappkartons in allen Größen und Formen befüllt wurden. Kurze und lange, dicke und dünne, schmale und flache. Der deutschen Pappkartonindustrie musste es blendend gehen. Leo fragte ein paar Mitarbeiter, aber niemand hatte Said gesehen. Die meisten kannten ihn nicht mal, trotz seiner auffälligen Dreadlocks. Arbeitete der etwa gar nicht hier? Leo beschloss, auf die 80 Euro zu verzichten und sich jetzt aufs Wesentliche zu konzentrieren. Auf die Bücher.

Er wandte sich an einen langhaarigen Mann, der gerade alte Kartons in eine Papiertonne stopfte, und sagte in möglichst autoritärem Ton: »Der Chef braucht dringend zwei Bücher. Ich glaube, der hat mal wieder den Geburtstag seiner Frau vergessen.«

Beim Wort Chef zuckte der Mann zusammen. »Weiß ich nicht.«

»Wer weiß es denn?«

»Die Picker.«

Also fragte Leo einen drahtigen Picker, der vorbeieilte.

»Welche Nummer?«, fragte der zurück, ohne stehen zu bleiben.

Leo blieb gar nichts anderes übrig, als mitzulaufen, wenn er das Gespräch fortsetzen wollte.

»Welche Nummer meinst du? Die Buchnummer oder was? ISBN?«

»Die interne Bestell-Nummer«, erklärte der Picker gehetzt. Sein verschwitztes T-Shirt klebte an seinem Rücken.

»Wie finde ich die raus?«

»Über das System natürlich.«

Der Picker zeigte links den Gang runter und bog nach rechts ab.

Am Ende des Ganges stand ein Computer. Ein Glück. Leo tippte auf Enter und war im System. So einfach war das? Frieda Burmeister brachte zweiundzwanzig Treffer. Bücher, Taschenbücher, fremdsprachige Ausgaben, Hörbücher. Hörbücher? Das war ja überhaupt die Idee! Ein Buch hätte er erst lesen müssen. Ein Hörbuch konnte er auf der langen Fahrt an die Ostsee anhören. Leo schrieb sich die interne Bestellnummer auf und schloss sich einer jungen Frau an, die an ihm vorbeieilte. Sie trug ein langschneidiges Tranchiermesser unterm Arm.

»Sorry, ich bin neu hier«, sagte Leo, »wo finde ich diese Artikel?«

Die gazellenhafte Amazone musterte aus dem Augenwinkel seinen Zettel. »DVD?«

»Hörbuch.«

»Halle 4, Gang 3«, rief sie keuchend und bog ab.

Gang 3, Halle 4 war einige Hundert Meter lang. Dort stapelten sich Hörbücher. Leo entschied sich für *Wellenverbrecher*, weil Vicky ihm das gezeigt hatte. Und weil ein Werbeaufkleber die *knisternd sinnliche Stimme* lobte, mit der Solveig Claasen zum Leben erweckt wurde.

Das Hörbuch aus dem Amazon-Lager rauszuschmuggeln war leichter als gedacht. Leo hatte die fünf CDs in einen schmalen Karton gesteckt, den er an einem der Packtische mitgenommen hatte. Er wollte so schnell wie möglich durch die Pforte marschieren, als ihm auf den letzten Metern vor dem Ausgang die Reisegruppe wieder begegnete. Um die rauszulassen, schaltete der Inder die Detektoren aus. Leo schlich unbemerkt nach draußen. Das Schicksal wollte es so.

26

POL-Landau: (101) Tötungsdelikt zum Nachteil eines Schriftstellers – Zeugenaufruf

Am Montagmittag wurde in den Weinbergen von Rhodt unter Reitburg der Leichnam eines Mannes aufgefunden. Höchstwahrscheinlich ist er einem Gewaltverbrechen zum Opfer gefallen. Eine Mordkommission wurde von der Landeskriminalpolizei Rheinland-Pfalz gegründet. Diese hat die Ermittlungen übernommen. Die Identität des Toten wurde noch nicht ganz sicher geklärt. Nach dem aktuellen Stand der Ermittlungen handelt es sich höchstwahrscheinlich um einen Schriftsteller, der in Landau lebt. Wegen der laufenden Untersuchungen kann die Kriminalpolizei keine weiteren Informationen geben, nicht zu den Umständen seines Todes und nicht zum Tathergang. Derzeit dauert die Spurensicherung noch an. Die Obduktion des Leichnams wurde in Auftrag gegeben. Ein Ermittlungsverfahren wegen des Verdachts eines Tötungsdelikts wurde eingeleitet, gegen Unbekannt. Beides in Abstimmung mit der Staatsanwaltschaft Landau. Personen, die sich in der Nähe des Fundortes der Leiche aufgehalten haben und denen etwas Verdächtiges aufgefallen ist, haben sich bei der nächsten Polizeidienststelle zu melden.

Seufzend warf Kommissarin Magda Duckmeier die Pressemitteilung auf den Tisch. Viel schlechter konnte man so was nicht schreiben. Sie verlangte ja keine geschliffenen Formulierungen. Aber ein bisschen flüssiger ging so was doch, oder nicht? Allein schon diese ungelenke Überschrift. Und die vielen Passivkonstruktionen. Die Mitteilung hatte keine Struktur, keinen Aufbau, keinen Rhythmus. Wenn Magda sie so rausschickte, würden sich wieder sämtliche Lokaljournalisten über die Pfälzer Polizei lustig machen. Zu ihrer Zeit hatte man das Verfassen von Protokollen und Pressetexten noch auf der Polizeischule gelernt. Kaum zu glauben, dass das schon wieder fünfunddreißig Jahre her war. Am liebsten hätte sie Manuel Elsässer die Pressemeldung noch mal schreiben lassen. Aber sie kannte den jungen Kollegen noch nicht gut genug, um einschätzen zu können, wie er das wegsteckte. Manche Nachwuchspolizisten zuckten nicht mal, wenn man sie vor versammelter Mannschaft anschrie, weil sie einen Einsatz verbockt hatten, während andere gleich zum Polizeipsychologen rannten, wenn man nur andeutete, dass der Kaffee nicht stark genug war.

Der tote Promi war heute Morgen in einem Weinberg gefunden worden, Spaziergänger hatten ihn entdeckt. Die örtlichen Kollegen, die den ersten Angriff am Tatort vornahmen, hatten eine wahrscheinliche Straftat erkannt und sofort die Kripo in Mainz verständigt. Arno Wassmer, der Leiter des Fachkommissariats für Tötungsdelikte, hatte Magda mit dem Fall beauftragt und sie gebeten, den Neuen mitzunehmen.

Elsässer war ganz aufgeregt, als sie die A 61 in die Pfalz runterfuhren.

»Das ist ein ganz schönes Ding, finden Sie nicht?«

»Was meinen Sie?«

»Dass ein Schriftsteller, der Krimis schreibt, ermordet wird. Ich finde seine Bücher echt gut. Ich habe sie alle gelesen.«

»Schön für Sie.«

Magda hasste Kriminalromane. Die waren so fürchterlich unrealistisch. Noch schlimmer waren Fernsehkrimis, die die Arbeit der Polizei so falsch darstellten, dass man das Kotzen bekam. Die Ermittler waren alle neurotisch, verprügelten Zeugen und schliefen mit Verdächtigen. Die Bürger bekamen einen ganz falschen Eindruck von Ermittlungsarbeit. Eine befreundete Richterin am Amtsgericht erzählte kürzlich, dass in Verhandlungen regelmäßig gefragt wurde, wo denn die zwölf Geschworenen blieben.

Der junge Elsässer erbrach sich in den Weinberg, als er den Toten sah. Es war sein erster. Magda reichte ihm eine Wasserflasche, die sie sicherheitshalber eingepackt hatte. Es brauchte zehn Mordopfer, ehe man halbwegs sattelfest war, das war die Faustregel. Aber selbst ihr machte der Anblick des blutüberströmten, dreckverschmierten Körpers zu schaffen.

Während Elsässer sich säuberte, telefonierte Magda mit Arno Wassmer, der sie mit der Gründung einer Ermittlungsgruppe beauftragte. Sie ließ den Toten zur Obduktion in die Rechtsmedizin nach Mainz bringen. Am Tatort suchten die weiß gekleideten Kollegen der Spurensicherung nach genetischem Material wie Haut, Sperma und Speichel und klebten Fuß-, Lack- und Fremdspuren mit Folien ab. Die Ergebnisse würden sie in ihrem Labor aufarbeiten und dann an die Kollegen vom LKA schicken, die sie in die bundesweite DNA-Analysedatei einpflegten. Oder in die zentrale Fingerabdrucksammlung, die zentrale Lackspurensammlung oder die zentrale Werkzeugspurensammlung. Oder die zentrale Ohrabdrucksammlung, je nachdem, was sie fanden.

Es klopfte.

»Herein.«

Es war Elsässer, den Magda damit beauftragt hatte, das

persönliche Umfeld des Toten zu durchleuchten. Er hatte wieder Farbe im Gesicht.

»Darf ich kurz stören?«

Er hatte einen leichten Hang zur Unterwürfigkeit. Wahrscheinlich hatte er eine strenge Mutter gehabt.

»Kommen Sie rein.«

Elsässer setzte sich ihr gegenüber und entdeckte seinen Pressetext auf dem Schreibtisch. Er suchte in Magdas Gesicht nach einem Hinweis, ob sie damit zufrieden war.

Wortlos drehte sie das Blatt um. »Was gibt's?«

»Die Identität des Toten ist nun zweifelsfrei geklärt. Es handelt sich definitiv um Erik Mutschmann.«

»Gut. Was ist mit dem persönlichen Umfeld?«

»Er hat keine Verwandten. Am Abend vor der Tat war er mit ein paar Freunden im *Weinkontor Null41* in der Georg-Friedrich-Dentzel-Straße, das er gegen 22 Uhr alleine verließ. Den Freunden, mit denen er dort war, ist an dem Abend nichts Ungewöhnliches an ihm aufgefallen. Keiner hat eine Idee, wer ihn getötet haben könnte. Er war sehr nett und allseits beliebt.«

Das kannte Magda schon. Alle waren immer lieb und nett gewesen, freundlich und hilfsbereit. Es gab eine natürliche Scheu, schlecht über einen Toten zu sprechen.

»Was ist mit DNA-Spuren?«

»Die Spuren, die wir im Weinberg gefunden haben, gibt es in der BKA-Datei nicht. Die vom Tatort auch nicht.«

»Waren das viele?«

»Sehr viele. Mutschmann war ein geselliger Typ, der oft Gäste zu Besuch hatte. Laut seinen Freunden hatte er regelmäßig Geschlechtsverkehr mit wechselnden Partnerinnen.«

»Danke!« Sie nickte Elsässer zu. Damit war für sie das Gespräch beendet. Aber der Jungspund stand nicht auf.

»Sonst noch was?«

»Ja«, sagte er und zog einen Notizblock hervor, in den er Stichworte notiert hatte. »Ich habe die bundesweiten Meldungen der letzten Tage durchgesehen. Da ist mir ein Fall aus Bayern aufgefallen. In Garching an der Alz wurde vorgestern jemand in einem Weizenfeld von einem Unbekannten ermordet, und ...«

»Wo ist das?«, unterbrach ihn Magda.

Elsässer blätterte in seinen Notizen. »Knapp hundert Kilometer östlich von München. Kurz vor der österreichischen Grenze.«

»Weiter.«

»Das bayerische Opfer heißt Gunter Maria Schweiger und war auch Schriftsteller. Er schrieb ebenfalls Kriminalromane. Er lebte ebenfalls allein, und seine Bücher erscheinen ebenfalls im Phönix Verlag.«

Magda war beeindruckt. Der junge Kollege hatte mehr drauf, als sie ihm zugetraut hatte. Leider wusste sie nicht, ob sie sich darüber freuen sollte.

»Sie vermuten einen Zusammenhang zwischen den Taten? Zwischen dem bayerischen und dem rheinland-pfälzischen Toten?«

»Denkbar wäre es«, sagte Elsässer. »Vielleicht haben wir es mit ein und demselben Täter zu tun.«

Rührend, wie stolz der Jungspund auf seine Entdeckung war. Er konnte ja nicht wissen, dass nun viel Ärger ins Haus stand. Wenn der bayerische Tote tatsächlich Verbindungen zu ihrem Toten hatte, würden die Bayern den Fall für sich reklamieren. Wenn eine Soko eines bestimmten Bundeslandes in einem Mordfall ermittelte, und in einem anderen Bundesland geschah ein weiterer Mord, der mit dem ersten in Verbindung stand, dann wurden die beiden Fälle als einer behandelt. Die jeweiligen Staatsanwaltschaften entschieden dann gemeinsam, ob die Ermittlungen bei einer Dienststelle zusammengeführt wurden, und wenn ja, in welcher. Sollte das geschehen – und es sah alles danach aus –, durften Magda und ihre Leute nicht mehr selbstständig arbeiten, sondern nur noch auf Aufforderung aus Bayern. Die legten immer allergrößten Wert drauf, die Ermittlungen zu leiten. Jede Spur, jeder Hinweis musste dann protokolliert und in den Freistaat geschickt werden. Zeugen durfte man erst nach Anordnung befragen. Die Bayern bildeten auch nie zwei Mokos, was mit anderen Bundesländern ganz selbstverständlich war, gab es halt zwei Standorte, na und? Die Kollegen aus dem Südosten hielten sich für die Besten und ließen das bei solchen Fällen immer heraushängen.

»Haben Sie schon Kontakt mit Bayern aufgenommen?«

Elsässer schüttelte den Kopf. »Ich wollte erst mit Ihnen sprechen.«

»Das war auch richtig so. Bevor wir uns dort melden, schauen wir, was wir selbst rausfinden können. Wer waren seine wechselnden Geschlechtspartnerinnen? Durchforsten Sie Adressbücher, E-Mails, Handys, soziale Netzwerke et cetera pe pe. Befragen Sie die Nachbarn, ob er gestern in Begleitung nach Hause gekommen ist. Vielleicht hat er später noch Besuch bekommen? Und rufen Sie beim Phönix Verlag in Berlin an. Vielleicht können die uns sagen, in welcher Verbindung die beiden Toten zueinanderstanden.«

»Jawohl«, sagte Elsässer, sichtlich stolz, dass seine Arbeit gewürdigt wurde.

»Wir schmeißen den Fernschreiber erst an, wenn es sich wirklich lohnt.«

Das irritierte Elsässer. »Ähm ... Fernschreiber?«

»Das interne epost-System, meine ich.«

Natürlich waren die LKAs längst elektronisch miteinander verbunden. Aber eine alte Häsin wie sie sagte immer noch Fernschreiber. Früher war nicht nur alles besser, es klang auch alles schöner.

»Ach so.« Elsässer stand auf und ging zur Tür.

»Eine Sache noch, Herr Kollege.«

Er drehte sich noch mal um. »Was denn?«

»Ihr Pressetext. Gute Arbeit. Ich schicke ihn gleich raus.«

Sollte die Journaille doch damit machen, was sie wollte.

27

»Wellenverbrecher. *Ein Roman von Frieda Burmeister. Erschienen im Hörvergnügenverlag. Gelesen von Sophia Gunot.*«

Die Sprecherin war laut Beipackzettel eine berühmte Film- und Fernsehschauspielerin. Leo hatte ihren Namen noch nie gehört. Ihre Stimme erinnerte ihn an die erotischen Hörspiel-Kassetten, die er als kleines Kind beim Stöbern im Schreibtisch seines Vaters entdeckt hatte. Die hießen *Der Lehrer meiner Tochter* oder *Die Tramperin.* Darauf wurde auch immer so frivol gekichert und geseufzt.

Leider brachte ihn das Hörspiel nicht wirklich weiter. Auch nach dem sechsten Kapitel konnte er nicht sagen, ob Frieda Burmeisters Stil mit dem der vier Seiten identisch war, auf denen Erik Mutschmann umgebracht wurde.

Dafür war die Geschichte so spannend, dass Leo sie sich bis zum Ende anhörte. In *Wellenverbrecher* bekommt es die Heilpraktikerin Solveig Claasen mit dem Tod einer Anästhesistin zu tun. Nach dem Besuch eines Yogakurses geht sie noch mal runter an den Strand, wo sie auf einem Stein ausrutscht, unglücklich stürzt und ertrinkt. So weit die Theorie der örtlichen Polizei. Aber die Familie der Toten will nicht an einen Unfall glauben, und auch Solveig Claasen, die mit der Anästhesistin befreundet war, kommt die Sache merkwürdig vor, und so nimmt sie Ermittlungen auf. Sie entdeckt, dass es hinter der bürgerlichen Fassade der Familie kriselte und krachte. Alle hatten Dreck am Stecken und waren getrieben von ihren Ängsten, Neurosen und sonstigen Macken. Das erinnerte Leo an die psychologischen Lehrbücher, die Rosa für ihre Coachingausbildung las.

In der Nacht war Deutschland schön. Schön leer. Die Autobahn war frei, Leo kam gut voran. Die meisten Städtenamen hatte er noch nie gehört. *Clausthal-Zellerfeld* – hieß so nicht eine Figur in einem Sketch von Loriot? *Schneverdingen* und *Seevetal* klangen niederländisch. Andere hießen wie alte Apfelsorten, *Bovenden* oder *Bad Fallingbostel.* Wieder andere wie ein Hobby oder eine Krankheit. Wollen wir 'ne Runde *Laatzen*? Ich kann nicht, ich habe *Hodenhagen.* Hannover kannte Leo natürlich, schon wegen 96. Dass Hamburg an Niedersachsen grenzte, war ihm neu. Er hätte geschworen, dass die Hansestadt von Schleswig-Holstein umgeben war. Hinter Lübeck blinkte die Benzinuhr. Leo steuerte die nächste Autobahntankstelle an. Das Restaurant war ein Mövenpick. Im Europacenter am Breitscheidplatz hatte es früher auch ein Mövenpick gegeben, das für viele West-Touristen das Highlight ihrer Berlinreise gewesen war. Erst bestaunten sie die riesige Wasseruhr mit der giftgrünen Flüssigkeit, danach schaufelten sie sich am Mövenpick-Buffet die Teller voll.

Das Sortiment im Kassenbereich war eines Berliner Spätis würdig. Es gab frischen Kaffee, Lesebrillen, Staubsaugerbeutel. Und mindestens zehn Sorten Bier. Alles nur wesentlich sauberer, heller und freundlicher als in einem Späti. Als Leo an der Kasse anstand, fiel sein Blick auf einen schmalen Buchständer. Es gab sechs Hörbücher von Frieda Burmeister in einer einmaligen Sonderausgabe für 9,99.

Kurz hinter Hamburg fielen ihm beinah die Augen zu. So lange Strecken am Stück war er einfach nicht mehr gewöhnt. Er fuhr auf einen Rastplatz, knäuelte seine Jacke zusammen und legte sie als Kissen aufs Lenkrad. Im Sitzen zu schlafen hatte er damals in der Schule gelernt. Nach einer Stunde wachte er wieder auf. Das Hörspiel war zu Ende. Es dauerte lange, bis Leo die Stelle wiedergefunden hatte, an der er eingeschlafen war. Es war ganz schön knifflig, denn er wollte nichts verpassen, aber auch nicht zu weit vorspulen und so vielleicht viel zu früh erfahren, wer der Mörder war. Hinter Wismar war der Roman zu Ende. Die Anästhesistin war tatsächlich ermordet worden, und zwar von ihrer Schwester, die ihr Leben lang eifersüchtig auf sie gewesen war. So bekam Leo nicht mit, was die Radiostationen rauf und runter berichteten: Der berühmte Autor Erik Mutschmann war tot. Seine blutüberströmte Leiche war in einem Weinberg bei Landau gefunden worden. Die Polizei fahndete nach einem Mann Ende fünfzig mit ungepflegtem Erscheinungsbild, der in der Nähe des Fundorts gesehen worden war.

28

Leo war schon mal in Prerow gewesen. Mit Rosa. Wie lange war das jetzt her? Acht Jahre? Oder zehn? Rosas Freundin Petra hatte hier eine Datsche gehabt. Petra hatte auch eine Altbauwohnung in Schöneberg gehabt, einen Mann und zwei Kinder, die sie mit einem Volvo Kombi zum Klavierunterricht und ins Fußballtraining fuhr. Petra lebte in einer dieser Heile-Welt-Familien aus der Fernsehwerbung, von der man ahnte, dass vieles nur inszeniert war, sie aber dennoch beneidete. Dann: Seitensprung, Scheidung, Wohnung weg, Auto weg, Datsche weg. Jetzt wohnte Petra in einer Platte in Niederschönhausen, die Kinder gingen zum Psychologen, und weil das Einkommen ihres Ex-Mannes plötzlich um 75 Prozent gesunken war und er keinen Unterhalt zahlen konnte, musste Petra Selbstgestricktes auf Flohmärkten verkaufen. Freie Stellen für 45 Jahre alte Modedesignerinnen ohne Berufserfahrung waren in Berlin rar.

Die gemeinsamen Tage an der Ostsee hatte Leo in schöner Erinnerung. Vielleicht waren es die schönsten überhaupt, die Rosa und er je miteinander verbracht hatten. Es war Anfang Mai und das Wasser noch zu kalt zum Baden. Aber die Sonne schien, und sie machten lange Spaziergänge am Strand, suchten nach Bernstein, sammelten Treibholz, aßen komische Fische mit grünen Gräten und liebten sich vor dem offenen Kamin. So hätte es bis ans Lebensende bleiben können, wenn nicht mal wieder das echte Leben dazwischengekommen wäre.

Es war nach elf, als Leo in Prerow ankam. Trotzdem war es noch nicht ganz dunkel. Irgendwo da oben hinterm Polarkreis schien jetzt noch die Sonne. Kurz dachte Leo, er wäre statt an der Ostsee an der Adria gelandet, denn er kam an der *Taverne di Mare*, der *Pizzeria da Salvo*, dem *Ristorante Maria Rosa* und dem *Eiscafé Venezia* vorbei. Vor dem Tourismusbüro stand ein großer Stein mit der Inschrift *Die Toten mahnen uns.* Was die wohl mahnten? Wahrscheinlich, dass man sich nicht gegenseitig umbringen sollte. Die Tatsache, dass die Menschen sich nicht daran hielten, hatte ihn überhaupt erst hierher gebracht. In der Dorfmitte bog er rechts ab, bis es an einem elektrischen Poller nicht weiterging. Er wollte erst mal zum Dorfstrand. Es gab noch einen zweiten Strand, den man aber mit dem Auto nicht erreichen konnte. Einen schöneren, wilderen. Wie hieß der noch mal? Er parkte auf dem freien Platz linker Hand und machte sich auf den Weg zur See. Die Buden und Stände, die tagsüber Softeis, bemalte Muscheln und Räucherfisch verkauften, waren verrammelt. In den Fischrestaurants auf der Düne saßen die letzten Gäste. Sanft rauschte die Brandung der Ostsee. Ein paar Teenager trieben sich zwischen den Strandkörben herum. Glucksendes Glück der Adoleszenz. Leo zog die Schuhe aus und ging auf die Seebrücke. Ein Schild sagte, dass vernünftige Menschen hier nicht Rad fuhren und es für alle anderen verboten war. Ein Verbot war ein Verbot, egal, wie locker es formuliert war. Die Seebrücke war so lang, dass Leo das Ende in der Dunkelheit nicht erkennen konnte. Er lief bis zur ersten Bank. Damals hatten Rosa und er die halbe Nacht hier gesessen und sich geküsst und noch ein paar andere Sachen gemacht. Was man so machte, wenn man frisch verliebt war. Es musste also doch schon zehn Jahre her sein.

»Hallo?« Rosa klang verschlafen.

»Rate mal, wo ich grade bin«, sagte Leo, der sie kurz entschlossen angerufen hatte.

»Was willst du?«

»In Erinnerungen schwelgen.«

»Aber nicht mitten in der Nacht.«

»Ich bin in Prerow. Auf unserer Bank auf der Seebrücke. Weißt du noch, wie wir damals ...«

»Ich dachte, du bist in Bayern?«, unterbrach Rosa ihn.

»Schon lange nicht mehr. Ich bin an der Ostsee, weil ich Frieda Burmeister suche.«

»Die Krimiautorin?! Hat Frieda Burmeister etwas mit deinem Fall zu tun?« Rosa klang jetzt wacher.

»Darüber darf ich nicht sprechen«, antwortete Leo.

Noch vor einer Woche hätte der Satz nach einer miesen Ausrede geklungen. Jetzt gehörte er zum Standardrepertoire seines Berufs.

»Nun sag schon.«

»Ich habe kleine Texte gefunden und muss wissen, wer die geschrieben hat. Frieda Burmeister kann mir möglicherweise weiterhelfen.«

»Was denn für Texte?«

»Die haben mit dem Tod von Gunter Maria Schweiger und dem Verschwinden eines anderen Autors zu tun.«

»Erik Mutschmann?«

»Woher weißt du das?«

»Weil der auch tot ist.«

»Was?!«, schrie Leo. So wie das Badezimmer ausgesehen hatte, hatte er mit nichts anderem gerechnet. Trotzdem war er geschockt. »Weiß man schon was über den Täter?«

»Es gibt einen Verdächtigen. Der ist aber flüchtig.«

»Wieso sagst du das denn nicht gleich?«

»Was ist denn los? Hast du etwa auch was mit Mutschmann zu tun!?«

Leo wurde immer nervöser. »Bei dem war ich gestern.«

»Du warst in der Pfalz? Wann denn? Warum hast du nichts gesagt? Was ist denn das für ein komischer Auftrag? Wo hast du geschlafen?«

Besonders die letzte Frage irritierte Leo.

»In einem Hotel«, log er, »da musste ich auch an dich denken.«

»Wieso?«

»Weil ich weiß, dass du Hotels magst.« Das stimmte. Rosa gefiel es, wenn jemand für sie sauber machte. Sie liebte es, morgens zu einem großen Buffet mit frischem Obst und Müsli runterzugehen. *Runtergehen*, das war wichtig. In Hotels fühlte Rosa sich wie eine Frau von Welt.

»Und weil ich gern mal wieder mit dir in eines gehen würde. Zum Beispiel hier in Prerow. So wie damals.«

»Wir waren in einer Datsche. Die Heizung war kaputt, und das Klo war verstopft.«

»Schön war's trotzdem.«

»Wir waren frisch verliebt. Da ist es überall schön.«

29

Promi-Tod im Weinberg

(Die Rheinpfalz) Die wärmende Abendsonne steht über den grünen Reben. Grillen zirpen, Vögel zwitschern, irgendwo bellt ein Hund, als Winzer Gernot D. (60) aus Rhodt unter Rietburg seine Weinberge abgeht. Er hat bald Feierabend, er kürzt noch ein paar letzte Zweige ein und schneidet einige Trauben weg, das steigert die Qualität des Weins, wenn er in wenigen Monaten geerntet werden wird. Da sieht er, dass zwischen den Reihen ein Mann liegt. Ein Landstreicher, denkt er, oder ein Strauchdieb. Der Winzer ist verärgert, denn im Juni stehen die Reben voller Blüte und brauchen vor allem Ruhe. Dann sieht er, dass der Körper des Mannes blutüberströmt ist …

Was wie der Anfang eines Kriminalromans klingt, ist bittere Wahrheit. Das Makabere daran: Der Tote schrieb tatsächlich Kriminalromane! Es ist kein Geringerer als der Schriftsteller Erik Mutschmann, der mit der Krimireihe um die sexy Ermittlerin Susi Wiegand deutschlandweit Erfolge feierte.

»Die Umstände des Geschehens sind noch völlig unklar«, sagte ein Polizeisprecher auf einer eigens einberufenen Pressekonferenz am Abend.

Fest steht nur, dass Fundort nicht gleich Tatort ist. Nach dem Leichenfund wurde die große Dachgeschosswohnung in Landau, in der der Starautor allein lebte, durchsucht.

Der Sprecher: »Die vorgefundene Situation in der Wohnung lässt darauf schließen, dass ein nicht natürlicher Tod vorliegt.«
Im Klartext heißt das: Mutschmann wurde in der Wohnung getötet und dann in den Weinberg gebracht. Der Staatsanwalt ordnete eine »Sofortobduktion« an, die durch die Gerichtsmedizin Mainz vollzogen wurde.
Was die Hintergründe dieser abscheulichen Tat betrifft, tappt die Polizei noch im Dunkeln. So ist noch völlig unklar, ob das Todesopfer seinen Täter kannte oder nicht. Oder ob der Täter Helfer hatte, um die Leiche von Landau in den Weinberg zu bringen. Unser Reporter hat erfahren, dass eine Nachbarin am Samstagabend gegen 23:00 laute Geräusche aus Mutschmanns Wohnung hörte. Sie glaubte, Mutschmann würde Möbel verrücken. Zu diesem Zeitpunkt war Mutschmann aber nachweislich schon tot. Kam der Täter an den Tatort zurück? Hat er etwas vergessen? Oder verloren? Die Polizei rückt solche Theorien in den Bereich der Spekulation und bittet die Pfälzerinnen und Pfälzer um ihre Mithilfe. Wer hat in den Weinbergen rund um Rhodt unter Rietburg ein auffälliges Auto oder einen Lieferwagen gesehen? Wer hat gesehen, wie jemand etwas Großes ablud oder zwischen den Reben versteckte? Wer hat gesehen, von wem Mutschmann Besuch hatte? Wem ist aufgefallen, dass Mutschmanns Haus von einem oder mehreren Unbekannten beobachtet, betreten oder verlassen wurde? Antworten nimmt jede Polizeidienststelle entgegen.

30

Leo schlief in einem Strandkorb. Gegen drei wurde es so kalt, dass er in den Mitsubishi umziehen musste, der eine Standheizung hatte. Um halb sieben hielt er die unbequemen Recarositze nicht mehr aus. Er ging runter ans Wasser. Gab es etwas Herrlicheres, als den Tag mit einem Bad im Meer zu beginnen? Ja, zusammen mit der Frau, die man liebt. Aber wahrscheinlich hätte er sich anschließend mit Rosa gestritten, ob sie im Café *Strandeck* frühstücken sollten (Rosa) oder ob nicht was auf die Hand reichte (Leo).

In seiner Erinnerung war Prerow ein verwunschenes, kleines Fischerdorf, in dem es nichts gab außer reetgedeckten Holzhäusern, Sandstraßen und birkengesäumten Pferdekoppeln. Doch jetzt sah er lauter Souvenirgeschäfte, grellbunte Fertighäuser mit italienischem Säulenvorbau und an der Ausfallstraße einen Penny Markt. Warum mit dem Wohlstand stets das Unschöne Einzug hielt, war ihm immer schon ein Rätsel gewesen. Das Gute war, dass es im Penny eine Bäckerei gab, die sonntagmorgens um acht schon frischen Kaffee anbot. Das Schwimmen hatte Leo hungrig gemacht, also trat er ein. Die lilafarbene Filiale roch nach frischen Brötchen und Hefeteig.

»Moin, Moin!«

Niemand antwortete. Weil niemand da war. Auf dem Tresen stand ein kleines Glöckchen. Leo drückte drauf. Ein schriller elektrischer Ton erklang, und ein junger Vietnamese mit einem Schnauzbart kam aus einem Kabuff nach vorne. Leo hatte schon viele Asiaten gesehen, aber noch keinen mit Schnauzbart.

»Moin, Moin«, wiederholte Leo, »was gibt's denn Gutes?«

So verschlafen, wie der Vietnamese aus der Wäsche schaute, war das für ihn ein grässlicher Morgen. Lustlos zeigte er mit seiner Greifzange auf die verschiedenen Stückchen in der Auslage.

»Pfannkuchen. Erdbeerschnitte. Eierschecke.«

Leo mochte nichts Süßes zum Frühstück. Er bestellte einen Kaffee und zwei Heringsbrötchen. Die schmeckten gut. Auch wenn die vielen Zwiebeln auf nüchternen Magen gewöhnungsbedürftig waren. Wo hatte er eigentlich seine Zahnbürste hingepackt?

Er stellte sich an einen der runden Stehtische und sah dem Vietnamesen dabei zu, wie er den Aufbackautomaten mit gefrorenen Teiglingen befüllte.

»Wissen Sie, wo Frau Burmeister wohnt?«

Der Vietnamese zuckte die Schultern. »Ich bin nicht von hier.«

Als Leo zum Auto zurückkam, klemmte ein Strafzettel an seiner Windschutzscheibe. *Parken an einer Engstelle und Behinderung von Rettungsfahrzeugen.* 60 Euro. Verdammter Mist! Fluchend parkte er das Auto um. Dann ging er in die Buchhandlung Dünenpiper, die er in einer Seitenstraße entdeckt hatte. Die verkaufte Bernsteinnippes, holzgeschnitzte Seebären und Sonnencreme. Ein drehbarer Buchständer in der Ecke erinnerte daran, dass Buchläden früher mal vom Buchverkauf gelebt hatten. Es roch nach Sonntagsbraten und nasser Wäsche. Ein altes Ehepaar, das mit seinen hageren, entglittenen Gesichtern aussah wie zwei Bassets, stand hinterm Tresen und strahlte ihn an, als hätten sie schon den ganzen Morgen auf ihn gewartet.

»Guten Morgen«, sagte Leo.

»Goden Morgen«, antwortete der Mann mit brüchiger Stimme.

»Wat söken Se?«, fragte die Frau. Ihre Stimme war nur unwesentlich kräftiger.

»Ich suche Frieda Burmeister.«

»Ick sech mal«, antwortete der Buchhändler, »da hebben Se aver grooten Dusel.«

»Bitte?«

»Großes Glück.«

»Wieso?«

»Ick sech mal«, erklärte die Buchhändlerin, »wil dat bi uns so lopen deht, dat wi in de Sommertied an'n Sünndagmorgen utverköft sünd. Sünnabend kamen de niegen Gäst' an un köpen ierst mal alle Böker von Frieda. Ehre Schmöker sünd eene wunnerbare Warbung för dat Reisen na Vörpommern.«

Mann, das war doch kein Deutsch, was die hier sprachen. »Bitte?«

»Sollen wir lieber Hochdeutsch reden?«

»Ginge das denn? Ich meine, können Sie …?«

»Natürlich sprechen wir Hochdeutsch«, sagte der Buchhändler.

Die beiden sahen sich kopfschüttelnd an, als wäre Leo ein ganz besonders blödes Exemplar der Spezies Mensch.

»Burmeister-Bücher sind normalerweise oft ausverkauft«, erklärte die Buchhändlerin geduldig, »aber heute sind noch welche da.«

»Warum?«

»Weil seit zwei Tagen alle nur noch Bücher von Erik Mutschmann und Gunter Maria Schweiger wollen. Jetzt, wo die beiden tot sind, spielen die Leute verrückt. Wir mussten schon zweimal nachbestellen. Welchen Titel von Frieda Burmeister hätten Sie denn gern?«

»Ehrlich gesagt brauche ich gar kein Buch von Frau Burmeister. Sondern nur ihre Adresse.«

Die Buchhändlerin musterte ihn skeptisch. »Wir sagen Frieda-Fans grundsätzlich nicht, wo Frieda wohnt.«

»Keine Sorge, ich bin kein Fan. Ich muss etwas Berufliches mit ihr besprechen. Ich komme vom Phönix Verlag.«

Das Gesicht der Frau hellte sich auf. »Dat ist aber schön! Sind Sie der neue Vertreter?«

»Nein«, hüstelte Leo, »ich ... äh ... arbeite fürs Cheflektorat.«

»Wie schön. Der Phönix Verlag macht schöne Bücher.« Sie wandte sich an ihren Mann. »Stimmt's, Richard?«

»Wunderschöne Bücher.«

Leo freute sich über das Lob. »Danke! Ich werde es an die Kollegen weitergeben.«

»Frieda wohnt in Prerow-Kirchenort. Im Kiefernweg«, sagte der Buchhändler, »hinter der Seemannskirche, das ist am anderen Ende der Stadt.«

»Vielen Dank«, sagte Leo und wollte gehen.

Da sagte der Buchhändler zu seiner Frau: »Is Frieda denn öwerhaupt bi den'n Phönix Verlach?«

Die schüttelte den Kopf. »Nich, dat ick wüsst'.«

Das hatte Leo verstanden. »Doch, natürlich. Frau Burmeister ist unsere Autorin.«

»Nee, isse nich.«

Die Buchhändlerin kam um den Tresen herum und trippelte zum Bücherständer. Sie zog ein Taschenbuch heraus und hielt es Leo hin.

»Schauen Sie selbst. Die ist beim Holstein Verlag.«

Tatsächlich. Keines der Bücher von Frieda Burmeister war im Phönix Verlag erschienen. Das war ja seltsam. Wieso erhob Doktor Durante Anspruch auf das Manuskript einer Autorin, die gar nicht zu seinem Verlag gehörte?

31

Rockstars hatten Fans.

Schauspieler hatten Fans.

Fußballer hatten Fans.

Schriftsteller?

Hatten Leser.

Fans klebten Poster ihrer Idole ins Zimmer.

Bei Lesern hing ein Arche Literatur Kalender auf dem Gästeklo.

Fans folgten ihren Stars bei Twitter und Facebook.

Leser hatten Mühe, sich an die Handlung eines Romans zu erinnern, den sie vor zwei Monaten gelesen hatten.

Fans wollten wissen, ob ihr Idol verliebt war, welches Auto er fuhr und was sein Lieblingsessen war.

Schriftsteller mussten Fragen zu ihrem neuesten Buch beantworten.

Fans suchten die Ekstase.

Leser die intellektuelle Herausforderung.

Fans waren Bauchmenschen.

Leser Kopfmenschen.

Frieda Burmeisters typischer Leser war eine Leserin. Sie war zwischen dreißig und fünfzig, verheiratet, hatte 1,7 Kinder und ging einer Bürotätigkeit nach. Das wusste Frieda von einer Studie über ihre Leser, die ihr der Chef eines Marktforschungsinstituts aufgeschwatzt hatte. Er hatte sie nach einer Lesung angesprochen und ihr ein entsprechendes Angebot gemacht. 2000 Euro hatte sie der Spaß gekostet. Das Geld hätte sie sich sparen können. Zur Strafe baute sie den Marktforscher in ihren nächsten Krimi ein und ließ ihn bestialisch ermorden.

Da war die Lektüre von Leser-Rezensionen ergiebiger. Sonntag Abend, wenn die Republik vorm *Tatort* saß, ging Frieda online und informierte sich über das Verkaufsranking und das Feedback der Kunden. Lob war schön. Verrisse waren schmerzhaft. Alles unter drei Sternen las sie nicht mehr. Verrückt, worüber Leser alles schimpften: miese Cover, doofe Titel, zu viel oder zu wenig Spannung, unglaubwürdige Charaktere und vorhersehbare Enden. Die meiste Empörung lösten Bücher aus, wenn sie nicht so gut waren, *wie es im Feuilleton gestanden hatte.*

Früher hatte Frieda geglaubt, dass Männer gerne brutale Mordszenen lasen. Schließlich waren Männer statistisch gesehen wesentlich gewalttätiger als Frauen. Die sahen sich im Fernsehen ja auch Fouls, Massenkarambolagen und die Belagerung von Stalingrad an. Dabei waren es in Wirklichkeit vor allem Frauen, die es blutrünstig mochten. Je detailreicher und brutaler, desto besser. Längst hatte Frieda ihre Bücher angepasst. Waren *Die Frau des Boddenfischers* und *Späte Winde* noch jugendfrei gewesen, trieften *Tote Dorsche* und *Heißkalter Sand* vor Blut und Gewalt. Da wurden seitenlang heißes Wachs vergossen, Fingernägel rausgerissen und Gliedmaßen abgetrennt. Diese Szenen standen in starkem Kontrast zu den verlassenen Ehefrauen, jungen Witwen und geheimnisvollen Liebhabern, die ihre Romane bevölkerten. Schriftsteller brauchten ein Markenzeichen. Friedas war diese Mischung aus krimineller Brutalität und herzergreifender Romantik.

Jeder Erfolg hatte seinen Preis. Der, den Frieda zahlte, war, dass sie mit ihrer Heldin verwechselt wurde. Die Leser konnten nicht zwischen Wahrheit und Fiktion unterscheiden. Sie dachten, dass die Tür der realen Frieda Burmeister auch immer offen stand wie bei Solveig Claasen, der Heilpraktikerin aus ihren Romanen, die im Nebenberuf Mordfälle löste.

Schon oft hatten wildfremde Menschen vor Friedas Haus gestanden, meistens Urlauber, *die mal sehen wollten, wie eine Schriftstellerin wohnt.* Oder ein Selfie machen oder ihr Herz ausschütten. Sie glaubten, Frieda sei auch Lebensberaterin, Therapeutin und Schamanin und erquicke jeden, der mühselig und beladen war. Dabei war Solveig eine fiktive Figur, die Frieda eingefallen war, als sie wegen ihrer chronischen Kopfschmerzen eine Heilpraktikerin in Ahrenshoop aufgesucht hatte.

Darum hielt Frieda die Menschen auf Distanz. Es war auf Dauer zu anstrengend, nicht als die wahrgenommen zu werden, die man war, sondern immer nur als die, die die Menschen in einem sehen wollten. Es war Frieda egal, dass man sie für arrogant und eigenbrötlerisch hielt. Sie konnte sowieso nur alles falsch machen. Gab sie den Leuten am Strand Autogramme, machte sie sich wichtig. Tat sie es nicht, war sie eingebildet. Schwamm sie am 1. Januar beim jährlichen Anbaden mit, missbrauchte sie eine alte Tradition für Eigenwerbung. Machte sie nicht mit, kapselte sie sich vom Dorfleben ab. Stellte sie eine Hartz-IV-Empfängerin als Putzfrau ein, nutzte sie sie aus. Stellte sie sie nicht ein, war sie kaltherzig.

Deshalb reagierte Frieda auch nicht, als es unten an der Haustür klingelte. Sie saß auf einer Yogamatte im Sportzimmer im oberen Stockwerk und machte Atemübungen. Einatmen. Und ausatmen. Einatmen. Und ausatmen.

Es klingelte erneut. Seufzend stand Frieda auf und schlich rüber ins Schlafzimmer. Sie schaltete den Überwachungsmonitor ein. Das Grundstück war bis an den angrenzenden

Radweg mit kleinen Kameras versehen. Frieda hatte sie einbauen lassen, nachdem zweimal eingebrochen worden war. Zum Glück war jedes Mal nur Geld weggekommen.

Der Mann im Monitor sah gut aus, etwas verwegen. Er war unrasiert, und seine Haare standen in alle Himmelsrichtungen ab, wie bei einem Kind nach dem Aufwachen. Er trat ungeduldig von einem Bein aufs andere. Wollte er ihr sein Herz ausschütten? Bloß nicht! Frieda hatte gerade genügend eigene Probleme. Sie stand kurz vorm Ende ihres neuen Romans und wusste nicht, was sie mit dem Hund machen sollte. Seit eineinhalb Jahren schrieb sie an *Die Familie des Leuchtturmwärters.* Solveig Claasen klärte darin den Mord an einer fünfköpfigen Familie auf und kümmerte sich um den Hund der Familie, der das Massaker überlebt hatte. Ein Jahr lang hatte Frieda das Tier durch die Story geschleppt. Es war immer ein Fremdköper geblieben, der nicht richtig zum Rest passen wollte. Am liebsten hätte Frieda das Viech rausgeschmissen. Andererseits wusste sie, dass Leser Tiere mochten. Rein oder nicht rein, das war hier die Frage. Sie war sogar extra zu ihrem alten Freund Erik Mutschmann in die Pfalz gefahren, um ihn um Rat zu fragen. Aber das hatte auch nichts gebracht.

Das Klingeln hatte aufgehört. Zehn Minuten wartete sie noch, dann zog sie ihren Bademantel über und ging durch den lichten Kiefernwald hinunter zum Strand-Abschnitt 25. Das DLRG-Häuschen war um diese Zeit noch geschlossen.

Nichts reinigte den Kopf so sehr wie ein ausgedehnter Strandspaziergang. Am Meer fand Frieda Kraft und Trost, Mut und Zuversicht. In der Nacht, in der ihr Mann Alfred gestorben war, war sie bis nach Graal-Müritz gelaufen.

Jetzt lief sie Richtung Westen. Sie sog die Meeresluft ein, die für ihren Geschmack etwas salziger hätte sein können. Sie setzte sich auf eine große Wurzel, die in den Frühjahrsstürmen angespült worden war. Das Holz fühlte sich schön an. Weich, beinahe samtig. Ein paar Strandspaziergänger kamen vorbei, die auf dem Weg nach Zingst waren. Sie schleppten Taschen und Sonnenschirme mit. Als sie Frieda erkannten, blieben sie stehen und steckten die Köpfe zusammen. Kurz entschlossen zog Frieda sich bis auf die Haut aus. Auch wenn der nächste FKK-Abschnitt erst ein paar Hundert Meter weiter begann. Die Menschen gingen sofort weiter. Schutzlose Nacktheit war der beste Schutz, um Fremde fernzuhalten. Niemand mochte einer Frau von sechzig Jahren zu nahe treten, die keine Kleider am Leib trug, egal wie berühmt sie war.

Einen kümmerte das nicht. Er kam aus Richtung der Seebrücke und steuerte schnurstracks auf Frieda zu. Er hatte keine Badetasche dabei. Sie erkannte ihn sofort. Es war der Mann, der vorhin Sturm geläutet hatte. Der war wirklich hartnäckig. Und frech. Er tat so, als wäre es das normalste der Welt, sich an einem kilometerlangen Strand in Jeans und Lederjacke direkt neben eine nackte Frau in den Sand fallen zu lassen.

»Was wollen Sie?«

Der Mann blickte sich theatralisch um. »Meinen Sie mich?«

Er war ein schlechter Schauspieler.

»Wen den sonst?«

»Ich will einfach nur hier sitzen. Ist das etwa verboten?«

»Sie waren doch vorhin schon vor meinem Haus.«

Der Mann errötete. Anscheinend hatte er wirklich geglaubt, er käme mit dieser Nummer durch.

»Ich mache Ihnen einen Vorschlag«, sagte Frieda, um das Geplänkel zu beenden, »ich gebe Ihnen ein Autogramm, Sie machen ein Selfie, und dann gehen Sie wieder.«

Der Mann stutzte. »Ich habe gar keinen Fotoapparat dabei. Und außerdem ...«

»Was?«

Der Mann blickte sich nach den anderen Strandbesuchern um, aber da war keiner.

»Außerdem will ich gar kein Foto.«

»Sondern?«

»Mich mit Ihnen unterhalten. Über Erik Mutschmann.«

»Warum?«

»Weil er tot ist.«

Friedas Augen weiteten sich. Wie bitte? Was? Erik? Aber ... das ging doch gar nicht!

Dann sackte sie zusammen.

32

Hektisch suchte Leo die Küchenschränke nach Teebeuteln ab. Er musste über Plastikkörbe und durchsichtige Aufbewahrungsboxen steigen, die voll mit alten Kleidern, Schuhen und Küchengeräten waren. Dazu kamen bananenkistenweise alte Zeitungen und Zeitschriften. *Du*, *Literaturen*, das *Art Magazin*. Offensichtlich hatte Frieda Burmeister Schwierigkeiten, sich von Dingen zu trennen.

In einem Hängeschrank über der Spüle fand er eine Ostfriesenmischung. Nordsee-Tee an der Ostsee, das war wie bayerisches Weizenbier in Berlin. Leo goss kochendes Wasser in eine angeschlagene Teekanne und brachte sie zusammen mit zwei Tassen nach draußen. Der bunte Glasperlen-Vorhang klimperte leise, als er auf die Terrasse trat. Dort saß die bleichgesichtige Frieda Burmeister, die abwechselnd an einer Zigarette zog und sich in ein Papiertaschentuch schnäuzte. Mutschmanns Tod nahm sie augenscheinlich sehr mit. Trotzdem blieb Leo misstrauisch. Wenn er eins gelernt hatte, dann, dass man sich bei weinenden Frauen nie sicher sein konnte.

Wenigstens war die Schriftstellerin wieder bei Bewusstsein. Stars waren auch nur Menschen, schon klar. Aber so ein nackter, knochiger Körper hatte doch etwas Entzauberndes. Nachdem sie am Strand zusammengebrochen war, hatte Leo sie in ihren Bademantel gewickelt und nach Hause getragen wie ein Findelkind. Zum Glück war sie klein und leicht. Nachdem sie aus ihrer Ohnmacht aufgewacht war, hatte sie ansatzlos zu weinen begonnen und erst wieder aufgehört, nachdem sie sich eine Zigarette angezündet hatte. Eine Eve.

»Vielen Dank«, sagte sie mit schwacher Stimme, »auch dafür, dass Sie mich gerettet haben.«

»Das ist doch selbstverständlich«, erwiderte Leo und reichte ihr eine Tasse Tee.

Frieda hielt ihn immer noch für einen Fan. Es gab keinen Grund, das richtigzustellen.

»Ich kann es einfach nicht glauben«, schluchzte sie. »Warum er? Er ist doch der liebste Mensch der Welt! Wer hat ihm das angetan?«

»Ich weiß es leider nicht.«

»Vor zwei Tagen sind wir noch gemeinsam durch die Weinberge spaziert, und jetzt ...«

Leo horchte auf. »Sie waren bei ihm?«

Frieda nickte. »Ich komme an einer entscheidenden Stelle in meinem neuen Roman nicht weiter, und als ich Erik am Telefon davon erzählte, lud er mich spontan ein, ihn zu besuchen.«

»Konnte er Ihnen helfen?«

Frieda seufzte. »Leider nein. Er hatte den Kopf nicht frei, weil er selbst im Abgabestress steckte. Nach zwei Tagen bin ich wieder heimgefahren. Wenn ich gewusst hätte, dass er kurz danach umgebracht wird, wäre ich geblieben und hätte es zu verhindern versucht.«

»Sie trifft keine Schuld«, befand Leo in pastoralem Ton. »Welchen Eindruck hat Erik denn auf Sie gemacht? War er angespannt? Hatte er Ärger? Oder Streit?«

»Nein.«

»Mit Ihnen auch nicht?«

»Mit mir? Wieso das denn?«

»Weil ich in Mutschmanns Wohnung einen kleinen Text

gefunden habe, in dem er ermordet wird. Von seiner Ermittlerin Susi Wiegand. Die zuvor den Mord an Corinna Vogler aufklärt.«

Frieda schien ernsthaft verdutzt zu sein. »Meine Anästhesistin aus *Wellenverbrecher*? Wer hat das geschrieben? Erik?«

»Ich weiß es nicht.«

»Wieso waren Sie bei Erik?«, fragte sie. »Sie sind gar kein Leser, stimmt's? Was wollten Sie von Erik? Was wollen Sie von mir? Wer sind Sie?«

Das waren sehr viele Fragen auf einmal.

»Ich bin Privatdetektiv«, erklärte Leo, »der Phönix Verlag hat mich zu Erik Mutschmann geschickt, um sein überfälliges Manuskript abzuholen. Das und das eines anderen Autors.«

»Arbeiten Sie für Doktor Durante?«

»Genau. Doktor Durante würde übrigens auch gern wissen, wann Sie Ihr Manuskript abgeben.«

»Ein paar Tage brauche ich schon noch«, antwortete Frieda ausweichend.

»Wie kommt es, dass Durante Ihr neuestes Manuskript will, obwohl Ihre Bücher beim Holstein Verlag erscheinen?«

Die Autorin errötete. »Ich habe beschlossen, noch mal was Neues auszuprobieren. Nachdem Herr Durante mich ganz lieb gefragt hat, ob ich nicht zu ihm kommen will.«

»Verstehe«, sagte Leo.

Bestimmt ließ sie sich diesen Wechsel finanziell versüßen.

»Und wie heißt Ihr neuer Roman?«

»Die Familie des Leuchtturmwärters.«

»Worum geht es?«

»Um eine Familie, die ermordet wird. Solveig Claasen, die mit der Familie befreundet war, findet raus, dass der Familienvater illegal mit Rüstungsgütern handelte, die er über Rostock nach Russland verschiffen ließ. Die Russen setzten die Waffen auf der Krim ein. Ein ukrainischer Freiheitskämpfer tötete ihn deswegen. Die restliche Familie ist Beifang.«

Leo konnte spüren, wie die Farbe aus seinem Gesicht wich. Hatte er gerade wirklich richtig gehört?

»Klingt spannend. Wie viele Mitglieder hat die Familie, sagten sie?«

»Fünf. Mutter, Vater und drei Kinder. Es gibt noch einen Familienhund, aber der überlebt.«

Das war die gleiche Geschichte wie bei Schweiger und bei Mutschmann!

»Woher haben Sie diese Geschichte?«

»Wie meinen Sie das?«, blaffte Frieda ertappt, »ich bin Schriftstellerin. Es ist mein Beruf, mir Geschichten auszudenken.«

»Genau das haben Sie sich ausgedacht? Vater, Mutter, drei Kinder und ein Hund?«

»Kann sein, dass ich mal einen Bericht dazu gelesen habe.« Sie wirkte zunehmend gereizter.

»Was für ein Bericht war das?«

»Das weiß ich nicht mehr. Irgendein Artikel aus der Zeitung eben.«

Es war gut möglich, dass sie sich nicht erinnerte. Genauso gut möglich war, dass sie sich nicht erinnern, ihre Quelle nicht aufdecken wollte.

»Hat Mutschmann Ihnen erzählt, worum es in seinem neusten Buch geht?«

»Nein. Warum?«

»Weil darin auch eine Familie mit drei Kindern getötet wird. Auch dort ist der einzige Überlebende der Hund. Genau wie bei Ihnen.«

Frieda sah ihn entgeistert an. »Ist das wahr?«

»Und bei Gunter Maria Schweiger ebenfalls. Da kommt

ebenfalls eine fünfköpfige Familie um, und der Hund überlebt!«

»Schweiger? Was hat der denn mit der ganzen Sache zu tun?«

»Der ist auch tot.«

Frieda erschrak. »Was denn? Der auch?«

»Haben Sie rausgefunden, dass Mutschmann an der gleichen Geschichte geschrieben hat?«, bohrte Leo weiter. »Haben Sie ihn deshalb umgebracht? Ihn und Schweiger?«

Nun entglitten ihr die Gesichtszüge. »Wie bitte?«

Jetzt nicht locker lassen. »Wenn man so lange an einem Buch schreibt und dann erfährt, dass ein anderer die Geschichte geklaut hat – da kann man schon mal zur Mörderin werden.«

»Diesen Schweiger kenne ich doch gar nicht. Und Erik war mein Freund! Ich könnte ihn niemals umbringen!«

»Beim Geld hört die Freundschaft auf.«

Frieda fuchtelte mit ihrer kleinen Faust vor Leos Gesicht herum. »Raus aus meinem Haus, Sie Giftzwerg! Oder ich rufe die Polizei.«

Leo trat den Rückzug an. Es blieb ihm gar nichts anderes übrig. Frieda schubste ihn schrittweise durch die Küche nach vorne zur Haustür. Sie hatte nichts mehr von dem kleinen Mütterlein, das gerade noch geschwächt im Terrassenstuhl gesessen hatte. In dieser Verfassung würde sie in Berlin sofort einen Job bekommen, als Hausmeisterin oder Kassiererin oder Busfahrerin.

»Und richten Sie Ihrem Doktor aus, dass ich nicht zu seinem blöden Verlag wechseln werde! Niemals!!«

33

Sie hatte sich schon die ganzen letzten Tage so unruhig gefühlt. Als ob sie vom Weg abgekommen wäre und nicht mehr zurückfände. Sie ging hinunter zum Meer. Das Meer, das ihr schon so oft geholfen hatte. Sie kannte eine Stelle, da waren am Sonntagmorgen nur wenige Menschen. Eine große, hölzerne Wurzel war ihr Ziel. Hierher kam sie immer, wenn sie nachdenken musste. Sie wollte Zwiesprache halten mit dem Meer. Die Wurzel lag am Strand, eingekeilt zwischen großen Steinen, unter einem kalkigen Felsen. Sie lag schon viele Jahre im Wasser, war ausgebleicht und verwaschen. Die Wellen des Meeres hatten ihr alles Scharfe und Spitze genommen. Die meisten Menschen beachteten sie nicht. Für Frieda war die Wurzel ein Scharnier der Welt. Diese Wurzel hatte einst einen Baum am anderen Ende der Welt in der Erde verankert, über Jahrzehnte, vielleicht Jahrhunderte. Der Baum war getötet worden, die Wurzel hatte bitterlich geweint. Die Wurzel war nutzlos geworden. Menschen hatten sie achtlos rausgerissen und weggeworfen. Sie war auf ein Schiff verladen worden und über Bord gefallen und hier angespült worden, mit dem einzigen Grund, Frieda in der Welt zu verankern, so wie sie einst einen Baum verankert hatte. Frieda setzte sich auf ihre Wurzel und spürte eine Kraft in sich aufsteigen, die Wasser und Erde und Luft in sich vereinte. Sie hörte das Tosen des Meeres, atmete die salzige Luft und spürte, wie der Wind ihr rotes Haar umspielte. Sie saß lange da.

Eine weiße Möwe spielte im Wind wie ein Kind im Schnee. Sie hatte einen grauen Fleck über dem rechten Auge. Sie setzte zur Landung an und platzierte sich auf dem großen Stein gegenüber. Sie putzte mit ihrem gelben Schnabel ihr Gefieder. Die Möwe wuss-

te, dass von Frieda keine Gefahr ausging. Es war erbärmlich, dass Menschen für andere Kreaturen eine Gefahr darstellten. Menschen töteten Tiere, züchteten sie, vergifteten sie, schlachteten sie. Das, was man den Tieren antat, tat man auch den Menschen an.

»Was bedrückt dich?«, fragte die Möwe.

»Ich habe keine Ideen mehr«, sagte Frieda.

»Was ist so schlimm daran?«, fragte die Möwe.

»Es ist mein Beruf, Ideen zu haben. Ohne Ideen kann ich keine Bücher schreiben.«

»Jegliches hat seine Zeit«, sagte die Möwe, »du hast doch grade ein Buch geschrieben. Es ist völlig normal, dass du jetzt erst mal ideenlos bist.«

»Aber was ist, wenn mir nie mehr etwas einfällt? Wenn ich nur deshalb keine Ideen mehr habe, weil ich das Falsche mache? Ich will für die Menschen da sein und etwas für sie tun. Stattdessen sitze ich alleine zu Hause und schreibe Bücher. Vielleicht sollte ich aufbrechen und in die Welt hinausziehen und denen helfen, die Hilfe brauchen. Alte, Kranke, Lahme, Hungrige, Kinder. Menschen, denen ich was geben kann.«

»Aber du gibst den Menschen sehr viel«, sagte die Möwe, »mit deinen Geschichten.«

»Das sind doch nur Krimis.«

»Die Menschen lesen sie gern. Weil in ihnen eine Wahrheit steckt. Es geht um Liebe, um Leidenschaft und Aufrichtigkeit. Das ist es, was die Menschen aus deinen Büchern mitnehmen!«

»Meinst du?«

»Die Menschen brauchen deine Bücher«, sagte die Möwe, »sie zeigen ihnen, dass es zwischen Himmel und Erde mehr gibt als das Sichtbare, das man rational erklären kann.«

Die Möwe hatte recht.

»Ich danke dir«, sagte Frieda.

Aber die Möwe antwortete nicht mehr. Sie war wieder eine ganz normale Möwe, die die Sprache der Menschen nicht beherrschte.

Frieda lächelte ihr zu.

Die Möwe richtete die Flügel auf und hob ab. Der Wind trug sie davon, über den Felsen hinaus ins Hinterland.

Frieda blieb noch eine Weile auf ihrer Wurzel sitzen. Sie beugte sich vor und griff in den weichen Sand.

Sie liebte den Sand, und sie liebte das Meer und den Wind. Wenn sie eines Tages sterben musste, dann bitte hier. Sie lächelte bei dem Gedanken ihres eigenen Todes. Nichts war abstrakter und nichts würde einmal so konkret sein. Als sie sich wieder aufrichtete, vernahm sie ein helles Zischen. Es klang wie eine Schlange. Dann spürte sie einen stechenden Schmerz im Schulterblatt. Eine Irritation auf der Hautoberfläche, etwas, das rasend schnell tief in sie eindrang. Frieda wusste noch nicht, ob es sich gut anfühlte oder böse. Auf jeden Fall ungewohnt. Dann kippte sie vornüber in den Sand. Ein schlanker Carbonpfeil hatte sich in ihren Rücken gebohrt. Er ragte in den Himmel, als wollte er ihrer Seele den letzten Weg weisen.

34

Er will nicht mehr. Er kann nicht mehr. Hier hat er nichts verloren. Falscher Film, falscher Ort, falsche Zeit, falscher Fall, falsches Leben. Warum ist er nicht zu Hause in Berlin, wo die Welt in Ordnung ist und nicht zugepflastert mit Leichen? Was ist denn das für eine furchtbare Welt? Treibt hier ein Serienkiller sein Unwesen? Leo hat noch nie einen Toten gesehen. Sein Vater war schon eingesargt gewesen, als Leo zu seiner Beerdigung angereist war. Im Fernsehen gab es täglich Dutzende Tote, fiktive und reale. Mutschmanns Bad war blutüberströmt gewesen, aber das war alles nichts gegen einen echten toten Körper, der sich nicht mehr bewegt, nie mehr bewegen wird. Leo starrt auf die Leiche der Frau, mit der er eben noch Tee getrunken hat. Der Fliegenvorhang klimpert leise im Wind. Was würde Solveig Claasen dazu sagen? Wahrscheinlich, dass Leo sein Leben ändern muss. Weil sein wahres Problem nicht die tote Frieda ist. Sondern er selbst. Darauf läuft ja letztlich alles hinaus.

Bevor er sein Leben ändert, ruft Leo bei Doktor Durante an. Der geht nicht ran. Was für ein Auftraggeber ist das, der nicht erreichbar ist, wenn man ihn braucht, verdammt noch mal? Nicht mal die Mailbox springt an. Heb ab, verdammt noch mal, heb schon ab! Nachdem Frieda Leo rausgeschmissen hatte, war er in den Mitsubishi gesprungen und davongerast, so schnell er konnte. Kurz vor Barth musste er wenden, weil er seine Lederjacke vergessen hatte. Als er zurückkam, stand die Haustür offen, und Frieda lag auf dem Wohnzimmerboden. Leo ruft Rosa an, er muss jetzt mit jemandem sprechen. Die geht auch nicht ran. Der dicke Gerhard ebenfalls nicht. Leo will es schon bei Vicky in der Pfalz versuchen, verwirft die Idee aber in letzter Sekunde wieder. Jetzt nicht auch noch die Baustellen vermengen. Er wählt noch mal Doktor Durantes Mobilnummer, lässt es zehnmal klingeln, will schon wieder auflegen, da hört er das vertraute Knistern.

»Durante?!«

»Da sind Sie ja endlich!«, schreit Leo ins Telefon. »Wo stecken Sie denn, verdammt noch mal?!«

»Der Sonntag gehört der Familie«, erwidert Doktor Durante. Er klingt sehr nah.

»Aber es ist wichtig!«, ruft Leo, dem die heilige Familie im Moment komplett egal ist.

»Was gibt es denn so Dringendes?«

»Frau Burmeister ist tot!«

Doktor Durante bleibt ganz ruhig. »Moment, ich gehe mal eben vor die Tür.«

In der Leitung rauscht es, als liefe Doktor Durante an einem Wasserfall vorbei.

Schließlich meldet er sich wieder: »Wie ist sie ...?«

»Sie wurde erschossen. Mit Pfeilen. Mit richtigen, schweren. Kein Kinderspielzeug. Ich war schon auf dem Weg nach Berlin und musste noch mal zurück, weil ich meine Jacke vergessen hatte. Ich fand sie in ihrem Wohnzimmer.«

»Liegt sie jetzt nicht mehr da?«

»Ich hab sie nicht angerührt, wenn Sie das meinen. Ich bin ja nicht verrückt.«

»Woher wissen Sie dann, dass sie tot ist?«

Leo lacht verächtlich. »Die ist tot, glauben Sie mir.«

Frieda liegt zu seinen Füßen und starrt mit toten Augen an die Decke. Wenn Leo sich genau über ihren Kopf stellt, sieht sie ihm direkt in die Augen. Oder auch nicht, weil sie ja nichts mehr sieht. Ein Pfeil steckt in ihrer Stirn, ein zweiter in ihrem Hals, der blutüberströmt ist. Eine dritte, blutige Pfeilspitze schaut vorne aus ihrem Brustbein heraus. Frieda ist erlegt worden wie ein flüchtendes Tier. Der Täter muss etwas Sadistisches an sich haben. Wahrscheinlich steckt er voller angestauter Aggressionen und hat verklemmte Allmachtfantasien. Wenn Leo es recht bedenkt, kommt damit die Hälfte der Menschheit infrage.

»Glauben Sie immer noch, dass sie Mutschmann und Schweiger umgebracht hat?«

»Nein«, sagt Leo, »vielleicht war es ein Fan.«

»Schriftsteller haben keine Fans.«

»Sondern?«

»Leser«, erklärt Doktor Durante. »Haben Sie wieder einen Text gefunden, in dem sie ermordet wird?«

»Ja. Er lag auf der Küchenzeile.«

»Was ist mit Friedas Manuskript?«

»Das ist verschwunden. Als ich ging, war es noch da. Bei meiner Rückkehr war es weg. Der Täter muss es mitgenommen haben. Was Ihnen aber egal sein kann. Denn als Frieda noch lebte, hat sie gesagt, dass sie auf keinen Fall zum Phönix Verlag wechseln will.«

Das überhört Durante. »Frieda hatte bestimmt mehr als eine Version. Schauen Sie in ihrem Computer nach!«

Leo ärgert dieser Tonfall. Dass zwischen Leos Beinen eine tote Frau liegt, ist Durante offenbar vollkommen egal.

Friedas Computer ist komplett leer. Es gibt keine Ordner, keine Dateien und keine Links. Nicht mal eine E-Mail. Posteingang und -ausgang enthalten keine einzige Nachricht. Selbst der Papierkorb ist geleert worden. Löscht Frieda jede Mail, nachdem sie sie geschrieben oder gelesen hat? Warum? Was hat sie zu verbergen? Wahrscheinlicher ist, dass jemand anders alles gelöscht hat. Ihr Mörder? Weshalb? Befand sich Material darauf, das ihn verraten hätte? Aber welches? Oder ging es ihm darum, Friedas Arbeit zu vernichten? Hat er auch Schweigers und Mutschmanns Romane beseitigt?

35

»EuropcarDeutschland,SiesprechenmitFrauStanislawski,waskannichfürSietun?«

Um Himmels willen, sprach die schnell!

»Wie bitte?«

»EuropcarDeutschland,SiesprechenmitFrauStanislawski,waskannichfürSietun?«

»Ich will meinen Mietwagen verlängern.«

»WielautetIhreKundennummer?«

»Die weiß ich nicht.«

»DanndieRechnungsnummer.«

»Die habe ich gerade nicht greifbar.«

»IhrName?«

»Leo Donat.«

»UmwasfüreinFahrzeughandeltessich?«

»Einen schwarzen Mitsubishi Colt.«

»WielautetdasKennzeichen?«

»Weiß ich nicht.«

»WannistdasoffizielleRückgabedatum?«

»Heute um 16:00 Uhr.«

»Dasistjetztgleich.«

»Ich weiß. Deswegen rufe ich ja an.«

»WohabenSiedenWagenangemietet?«

»In Landau.«

»MomentbitteNeinVerlängerungistausgeschlossen.«

»Ich brauche den Wagen aber noch. Ich muss ganz dringend damit nach Berlin.«

»Verstehe«, sagte die Stimme. Dann lange nichts, und dann: »TutmirleidderWagenistnichtverlängerbar.«

»Wie bitte?«

»Gehtnicht.«

»Wo ist das Problem?«

»EssindSommerferien.DerWagenwirdsofortvomnächstenKundenübernommen.«

»Wo?«

»InLandau.«

»Das ist schlecht.«

»Wieso?«

»Weil ich in Prerow bin.«

»Woistdas?«

»An der Ostsee.«

»OstoderWest?«

»Das spielt doch keine Rolle!«

»Doch.WeilichdienächsteAbgabestationsuchenmuss.«

»Ich will den Wagen nicht abgeben! Ich will ihn verlängern!«

»WieSiemeinen.AberdannwirdderWagenjetztalsgestohlengemeldet.«

Die nächste Autoverleih-Station befand sich im Industriegebiet von Stralsund. Leo hatte weder Zeit noch Nerven, sich über die unverschämten Rückgabe-Konditionen zu streiten. Er tat es trotzdem. Diese Halsabschneider wollten noch mal einen ganzen Tagessatz haben, weil er den Wagen zwei Stunden zu spät abgab, und noch mal zwei, weil es nicht dieselbe Station war, bei der er ihn abgeholt hatte. Die Diskussion war lange und intensiv, brachte aber nichts ein. Leo war so wütend, dass er sogar das Hörbuch im Auto vergaß. Er ließ sich ein Taxi rufen und für 46 Euro 50 zum Flugplatz nach Barth bringen.

Der dicke Gerhard hatte ihn auf die Idee gebracht. Der war vor ein paar Jahren übers Wochenende auf Rügen gewesen, als ihm am Sonntag gegen siebzehn Uhr eingefallen war, dass er ja Karten fürs Neil-Young-Konzert hatte. Sonntagabend, wenn ganz Berlin zurück in die Stadt kam, stand man oft stundenlang im Stau. Also war Gerhard kurz entschlossen zum Flugplatz gefahren und hatte gefragt, wer einen Platz frei hatte. Ein Pharmareferent hatte ihn mitgenommen. Pünktlich zum Konzertbeginn war Gerhard in der Waldbühne gewesen, erste Reihe Mitte, dreieinhalb Stunden, sieben Zugaben. *Hey hey, my my.*

36

Leo war in seinem Leben schon oft schlecht gewesen. Weil er in Berlin zu viel getrunken, in Caracas vergammelten Fisch gegessen oder auf Sumatra den Rücken eines halluzinogenen Frosches abgeleckt hatte. Er hatte sich übergeben, gespuckt und gebrochen, gespien, gereihert und gekotzt. Er hatte Tage über der Kloschüssel verbracht und Nächte am Tropf. Aber ihm war noch nie so schlecht gewesen wie in der Piper Cherokee, die er in Barth bestiegen hatte. Die Propellermaschine war Baujahr 1968 und damit mehr als doppelt so alt wie ihr Kapitän. Der hieß Malte und sah mit seinen Pickeln und der Zahnspange aus, als hätte er gestern noch mit Modellflugzeugen gespielt. Leo verstand nicht, wie man so einen ans Steuer eines Flugzeugs lassen konnte. Er traute Malte alles zu. Auch, dass er sein läppisches Flugzeug in den Reichstag krachen ließ. Die Maschine wackelte hin und her wie der Wagen einer alten Achterbahn. Der Propeller knatterte, der Wind pfiff, und vom Ground Control wurden ständig kryptische Zahlenreihen ins Cockpit gefunkt. *Ground Control to Major Malte.*

»Sofort anhalten!«, schrie Leo immer wieder. »Ich will raus!«

Malte grinste, als hätte Leo was besonders Witziges gesagt.

»Du kannst mich am nächstbesten Acker rauslassen.«

Malte streckte ihm den ausgestreckten Daumen entgegen, *alles roger.*

Ständig fingerte Malte am Armaturenbrett herum. Er drückte Knöpfe, drehte Rädchen, legte Schalter um. Wie ein Anfänger, der ausprobierte, was alles ging. Leo musste woanders hinschauen. Aber wohin? Das Cockpit bestand ja nur aus Knöpfen, Schaltern und Rädchen. Er fixierte seine Schuhe, so ging es einigermaßen. Dann machte das Flugzeug einen kleinen Luftsprung. Und dann noch einen.

»Ein Sommergewitter!«, rief Malte begeistert, als hätte er gerade den Hauptgewinn gezogen.

Leo sah auf. Tatsächlich, der Himmel vor ihnen war zweigeteilt. Zur einen Hälfte war er hellblau, zur anderen pechschwarz. Caspar David Friedrich hätte es nicht besser hinbekommen. Blöd war nur, dass Malte die Piper genau ins Auge des Orkans steuerte.

»Sofort umkehren!«, rief Leo.

Malte reckte grinsend den Daumen hoch. Was anderes konnte er anscheinend nicht.

Es begann zu regnen. Malte drückte ein paar Knöpfe. Ein winziger Scheibenwischer wanderte auf der Scheibe hin und her. Der Himmel verdunkelte sich, Blitze erhellten den Horizont. Einundzwanzig, zweiundzwanzig, dreiundzwanzig, dann kam der Donner. Der Wind nahm zu, und der Regen wurde immer heftiger, bis er sich zu einem richtigen Sturm entwickelt hatte. Unten auf der Erde kam der Regen immer nur von oben. Hier kam er von überall, oben und unten, vorne und hinten, von links und von rechts. Das Flugzeug wurde hin und her geschleudert wie ein Strumpf im Wäschetrockner. Es trudelte nach unten, flog auf dem Kopf und dann sogar ein Stück zurück. Leo klammerte sich an die Haltegriffe.

Tell my wife I love her very much.

Malte lachte.

Leo hechelte schnelle, kurze Atemstöße.

Malte pfiff *Über den Wolken.*

Leo stöhnte: »Ich sterbe.«

Malte sagte: »Gleich sind wir durch.«

Tatsächlich. Irgendwann beruhigte sich der Himmel wieder. Leo hatte jedes Zeitgefühl verloren. Das Wippen hörte auf, und über ihnen wurde es wieder blau. Es war Leo nicht möglich, zu sagen, wie lange der Sturm gedauert hatte.

Kurz darauf tauchte am Horizont der Fernsehturm auf. Von so weit weg und so weit oben hatte Leo ihn noch nie gesehen. Er war wunderschön. In seiner schmalen Eleganz passte er eigentlich gar nicht zu Berlin. Die Stadt war ja eher breit und behäbig. Trotzdem oder gerade deshalb war er der Fixpunkt, an dem sich alle orientierten.

Malte landete sanft und sicher.

Leider nicht in Tegel.

Auch nicht in Schönefeld.

»Wo sind wir hier?«

Malte verstand ihn nicht.

»Wo wir hier sind«, wiederholte Leo, nachdem Malte den Motor ausgeschaltet hatte.

Malte drehte den Zeigefinger am Ohr. Er verstand kein Wort. So kam raus, dass Leos Mikrofon gar nicht angeschaltet gewesen war. Deshalb hatte Malte die ganze Zeit gegrinst, als Leo um sein Leben geschrien hatte.

»Strausberg«, sagte Malte, nachdem er den Kopfhörer abgenommen hatte.

Sie stiegen aus. Leos Beine fühlten sich sehr weich an, wie nach einer Narkose, wenn man aufstehen wollte und nicht konnte. Er drehte sich langsam einmal um die eigene Achse. Da waren ein blauer Tower, ein paar kleine Flugzeuge und eine Wiese. Sonst nichts.

»Gehört das noch zu Berlin?«

»Nee. Zu Märkisch Oderland.«

Leo sah sich um. »Und Berlin ist wo?«

Malte streckte seinen Arm aus. »Fünfzig Kilometer Kurs Süd-Süd-West.«

»Und wie kommen wir da hin?«

Malte zeigte in die entgegengesetzte Richtung: »S-Bahn.«

Leo holte seinen Koffer aus dem Cockpit und gab Malte das Mitflug-Geld.

»Kommst du mit?«

»Nö«, sagte Malte, »ich fahr nicht nach Berlin.«

Leo verstand nicht. »Was? Wieso nicht?«

»Ich fliege zurück nach Rostock«, sagte Malte und grinste. »Ich bin bloß hierher geflogen, um Flugstunden zu sammeln.«

37

Wie ruhig so eine ruckelige S-Bahn doch im Vergleich mit einem Flugzeug war. Und wie viel Platz es hier gab. Leo war mit seinen Kräften am Ende. Er fühlte sich müde und ausgelaugt, abgekämpft und erschlagen. Wie ein Indianer nach der Büffeljagd. Allerdings einer, der ohne Beute nach Hause kam. Drei Autoren waren tot, ihre Manuskripte verschwunden, und es gab keine Spur des Täters. Leo wollte nur noch eins: in die Arme einer Frau sinken. Einer Indianersquaw, die ihm ihr Wigwam öffnete, ihn aufs Bärenfell legte, in Decken wickelte und ihm eine Flasche Bier brachte. Er wollte zu Rosa. Heute war ein guter Tag für einen Neuanfang. Er wollte zu ihr gehen und ihr sämtliche Erlebnisse der letzten Tage erzählen. Das warf sie ihm ja immer vor: dass er nie was erzählte. Mit seinem neuen Beruf würde sein Schweigen ein Ende haben. Er hatte in den letzten zwei Tagen so viel erlebt wie in den letzten zwei Jahren nicht. Dass er mit einer anderen Frau geschlafen hatte, behielt er besser für sich. So wie sie für sich behalten hatte, was mit diesem Kursleiter gewesen war, bei dieser Fortbildung in Köln im vergangenen Jahr. Leo überlegte, ob er sein Kommen telefonisch ankündigen sollte. Aber wahrscheinlich war es besser, sie zu überraschen. Nicht, dass er sich am Telefon noch verhedderte.

Je näher Leo der Stadtgrenze kam, desto mehr Fahrgäste stiegen zu. Und desto besser ging es ihm. Am Ostbahnhof war er schon beinahe wieder der Alte. Das musste die Berliner Luft sein. Die mit dem ganz besondren Duft. Leo entschloss sich kurzerhand, zur Voltastraße zu fahren. Dass er wieder in Berlin war, merkte er, als er die Treppe der U-Bahn hochkam und in die traurigen Augen eines schwarzen Mischlingsrüden blickte, der gerade auf den Gehsteig kackte. Von hinten kam der Hundehalter angelatscht. Vollbart, Sonnenbrille, Baseballkappe, tätowierter Hals, Handy am Ohr. Leo wollte gerade was sagen, da pumpte der Typ seinen Brustkorb auf und sagte in sein Handy: »Wart ma', Uwe, ick hab hier so 'n Arschloch zu steh'n.«

Willkommen in Berlin!

Beim türkischen Bäcker in der Usedomer Straße kaufte er Baklava. Rosa mochte das süße Zeug. Mit viel schwarzem Kaffee brachte auch Leo es runter. Die Verkäuferin steckte die Pappschachtel in eine Plastiktüte, die sie zweimal verknotete. Leo trug sie die Demminer Straße hoch und quer über den lang gestreckten, von orangefarbenen Siebzigerjahre-Degewo-Bauten umstellten Vinetaplatz. Bis auf ein älteres Ehepaar, das die gleichen kurze Haare, die gleichen bequemen Jeans und die gleichen roten Windjacken trug, war er menschenleer. Es war unfassbar, dieser Platz lag im Zentrum der Hauptstadt und war am Sonntagnachmittag genauso verschlafen wie Garching und Germersheim. Als Leo näher kam, erkannte er, dass es Touristen waren. Während der Mann mit einem altmodischen Faltplan kämpfte, schirmte ihn die Frau vor möglichen Angreifern ab.

Der Anblick rührte Leo mehr, als es ihm in den Kram passte. Er musste an seine eigenen Eltern denken. Ausgerechnet. So hilflos waren die bestimmt auch immer auf Reisen gewesen. Leo ging rüber. Er konnte es einfach nicht mit ansehen, wenn Menschen orientierungslos waren. Das war ein richtiger Zwang bei ihm, so wie Müll trennen und keine Lebensmittel wegschmeißen und die Heizung über Nacht ausstellen. Außerdem: jeden Tag eine gute Tat.

»Kann ich helfen?«

Die beiden starrten ihn an, als befürchteten sie, gleich eine Bierflasche über den Kopf gezogen zu bekommen.

Leo internationalisierte seine Frage: »May I help you?«

»Mir sinned von da«, erwiderte der Mann zögernd.

»Ich aber«, sagte Leo.

»Sischer?«, fragte der Mann. »Sie schbresche gar ned so.«

»Ich habe einen Sprachfehler«, sagte Leo, der noch nie berlinert hatte. »Wo wollen Sie denn hin?«

»Mir suuche die Mau'r«, erklärte die Frau, wobei sie das »r« halb rollte und halb verschluckte.

»Ab'r mir habbe uns verlaufe.«

»Sie sind fast da. Gehen Sie einfach immer geradeaus zur Bernauerstraße, und dann rechts runter, da sehen Sie sie schon.«

Leo zeigte nach Osten, in die Richtung zweier durchgeknallter Hunde, die um die Wette kläfften.

Zufrieden wackelten die beiden Herrschaften davon. Beschwingt sah Leo ihnen nach. Das Schöne am Helfen war, dass es sich stets aufs Neue gut anfühlte. Wenn jeder Tourist, dem er in den letzten zehn Jahren den Weg erklärt hatte, zehn Cent gegeben hätte, hätte Leo längst seine eigene Drei-Zimmer-Wohnung im Kranold-Kiez.

Da sah er sie, sie kam gerade aus ihrem Haus. Sie sah toll aus in ihrer gelben Bluse und den hohen italienischen Sandalen. Leo hatte sie seit Monaten nicht gesehen. Ihre dichten Locken, in denen eine Sonnenbrille steckte, waren dunkler als sonst. Sie trug den grauen Rock, den sie gemeinsam bei *Peek und Cloppenburg* am Tauentzien gekauft hatten. Als sie ihn entdeckte, erstarrte sie. So standen sie da, ohne ein Wort zu sagen, zwanzig Meter zwischen sich. Wer es nicht besser wusste, hätte die beiden für ein Paar auf dem Weg zum Scheidungsrichter halten können.

»Was machst du hier?«

»Dich besuchen.«

Leo hätte sie am liebsten umarmt und von oben bis unten abgeküsst. Aber Rosa gab keinerlei Zeichen, dass sie das gut gefunden hätte.

»Ich habe dir was mitgebracht«, sagte er und hielt ihr die Pappschachtel hin.

Rosa nahm die Schachtel und warf einen skeptischen Blick hinein. »Baklava?«

»Die magst du doch«, sagte Leo.

Sie gab ihm die Schachtel zurück. »Du aber nicht.«

»Mit Kaffee schon«, sagte Leo. »Wir könnten zu dir raufgehen und einen trinken.«

»Ich kann nicht. Petra verkauft heute auf dem Flohmarkt. Ich will ihr ein bisschen Gesellschaft leisten.«

Petra war Rosas Freundin. Die mit der Datsche in Prerow. Petra war nicht gut auf Leo zu sprechen, seit er mal gesagt hatte, dass ihr Leben einer Vorabendserie gleiche.

»Ich komme mit«, beschied Leo. »Ich muss dringend was besorgen.«

Rosas Blick fiel auf seinen Koffer, der neben ihm stand wie ein gut erzogener Hund. »Bist du dir sicher, dass du damit auf den Flohmarkt willst?«

Wenig später liefen sie zusammen durch den Gleimtunnel, der zu jeder Jahreszeit gleich dunkel und nasskalt war. Auch in ihrer Beziehung hatten sie schon durch manchen Tunnel gemusst, dachte Leo, aber doch immer wieder Licht am Ende des Tunnels gesehen. Leo war nicht so schnell wie Rosa. Das lag am Koffer. Rosa hatte nicht erlaubt, dass er ihn in ihrer Wohnung abstellte. Dafür sei es noch zu früh, fand sie. Nur die Baklava hatte sie nach oben gebracht.

»Was brauchst du denn?«, wollte Rosa wissen.

»Ein Smartphone.«

Die Sonne blendete, als sie wieder hinaus ans Tageslicht kamen. Die Max-Schmeling-Halle lag vor ihnen wie eine liegen gebliebene Pistenraupe in der Sonne. Ein paar Kids spielten Basketball.

»Ich dachte, du hasst Smartphones!?«

»Tue ich auch«, sagte Leo, »aber ohne ist man in meinem Job total aufgeschmissen.«

Rosa horchte auf. »Hast du den Job nicht aufgegeben?«

»Wieso das denn?«

»Weil zwei Tote einfach zwei Nummern zu groß für einen Anfänger wie dich sind.«

Nicht, dass Leo nicht auch schon darüber nachgedacht hätte, alles hinzuschmeißen. Trotzdem ärgerte es ihn, dass Rosa ihm das unterstellte.

»Man gewöhnt sich daran«, erklärte er. »Allerdings sind es mittlerweile drei Tote.«

Rosa wich einer blutigen Spritze aus, die auf dem Boden lag. »Wieso drei?«

»Frieda Burmeister wurde auch ermordet.«

»Die Burmeister auch? Das ist ja furchtbar!« Rosa musste sich vor Schreck an Leos Arm festhalten. Nur kurz, aber immerhin.

Leo ließ einen Flaschensammler vorbei, der einen laut klirrenden Einkaufswagen über das Kopfsteinpflaster schob. Er berichtete, dass Friedas Manuskript verschwunden war und dass er eine Art Romananfang gefunden hatte, in dem Frieda ermordet wurde, genau wie bei den beiden anderen Toten auch.

»Die Texte hat vermutlich der Mörder geschrieben, bevor er die Taten begangen hat.«

»Das wird ja immer mysteriöser«, fand Rosa, als sie über die Scherben einer kaputten Bierflasche stieg.

Sie näherten sich dem Flohmarkt. Es roch nach Bratwurst und Marihuana, ausgelaufenem Bier und frischen Waffeln. Das Amphitheater in der Mitte des Parks war bis auf den letzten Platz besetzt. Die Leute waren wegen der Karaoke da, die hier jeden Sonntag stattfand. Eine junge Italienerin in einer weißen Latzhose versuchte sich gerade an *Atemlos durch die Nacht.* Ihre dünne Stimme kam nicht gegen die drei Didgeridoospieler an, die auf der Wiese gegenüber standen. Ein Jongleur hielt acht Softbälle in der Luft. Von irgendwo her kam ein Fußball geflogen.

»Und du hast keine Ahnung, wer das gewesen sein könnte?«, fragte Rosa, während sie weitergingen.

Leo schüttelte den Kopf. »Zuerst dachte ich, Mutschmann war's. Als der auch tot war, dachte ich, die Burmeister war's. Aber da die jetzt auch tot ist, stehe ich wieder bei null.«

Vor einem großen Loch im Maschendrahtzaun stand ein Familienvater und kratzte Hundekacke von den Rädern seines Kinderwagens. Das war der Eingang zum Flohmarkt.

Leo stellte den Koffer ab, um kurz zu verschnaufen.

»Wo hat Petra denn ihren Stand? Hier hinten oder eher weiter vorne?«

»Keine Ahnung«, meinte Rosa und trat ein.

Leo hob den Koffer wieder an und folgte ihr. Zwischen den Ständen war es eng, voll und stickig, der Bazar von Istanbul war nichts dagegen. Mit Wehmut erinnerte Leo sich an die beschauliche Leere in Garching an der Alz.

Vor einem Stand mit selbst gebasteltem Schmuck blieb Rosa stehen. Leo lief fast auf sie drauf.

Sie hielt sich eine gelbe Glasperle ans Ohr.

»Steht mir das?«

Leo musterte sie lange. Jetzt bloß nichts Falsches sagen.

»Sehr schön.«

Rosa legte den Ohrring zurück und ging weiter. War das nicht richtig gewesen? Leo trottete ihr hinterher.

Drei Stände weiter blieb sie erneut stehen. Hier verkauften Studentinnen säckeweise Blusen, Mäntel und Handtaschen.

Nebenan gab's gebrauchte Schallplatten. Leo vertrieb sich die Zeit damit, Songs mit Sunday im Titel zu suchen. Er fand *Sunday. Sundays. Every Day is Like Sunday. Sunday Morning. Sunday Bloody Sunday. Sunday Morning Sunrise. Sunday Lover, Sunday Rain. Sun on Sunday. Loving You Sunday Morning. Sunday Night. Sunday Without You.* Bei *Lazy Sunday* stupste ihn Rosa von hinten an.

»Wenn die Morde im Stil der drei Schriftsteller geschrieben wurden«, stellte sie fest, »muss es jemand geschrieben haben, der deren Bücher kennt. Und jemand, der schreiben kann. Jemand, der selten Bücher liest, kann so was nicht.«

»Das Komischste ist«, sagte Leo, »dass Schweiger, Mutschmann und Burmeister alle an der gleichen Geschichte geschrieben haben. Bei allen wird eine Familie getötet, und ein Hund überlebt. Jeder Autor hat zwar seinen eigenen Ermittler. Aber der Fall ist jedes Mal der gleiche.«

»Wussten die drei, dass sie alle an der gleichen Geschichte gearbeitet haben?«

»Schweiger und Mutschmann konnte ich nicht mehr dazu befragen. Und Frieda Burmeister hat behauptet, es nicht gewusst zu haben. Sie wurde angeblich von einem Zeitungsartikel inspiriert.«

»Dann haben Mutschmann und Schweiger wohl zufälligerweise den gleichen Zeitungsartikel gelesen.«

»Und sich zufälligerweise beide gedacht, Mensch, da könnte man doch einen Roman draus machen?« Leo schüttelte den Kopf. »Das kann ich mir nicht vorstellen. Angeblich konnte Frieda sich nicht daran erinnern, welcher Zeitungsartikel das war. Aber ich hatte das Gefühl, dass sie sich nicht erinnern wollte.«

»Einer wusste mit Sicherheit, dass sie alle an der gleichen Story geschrieben haben. Nämlich dein Auftraggeber. Wie heißt der noch mal?« Sie stellte sich auf die Zehenspitzen. Das tat sie immer, wenn sie dem Gesagten Nachdruck verleihen wollte. Sie war Leo jetzt so nah, dass er sie problemlos hätte küssen können.

»Doktor Durante.«

»Hat er das nie erwähnt?«

Leo dachte nach. »Er hat mir nur gesagt, dass ich Schweiger und sein Manuskript finden soll, das überfällig war. Und dann das der beiden anderen Autoren.«

»Es ist doch nicht normal, dass drei Autoren gleichzeitig ihre Texte nicht abgeben können oder wollen«, analysierte Rosa, »genauso wenig normal ist es, wenn ein Cheflektor wegen so was einen Detektiv engagiert. Das kommt doch bestimmt nicht sehr oft vor.«

»So abwegig war mein Engagement auch wieder nicht. Immerhin hat es Tote gegeben.«

Rosa überhörte seinen Einwand. »Vielleicht ist das nur ein Ablenkungsmanöver. Vielleicht steckt er mit dem Mörder unter einer Decke. Damit niemand Verdacht schöpft, engagiert er einen Detektiv.«

Diese Theorie missfiel Leo. »Und wenn der Detektiv rausbekommt, dass tatsächlich er dahintersteckt?«

»Vielleicht hat er extra einen genommen, von dem er sicher sein kann, dass der das nicht schafft.«

38

Japan – Land der Gegensätze. So hieß mal ein Diavortrag, den Leos alter Schuldirektor in der Aula seines Gymnasiums gehalten hatte. Um die Gegensätze zu verdeutlichen, zeigte er abwechselnd das moderne und das traditionelle Japan. Auf einen windschnittigen Schnellzug kam ein kantiges Holzhaus, auf eine Spielhalle ein Bambuswald, auf einen Menschen-in-die-U-Bahn-Stopfer eine Geisha. Das musste 1981 oder 1983 gewesen sein, kurz vor den Sommerferien. Leo war hingegangen, weil er gehofft hatte, seine Anwesenheit könnte sich positiv auf seine Versetzung auswirken. Leider vergeblich. Oder war es doch erst 1985 gewesen? Er war ja insgesamt dreimal sitzen geblieben. Das alles fiel ihm wieder ein, als er vor einem dicht bewachsenen Metallgitterzaun stand und in Doktor Durantes grünen Garten schaute. Der Hausherr stand unter einem schattigen Baum und plauderte mit zwei Japanern, die gegensätzlicher nicht sein konnten. Sie trugen zwar beide blaue Anzüge, aber der eine war klein und dick, der andere lang und dünn. Im Gegensatz zu den Häusern auf der rechten Seite der Straße. Die zweistöckigen Kuben, die in ihren klaren Linien ans Bauhaus erinnerten, sahen alle gleich aus. Sie waren in den Achtzigerjahren von der DDR als Botschaftsgebäude gebaut und nach der Wende versteigert worden.

Leo hatte sich durch die engen Gassen des Flohmarkts gekämpft wie Humboldt durch den brasilianischen Dschungel, um endlich nach Hause zu fahren. Bei der Eberswalder

Straße hatte er es sich anders überlegt. Vielleicht hatte Rosa recht, und Doktor Durante steckte tiefer in der Sache drin, als er zugab. Was wollte ein Lektor dreimal mit der gleichen Geschichte? Bowie hatte ja auch kein Album rausgebracht, das es schon von den Beatles gab. Das war doch das Prinzip von Kunst, dass immer wieder was Neues kam.

Doktor Durante hatte bei ihrem ersten Treffen erwähnt, dass er in der Esplanade wohnte. Aber Leo hatte das Haus nicht gefunden. Er war bis runter zu den S-Bahn-Gleisen gelaufen, die Pankow vom Wedding trennten, an der Kleingartenanlage Bornholm II vorbei, *Gartenfreunde Lars und Eddy bitten zum Garteneinsatz*, und dann wieder zurück. Es gab eine Tagesklinik, einen Kindergarten und ein Therapiezentrum, aber keine Familie Durante. Schließlich fragte Leo eine dunkelhäutige Frau, die er für eine Putzfrau hielt, die sonntags in einer der Villen sauber machte. Wahrscheinlich schwarz. Sie trug ausgelatschte Schuhe und eine Perücke, unter der sie bestimmt schwitzte. Sie entpuppte sich als Botschafterin der Republik Cabo Verde, die Leo tatsächlich weiterhelfen konnte. Denn Doktor Durante war ihr Nachbar. Aber nicht in der Esplanade, sondern in der Stavangerstraße, die parallel verlief.

Das Grundstück war riesig. Bestimmt halb so groß wie ein halbes Fußballfeld, schätzte Leo. Doktor Durante zeigte den gegensätzlichen Japanern die Blumenbeete im hinteren Teil des Gartens. Die beiden nickten interessiert. Nach Familiensonntag sah das nicht aus. Eher nach Angeberei vor Gästen.

»Waren Sie erfolgreich?«, rief plötzlich jemand.

Doktor Durante und die Japaner blickten sich um.

Es war die kapverdische Botschafterin, die auf dem Balkon des Nachbarwürfels stand und Leo in seinem Versteck zwischen den Büschen entdeckt hatte. Sie winkte. Leo winkte zurück.

»Ja«, zischte er.

Jetzt hatte auch Doktor Durante ihn entdeckt. »Was machen Sie denn hier?«

»Ich muss mit Ihnen sprechen.«

Durante beschied ihm mit einer herrischen Geste, nach vorne zur Haustür zu kommen. Leo staunte nicht schlecht, als ihm alle drei aufmachten, Durante und die Asiaten. Der Hausherr stellte ihn als einen Mitarbeiter vor, der für ihn den Kontakt zu den Autoren hielt, und den Dicken und den Dünnen als Freunde der Familie, Herr Tonsay und Herr Osaki.

»Unsere Kinder besuchen den bilingualen Kindergarten in der Ackerstraße.«

Herr Tonsay und Herr Osaki nickten. Ob sie ein gleichgeschlechtliches Paar waren, das adoptiert hatte? Kaum hatten sie sich begrüßt, verabschiedeten sie sich auch schon.

»Sie gehen aber nicht wegen mir?«, hoffte Leo.

»Nein«, erklärte Doktor Durante. »Die beiden wollten sowieso gerade aufbrechen.«

»Wo sind denn Ihre Kinder?«, fragte Leo, als Herr Tonsay und Herr Osaki grinsend verschwunden waren.

»Am Tegeler See. Mit meiner Frau. Die Kids waren so aufgekratzt, dass sie dringend eine Abkühlung brauchten.«

Leo und Doktor Durante saßen an einem Gartentisch aus Messing unter einer schattenspendenden Kastanie und tranken ein camparifarbenes Getränk mit Eis und Zitronenscheiben. Leo hatte es schon oft gesehen, aber noch nie getrunken. Doktor Durante hatte eine große Karaffe davon gemacht. Das Getränk schmeckte süßlich und herb, bitter und leicht säuerlich. Dazu gab es diese dicken italienischen Salzstangen, wie hießen die noch mal?

»In Italien trinkt man Aperol gern mit Weißwein und Soda«, erklärte Doktor Durante im Tonfall des weltbürgerlichen Connaisseurs, »aber ich nehme lieber Prosecco. Wussten Sie, dass der deutsche fünfzehn Prozent hat, der italienische aber nur elf?«

»Nein«, sagte Leo, »aber ich bin auch nicht hergekommen, um über den Alkoholgehalt von Spirituosen zu sprechen.«

Er hatte solchen Durst, dass er sein Glas in einem Zug austrank.

»Schießen Sie los, was treibt Sie zu mir?«

»Ich habe rausgefunden, dass Frau Burmeister gar keine Autorin des Phönix Verlags ist«, fing Leo an.

»Stimmt«, entgegnete Doktor Durante cool.

»Wieso sollte ich dann ein Manuskript von ihr beschaffen?«

»Weil Frau Burmeister gerade zu uns wechseln wollte.«

Leo stieg das italienische Getränk merklich zu Kopf. Trotzdem oder gerade deswegen schenkte er sich nach.

»Das hätten Sie mir sagen müssen.«

»Ich habe es nicht erwähnt, weil Verlagswechsel eine heikle Sache sind«, erklärte Doktor Durante, »da darf vorab nichts an die Öffentlichkeit dringen.«

»Kann man so einfach hin und her wechseln?«

»Das ist auch nicht anders als im Fußball. Da wird ein guter Spieler, der bei einem kleinen Verein unter Vertrag ist, auch von einem größeren Verein gekauft.«

»Im Fußball werden aber hohe Ablösesummen bezahlt.«

»Bei Verlagen auch. Nur dass die nicht der Ex-Verlag kriegt, sondern der Autor oder die Autorin. In Form eines Vorschusses auf das nächste Buch.«

Das war interessant. Brachte Leo aber nicht in seinem Fall weiter. »Dann können Sie mir auch sagen, was Frau

Burmeisters Story mit den Storys der beiden anderen toten Autoren zu tun hat.«

»Was meinen Sie?«

»Die haben alle drei am gleichen Plot geschrieben. Immer stirbt eine fünfköpfige Familie, und jeweils ein Hund überlebt.«

Doktor Durante winkte ab. »Das ist doch kein Plot. Das ist höchstens eine Idee.«

»Sie wussten also davon?«, erwiderte Leo. Es war mehr eine Feststellung als eine Frage.

»Natürlich. Schließlich bin ich ihr Lektor.«

»Und Sie wollen behaupten, dass das reiner Zufall ist?«

»Was denn sonst? Meinen Sie, die sprechen ihre Geschichten untereinander ab?«

»Sie wollen mir also weismachen, dass die drei rein zufällig die gleiche Idee hatten? Weil sie rein zufällig den gleichen Artikel gelesen haben?!«

Durante nippte an seinem Getränk. »Was für einen Artikel denn?«

»Frieda erzählte, dass sie von einem Zeitungsartikel inspiriert wurde.«

»Aha. Das erklärt natürlich einiges. Ich fand es auch merkwürdig, dass die drei die gleiche Idee hatten. Aber wenn das auf einem Artikel basiert, ist das natürlich logisch.« Er reckte Leo seinen ausgestreckten Daumen entgegen. »Wirklich verdammt gute Arbeit, Herr Donat.«

Leos Kopf wurde immer schwummeriger, er selbst immer forscher. Seine innere Stimme flüsterte ihm zu, dass das nicht gut ausgehen würde. Aber er konnte sich nicht bremsen.

»Aber es gibt hunderttausend Artikel über Mordfälle! Weil hunderttausend Menschen ermordet werden! Und diese drei lesen ausgerechnet den einen entscheidenden Artikel und machen einen Roman draus?!«

»Wieso nicht? Vielleicht hat es ihnen der Hund angetan. Tiere kommen immer gut an, das weiß jeder Romanautor.«

Dieser Kerl hatte auf alles eine Antwort. Leo schenkte sich noch mal nach.

»Wieso haben Sie das alles nicht gleich gesagt?«

»Hätte das irgendwas geändert?«

Leo dachte nach. Nein, hätte es nicht. Punkt für Doktor Durante.

»Wussten Schweiger, Mutschmann und Burmeister, dass sie alle an der gleichen Geschichte geschrieben haben?«

Durante tippte sich an die Stirn. »Von mir nicht. Autoren sind eitle Wesen, besessen von dem Drang, immer was Einzigartiges zu schaffen. Deswegen fand ich es ja auch so spannend, was die drei besten Krimiautoren unseres Landes aus derselben Idee machen. Worauf wollen Sie mit Ihrer ganzen Fragerei eigentlich hinaus?«

»Ich glaube, dass Sie längst wussten, dass Schweiger tot ist, als Sie mich zu ihm schickten«, befand Leo, »und Mutschmann auch. Und Frieda auch.«

»Sagten Sie am Telefon nicht, dass Frieda noch gelebt hat, als Sie ankamen?«

»Jetzt ist sie aber tot.«

»Unterstellen Sie mir, dass ich mit dem Tod der drei etwas zu tun habe?«

Damit war der Vorwurf ausgesprochen. Lag auf dem Tisch und ließ sich anstarren wie ein Fisch in seinen letzten Atemzügen.

Leo stocherte weiter. »Es muss Sie doch wütend gemacht haben, dass die drei nicht abgegeben haben.«

»Wie ich Ihnen bereits erklärt habe, gehören Terminschwierigkeiten zu meinem Tagesgeschäft.«

»Dann waren Sie eben aus einem anderen Grund wütend!

Weil die Autoren so viel Geld verdienen, zum Beispiel. Oder weil sie im Rampenlicht stehen, im Gegensatz zu Ihnen.«

»This is ridiculous!«, rief Doktor Durante. »Das ist ja lächerlich!«

Leo konnte und wollte nicht lockerlassen. »Oder weil sie mit Ihrer Frau geschlafen haben.«

»Wie bitte?«

»Dieser Mutschmann bumst doch alles, was nicht bei drei auf den Bäumen ist. Besser gesagt, bumste.«

Doktor Durante wurde sehr ernst. »Die Art, wie Sie reden, gefällt mir nicht.«

»Es ist mein Beruf, unbequeme Fragen zu stellen«, rief Leo, »da kann ich bei Ihnen keine Ausnahme machen.«

»Sie sind ja betrunken.«

»Und Sie verheimlichen mir etwas!«

»Wissen Sie was«, sagte Doktor Durante, »ich werde gar nicht mehr mit Ihnen sprechen. Weil ich Ihnen nämlich den Fall entziehe.«

»Was?« Leo rutschte das Herz in die Hose vor Schreck. »Das können Sie nicht machen!«

»Und ob ich das kann.«

Wie kurz vorm Tod lief der Film seines Lebens vor Leos innerem Auge ab. Aber nicht der seines vergangenen, sondern seines zukünftigen Lebens: Es wimmelte darin von Strafzetteln und Zusatzkosten, Mahnungen und Wohnungskündigungen. Rosa sprang auch darin herum und fragte streng, was er denn diesmal angestellt hatte.

Doktor Durante stand auf. »Sie können mir die Rechnung schicken.«

Leo blieb sitzen. »Aber was ist mit dem Mörder? Wir wissen immer noch nicht, wer die drei umgebracht hat!«

»Das überlassen wir der Polizei.«

39

Am nächsten Morgen passte Leos Kopf nicht durch die Tür seines Schlafzimmers. Er war zu geschwollen. Erst beim dritten Anlauf klappte es. Mit der Geschwindigkeit eines Schlaganfallpatienten tastete er sich durchs Wohnzimmer, einen kleinen Schritt nach dem anderen. Die Kuckucksuhr seiner Großeltern zeigte halb drei. *And nothing has changed. And everything has changed.* Auf dem alten Dual-Schallplattenspieler drehte sich laut knacksend *Sunday* von Bowie aus dem Jahr 2002. Leo konnte sich nicht erinnern, die Scheibe aufgelegt zu haben.

In der Küche setzte er Kaffee auf und nahm vier Paracetamol auf Ex. Rosa behauptete, dieses Medikament würde die Leber schädigen. Aber so, wie Leo sich fühlte, hatte er die gestern sowieso ruiniert. Nachdem er bei Doktor Durante rausgeflogen war, hatte er den dicken Gerhard angerufen und sich mit ihm in den Prinzessinnengärten verabredet. Sie tranken Craft Bier, aßen vegane Pizza und spielten Skat mit Niels und Hagen. Die beiden alternden Rocker waren die Einzigen, die der dicke Gerhard kurzfristig erreicht hatte. Niels trug eine beige Fransenjacke und Hagen wie immer das AC / DC-T-Shirt, das ihm angeblich Bon Scott persönlich geschenkt hatte, was ihm aber keiner glaubte. Leo war lange auf der Siegerstraße gewesen, verlor aber in der letzten Bock-Ramsch-Runde alles und hatte am Ende neuntausend Miese. Danach gingen sie in *Schmitz Katze* und gleich wieder raus, weil eine volltrunkene Horde australischer Austauschstudenten irgendwas feierte, wahrscheinlich sich selbst. Sie versuchten es im *Würgeengel* und dann bei dem Franzosen nebenan. Sie rauchten ein paar Tüten und gerieten in Streit, weil Hagen sich darüber lustig machte, dass Leo den Mörder nicht geschnappt hatte.

Das *Möbel Olfe* war so verraucht, dass man die Hand vor Augen nicht sah. Im Dönerladen in der Passage dahinter, in dem schon die Bundeskanzlerin Fleisch vom Spieß gesäbelt hatte, aßen sie Lahmacun. Irgendwo zwischen *Kuchenkaiser* und *SO36* ging Niels verloren. Weil der dicke Gerhard unterzuckert war, holten sie im *Smyrna* in der Oranienstraße kandierte Kichererbsen. Im *Bierhimmel* war Lesbenabend, also zogen sie in den *Franken*, an dessen schwarzbraunem Tresen sich schon die SS besoffen hatte. Leo versuchte den anderen zu erklären, wieso Doktor Durante ihn rausgeschmissen hatte, brachte die Geschichte aber nicht mehr richtig zusammen. Als Hagen verschwand, zogen Leo und der dicke Gerhard auf einen Absacker ins *Wiener Blut* und später zum Frühstück ins *San Remo Upflamör* an der Oberbaumbrücke. Dem schlammigen Geschmack in Leos Mund nach waren sie auch noch in den Landwehrkanal gesprungen. *Rock 'n' Roll Suicide.*

Leo suchte eine Ewigkeit nach Zahnbürste und Zahnpasta. Bis ihm einfiel, dass beides noch in seinem Koffer war. Aber der war nicht mehr da. Das gab's doch nicht! Leo suchte jeden einzelnen seiner achtundvierzig Quadratmeter ab, aber sein treuer Begleiter war verschwunden. Verdammter Mist! Da hatte er ihn drei Tage und drei Nächte durch die Republik geschleppt, nur um ihn in einer einzigen Berliner Nacht zu verlieren.

Leo schenkte sich Kaffee ein und ging ins Internet. Der Wohnzimmertisch wackelte. Unter den mahnenden Augen von Bowie, dessen *Heroes*-Cover zwei mal zwei Meter groß an der Wand hing, schob Leo ein Reclamheftchen vom *Zerbrochenen Krug* unter ein Bein. So ging's. Er öffnete das Mailprogramm. Die Deutsche Bahn hatte Sparpreiswochen, und Flixbus fragte, wie er seine letzte Fahrt gefunden hatte. Beschissen, wollte Leo antworten, aber dieses Kästchen gab es nicht, also verließ er die Seite wieder. Und dann war da eine Mail, die er erst mal gar nicht zuordnen konnte.

Sehr geehrter Herr Donat,
danke für Ihre Mail. Leider muss ich Ihnen mitteilen, dass ich Ihnen nicht helfen kann. Meine Kenntnisse der zeitgenössischen deutschsprachigen Kriminalliteratur gehen nicht so weit, dass ich jeden Text zuordnen könnte. Ich wünsche Ihnen viel Erfolg und verbleibe mit freundlichen Grüßen
Gudrun Kleindienst

Gudrun Kleindienst? Der Name kam Leo bekannt vor. Wer war das noch mal? Er scrollte weiter. Ach ja, die Literaturwissenschaftlerin, die die *Einführung in die Theorie und Praxis des Kriminalromans* geschrieben hatte und ihm bei dem Text von Schweiger weiterhelfen sollte. Das war zwei echte Tage her und zweihundert gefühlte.

Liebe Frau Kleindienst,
danke für Ihre Antwort! Die Sache hat sich erledigt. Beste Grüße, Leo Donat.
PS: Wieso können Sie das nicht? Sie haben doch ein Buch über Krimis geschrieben?
Mit freundlichen Grüßen
Leo Donat

Leo klickte sich durch die Nachrichten. Die Polizei hatte noch keine Spur in der Mordserie an deutschen Kriminalromanautoren. Er verspürte eine gewisse Genugtuung. Es tat gut, aus einem Job rausgeflogen zu sein, den die anderen auch nicht besser hinkriegten. Klick! Meteorologen sprachen vom heißesten Juni seit Beginn der Wetteraufzeichnungen. Klick! In Brandenburg an der Havel fanden die Ostdeutschen Kanumeisterschaften statt. Klick! Bei Mediamarkt gab es elektrische Zahnbürsten für zehn Euro. Pling! Leo Donat hatte eine neue Mail bekommen.

Sehr geehrter Herr Donat,
als Literaturwissenschaftlerin beschäftige ich mich vor allem mit Gattungsgeschichte und -theorie und weniger mit der Stilistik einzelner Autoren.
Wenn sich die Sache erledigt hat, heißt das, dass Sie wissen, wer den Text verfasst hat?
Freundliche Grüße
Gudrun Kleindienst

Liebe Frau Kleindienst,
mittlerweile sind es drei Geschichten. Und nein, ich weiß immer noch nicht, wer sie geschrieben hat. Aber das ist egal, denn ich habe nichts mehr mit dem Fall zu tun.

Sehr geehrter Herr Donat,
handelt es sich bei dem Fall etwa um die drei ermordeten Schriftsteller? Wirklich eine furchtbare Geschichte.

Liebe Frau Kleindienst,
ja, es ging um Schweiger, Mutschmann und Burmeister.

Sehr geehrter Herr Donat,
als Sie mit dem Fall noch zu tun hatten, war das in welcher Funktion? Sind Sie Polizist?

Nein. Privatdetektiv.

Das klingt spannend.

Man hat mit Menschen zu tun, denen man freiwillig nicht die Hand schütteln würde. Und vor der Leiche einer Ermordeten zu stehen, ist auch kein Vergnügen.

Gewöhnt man sich nicht daran?

Ihren ersten Toten vergessen Sie nie.

Weiß man denn schon, wer der Täter ist?

Was »man« weiß, weiß ich nicht. Ich bin ja nicht die Polizei. Ich weiß nur, dass ich drei Texte habe, in denen Schweiger, Mutschmann und Frau Burmeister ermordet werden, und dass die im echten Leben jetzt auch tot sind. Wer diese Texte verfasst hat, weiß ich nicht. Vielleicht der Täter. Vielleicht die drei selbst. Vielleicht wurden sie von dem Täter dazu gezwungen. Für mich persönlich spielt das keine Rolle mehr.

Haben Sie diese Texte noch? Ist das nicht Unterschlagung von Beweismaterial?

Es weiß ja keiner, dass es diese Texte gibt. Also sucht auch niemand danach. Wonach niemand sucht, kann auch niemand unterschlagen, oder?

Trotzdem sollten Sie sie zur Polizei bringen.

Ich hatte in meinem ganzen Leben noch nichts mit der Polizei zu tun. Ich habe nicht vor, daran etwas zu ändern.

Aber das sind Beweismittel in drei Mordfällen. Wollen Sie nicht, dass diese schrecklichen Verbrechen aufgeklärt werden?

Es sind nur drei kleine Texte. Ich glaube nicht, dass die Polizei die liest und sagt: »Bingo, jetzt haben wir den Täter!« Ich kann Ihnen die Blätter gerne zeigen, dann wissen Sie, was ich meine.

Nein, danke! Ich möchte da lieber nicht hineingezogen werden.

Mir fällt sowieso gerade ein, dass ich die Geschichten gar nicht mehr habe.
Vielen Dank und herzliche Grüße,
Leo Donat

Eine halbe Stunde später erinnerte er sich, dass er die Seiten gestern Abend aus dem Koffer geholt hatte, um sie Niels, Hagen und dem dicken Gerhard zu zeigen. Wenn er sich richtig erinnerte, hatte er sie anschließend in seine Lederjacke gesteckt. Die fand er auf der Toilette. Leo kramte seinen Geldbeutel, Kronenkorken, einen Bierdeckel und mehrere zusammengefaltete DIN-A4-Blätter aus dem Innenfutter hervor. Sie mussten durch das Loch in der Innentasche dorthin gerutscht sein.

Liebe Frau Kleindienst,
ich bin’s noch mal. Ich habe die Texte gefunden. Ich schicke Ihnen einen Scan. Siehe Anhang.
Liebe Grüße
Leo Donat

40

Gudrun Kleindienst stand in ihrem Arbeitszimmer und wartete darauf, dass ihr netzwerkverbundener Laserdrucker drei mal vier Seiten ausspuckte. Dieser Detektiv hatte sie mit der Bitte geschickt, herauszufinden, wer diese Texte geschrieben hatte. Der Kerl hatte offensichtlich keine Ahnung davon, was eine Literaturwissenschaftlerin eigentlich machte. Das unterschied ihn nicht vom Rest der Menschheit.

Außerhalb der Universität wurde Gudrun nicht ernst genommen. Sondern belächelt. Nur der Doktortitel brachte ihr Respekt ein. Aber immer nur so lange, bis die Menschen erfuhren, dass sie keine Medizinerin war, sondern Literaturwissenschaftlerin. Dabei hatte Gudrun hart für ihre Promotion gearbeitet. Sie hatte sich zwei Jahre lang durch alle Abhandlungen, Anthologien und Zeitschriftenaufsätze gearbeitet, die es zur deutschsprachigen Kriminalliteratur gab. Für das Buch selbst hatte sie noch mal ein Jahr gebraucht. Es beinhaltete eine Entstehungsgeschichte der Gattung Kriminalliteratur und eine systematische Typologie von Kriminalromanen. Sie unterschied Detektivromane, Thriller, Psychothriller, Spionageromane, Agentenromane und literarische Kriminalromane. Dazu kamen die Subgenres Kinderkrimi und Regio-Krimi, die vor allem im deutschsprachigen Raum anzutreffen waren. Die Arbeit hatte sich gelohnt. Die *Einführung in die Theorie und Praxis des Kriminalromans* hatte eine 1,3 bekommen und wurde im Jahrbuch der Germanistik als *wichtiger Beitrag zum Gattungs-Diskurs* erwähnt.

Gudrun überflog die erste Geschichte. Plötzlich meldete der Drucker Papierstau. Auch das noch. Gudrun klappte die Abdeckung auf, zog die verknitterten Blätter heraus und startete den Druckvorgang erneut.

Dabei hatte Gudrun sich lange Zeit überhaupt nicht für Kriminalromane interessiert. Ihr Lieblingsbuch war immer noch *Die Klavierspielerin*. Ihr Promotionsthema hatte sie einzig und allein Professor Schlumpeter zu verdanken. Er hatte schon ihre Magisterarbeit an der Uni Münster betreut, in der sie *Effi Briest* und *Hedda Gabler* miteinander verglichen hatte. Als er nach Berlin wechselte, hatte er sie mitgenommen und ihr ein Promotionsstipendium besorgt. Er bestand auf Kriminalliteratur, weil er einen internationalen Kongress dazu vorbereitete, bei dem sie ihn unterstützen sollte. Gudrun wusste, dass sie so eine Chance nie wieder kriegen würde, und sagte zu. Jetzt war sie eine Koryphäe auf dem Gebiet der Kriminalliteratur.

Gudrun setzte sich an ihren Schreibtisch, an dem sie Hunderte von Stunden verbracht hatte, wenn nicht Tausende. Sie liebte Bücher, sie liebte ihre Arbeit. Aber früher hatte ihr Lesen wesentlich mehr Spaß gemacht. Wenn sie daran dachte, wie sie als Schülerin in Büchern versunken war! Sie hatte mit Momo gegen die grauen Herren gekämpft, sich unsterblich in Mister Darcy verliebt und sich mit Esther Greenwood in Weltschmerz gewälzt. Heute las sie Texte nur noch analytisch. Diese *déformation professionelle* war der Preis, den man zahlte, wenn man sein Hobby zum Beruf machte. Dahinter stand die schmerzhafte Tatsache, dass sie eine einzelgängerische Literaturwissenschaftlerin war, die die meiste Zeit ihres Lebens nicht in ihrem Leben verbrachte, sondern im Lesesaal. Im echten Leben kannte Gudrun sich nicht aus. Menschen aus Fleisch und Blut waren ihr schon immer suspekt gewesen; sei zog Figuren aus Romanen vor.

Während einer wie Leo Donat raus auf die Straße ging und für Recht und Gerechtigkeit kämpfte, vertiefte Gudrun sich lieber in *Der Name der Rose* und grübelte darüber nach, wieso das Mädchen namenlos geblieben war. Gudrun hatte keine Freunde, ging kaum aus und war in keinem Verein und in keiner Partei. Es hatte ein paar Männer gegeben, das schon. Die längste Beziehung war die mit Karl gewesen, einem Physikstudenten aus Niederösterreich. Gudrun wusste bis heute nicht, wo genau das war. Karl hatte sie immer mit nach Hause nehmen und seinen Eltern vorstellen wollen, aber sie hatte jedes Mal eine neue Ausrede gefunden, warum sie nicht mitfahren konnte. Zwei Jahre lebten sie nebeneinanderher, wie Tiere in Afrika, die sich ab und zu am Wasserloch begegneten, dann trennten sie sich wieder.

Gudrun las die dritte und letzte Geschichte. Die klang nach Frieda Burmeister. Und wenn nicht, dann war ihr Stil, das musste Gudrun anerkennend zugestehen, verdammt gut kopiert.

Mehr konnte sie dem Detektiv nicht sagen. Da hatte sie plötzlich einen Geistesblitz. Sie war doch mal über einen Krimiautor aus Halle gestolpert, der ständig bei seinen Kollegen klaute ... Natürlich! Wie hieß der Kerl noch mal? Gudrun schaltete den Computer an. Es dauerte nicht lang, da fand sie seinen Namen: Aljoscha Ballwitzer.

41

Leos Coach sagte, er sei nicht belastbar. Der gleiche Coach sagte aber auch, er solle auf seine innere Stimme hören. Und die sagte, dass heute Ruhe angesagt war. Die letzten drei Tage waren wirklich megaanstrengend gewesen. Leo ging aufs Tempelhofer Feld, las die Zeitung von gestern und döste in der Sonne. Später spielte er mit ein paar Typen Volleyball und schlenderte dann nach Kreuzberg runter, um bei Curry 36 eine doppelte Currywurst mit Pommes zu essen. Aber weil da ungefähr eine Million Touristen in der Schlange standen, fuhr er heim, um die Schlussabrechnung für Doktor Durante zu machen. Er legte alle Quittungen und Kassenzettel auf einen Haufen und begann sie in eine Excel-Tabelle zu übertragen. Von den vielen Zahlen tat ihm schon bald der Kopf weh, sodass er froh war, als eine eingehende Mail ihn ablenkte.

Sehr geehrter Herr Donat,
vielleicht könnten wir uns mal kurz unterhalten. Ich habe die PDFs gelesen, die Sie mir geschickt haben. Ich bin auf etwas gestoßen, das ich Ihnen gerne zeigen würde. Unter welcher Nummer kann ich Sie erreichen?
Mit freundlichen Grüßen
Gudrun Kleindienst

Sehr geehrter Herr Donat,
ich bin's noch mal. Meine Telefonnummer lautet 030-8 44 92 34.
Mit freundlichen Grüßen
Gudrun Kleindienst

Sehr geehrter Herr Donat,
ich muss jetzt ins Seminar und anschließend in die Bibliothek. Vielleicht schaffen wir es morgen.
Mit freundlichen Grüßen
Gudrun Kleindienst

»Doktor Gudrun Kleindienst ist derzeit nicht erreichbar. Sie können aber nach dem Signalton eine Nachricht hinterlassen.«

Leo erkannte ihre Stimme fast nicht, so förmlich klang sie. Was wollte die Wissenschaftlerin ihm wohl zeigen? War sie auf etwas Wichtiges gestoßen? Wusste sie, wer die Geschichten geschrieben hatte? Wieso ging sie mit ihrem Wissen nicht zur Polizei? Wahrscheinlich brauchte sie seine professionelle Einschätzung. Das schmeichelte ihm.

Von der Friedrichstraße schlug Leo sich parallel zu den S-Bahn-Gleisen zum Jacob-und-Wilhelm-Grimm-Zentrum durch, wie die HU-Bibliothek offiziell hieß. Auf den Steinquadern vor dem schlanken Neubau saßen junge Menschen, die Kaffee und Mate tranken. Aus der Pizzeria *Da Vinci* roch es nach Holzofen und angebratenem Knoblauch. Leo merkte, wie hungrig er war.

Die Bibliothek war größer, als Leo gedacht hatte. Wie in einem Wettbüro hingen Monitore von der Decke, auf denen *aus aktuellem Anlass* darauf hingewiesen wurde, dass man *auf seine persönlichen Gegenstände achten und auch keine Wertgegen-*

stände in den Schließfächern lassen sollte. Na prima! Während die einen oben saßen und lernten, räumten die anderen unten die Schließfächer aus. Ging es niederträchtiger? Hinter einer dicken Glasscheibe entdeckte Leo einen alten Bekannten: ein Rollband, auf dem Bücher aus dem einen hinterletzten Winkel des Zentrums in den anderen transportiert wurden. Genauso eins hatte es bei Amazon in Bad Hersfeld gegeben, nur hundertmal größere und längere. Gegenüber gab es eine *Lese-Lounge*, die mit dem gedimmten Licht und den edlen roten Lederfauteuils aussah wie die First-Class-Lounge einer arabischen Fluggesellschaft. Dort lungerten aber nur ein paar junge Männer rum, die lustlos an ihren Laptops herumdaddelten. Leo blieb nichts anderes übrig, als das ganze Haus abzuklappern. Laut Übersichtsplan gab es ein Dutzend weiterer Lesesäle, die quer übers Haus verteilt waren. Abklappern gehörte zum Geschäft. Als er die Treppe nach oben stieg, hatte er das Gefühl, sich ins Innere einer gewaltigen Kirchenorgel zu begeben oder in eine überdimensionale Schreibmaschine. Das war eine der schönsten Bibliotheken, die Leo jemals gesehen hatte. Kein Vergleich zur Rostlaube der Freien Universität in Dahlem, an der er seinerzeit studiert hatte. Soziologie und Geschichte. Die meiste Zeit hatte er allerdings bei den Germanisten rumgehangen, weil es da die besseren Bücher gab. Der neueste Stadler oder Handke waren immer spannender gewesen als die Bodenreform von 1945.

Im großen Saal, unter einem braunen, von dezentem Kunstlicht bestrahlten Holzgebälk, saßen die Studentinnen und Studenten an terrassenartig angeordneten Schreibtischen und waren in ihre Bücher vertieft. Hier und da raschelte es, manchmal hüstelte auch jemand. Ansonsten herrschte andächtig-professionelle Ruhe.

Die von einem markerschütternden Rufen durchbrochen wurde.

»Frau Kleindienst?!«

Das war Leo, der auf der hinteren oberen Balustrade stand und in die Stille hineinrief. Die Luft erzitterte, als hätte Gott persönlich seine Stimme erhoben.

Vierhundert Lernende drehten sich nach dem Störenfried um. Vierhundert Blicke, die ihn töten wollten.

Ein paar Männer schimpften leise. »Arschloch.«

Ganz hinten oben stand eine rothaarige Frau auf und bewegte sich durch die Reihen nach vorne, wie der Gast in einer Fernsehshow, der unerwartet auf die Bühne gebeten wurde. Das musste Gudrun Kleindienst sein.

»Tut mir leid«, sagte Leo.

Gudrun Kleindienst lief wortlos an ihm vorbei nach draußen. Leo folgte ihr.

Im Foyer blieb sie stehen, vor dem Tisch mit den Ausleihzetteln.

»Was machen Sie hier?«

»Tut mir leid, dass ich so laut war. Aber ich wusste ja nicht, wie Sie aussehen.«

Hätte er gewusst, dachte er, wie sie aussieht, hätte er sie sofort gesehen. An ihr war alles groß. Die Hände, die Füße, der Hintern, der Busen, selbst der Dutt auf dem Hinterkopf. Nur die Nase war klein und stupsig, als hätte man ein falsches Teil montiert.

»Das meine ich nicht«, stammelte sie, »sondern dass Sie einfach hier so auftauchen. Ich hatte doch darum gebeten, dass wir telefonieren.«

»Ich habe Sie nicht erreicht. Da dachte ich, ich komme schnell auf einen Sprung vorbei.«

»Ich habe jetzt keine Zeit.«

Leo spürte, wie er die Geduld verlor. »Hören Sie, ich bin extra aus Neukölln hergekommen, weil Sie gemailt haben, dass Sie dringend etwas mit mir besprechen müssen. Wenn

Sie keine Zeit oder keine Lust haben, überlegen Sie sich beim nächsten Mal bitte vorher, was Sie schreiben.«

Gudrun Kleindienst wusste nicht, was tun. Trotz ihrer Größe wirkte sie für einen Moment wie ein kleines Mädchen. Sie sah auf ihre Armbanduhr. Es war eine Braun mit schwarzem Zifferblatt und gelben Sekundenzeigern. Leo konnte sehen, wie es in ihr arbeitete.

»Also gut«, sagte sie schließlich, »ich wollte sowieso bald Schluss machen. Ich hole nur schnell meine Sachen.«

»Wirklich ein schöner Arbeitsplatz«, sagte Leo, als sie die Treppe runtergingen. Er wollte die Stimmung auflockern. »Und hier sitzen Sie den ganzen Tag und schreiben?«

»Wenn ich kein Seminar gebe, ja.«

»Hier könnte ich auch ein Buch schreiben. Zum Beispiel über Bowies Berliner Zeit und ihren Einfluss auf sein restliches Werk.«

Leo sah sich schon da oben sitzen und über seinen Notizen brüten. Wie schaffte er es nur, sich in wenigen Sekunden in irgendwelche Tagträume reinzusteigern, die mit der Realität nichts zu tun hatten?

So skeptisch, wie Gudrun Kleindienst ihn von der Seite ansah, traute sie ihm das nicht zu.

»Woran arbeiten Sie denn gerade?«, fragte er, um das Thema zu wechseln.

»Ich forsche über weibliche Rollenbilder in der Kriminalliteratur.«

»Klingt spannend. Und was heißt das genau?«

»Ich versuche herauszufinden, wieso die meisten Frauen in Krimis auf wenige Klischees reduziert werden. Es gibt die dumme Hausfrau, die nervige Ehefrau, die liebenswerte Alte oder die erotische Verführerin, die den Helden ins Verderben stürzen will.«

Leo hielt ihr die Tür auf. Er musste an Doktor Durante denken und was der dazu gesagt hätte.

»Wahrscheinlich verkauft sich das gut.«

»Verkaufszahlen sind mir egal. Ich bin keine Buchhändlerin, sondern Literaturwissenschaftlerin.«

Draußen steuerte Gudrun Kleindienst zielsicher die Pizzeria *Da Vinci* an. Sie setzte sich an einen freien Tisch und bestellte einen Cappuccino. Leo orderte eine Quattro Stagioni und ein kleines Bier.

»Dann erzählen Sie mal«, sagte er, »was haben Sie rausgefunden?«

»Ich weiß nicht, wie ich es sagen soll«, sagte sie mit gesenkter Stimme, »vielleicht hat das alles auch überhaupt nichts zu bedeuten.«

»Was denn?«

Gudrun Kleindienst nahm den Gummireif aus ihrem Haar und schüttelte es auf. Es war erstaunlich, wie viel dicke, dichte rote Locken sie in ihrem Dutt untergebracht hatte.

Sie suchte nach den richtigen Worten, wog ab, wollte nichts Falsches sagen: »Ich habe die drei Miniaturen gelesen, die Sie mir geschickt haben. Ich schließe aus, dass die drei Autoren sie selbst geschrieben haben. Es ist denkbar, dass ein Schriftsteller den eigenen Tod beschreibt. Als literarische Fingerübung sozusagen. Aber dass das drei Autoren unabhängig voneinander tun, die dann auch noch alle sterben, bezweifle ich.«

»Ich auch«, sagte Leo, weil er nicht *Das weiß ich doch schon alles* sagen wollte.

Der Keller brachte die Bestellung. Leo widmete sich sofort der Pizza.

»Ich habe die Stile miteinander verglichen«, fuhr Gudrun Kleindienst fort, »nach meinem Dafürhalten wurden die alle von ein und derselben Person geschrieben.«

»Schön«, sagte Leo, »und weswegen haben Sie mich angerufen?«

Gudrun Kleindienst riss drei Zuckertütchen auf und schüttete den Inhalt in ihre Tasse. Irgendwas schien mit ihrem Zuckerspiegel nicht in Ordnung zu sein.

»Ich habe vor etwa vier Jahren eine Proseminararbeit betreut, in der es um Intermedialität von Texten ging. Darin wird ein junger Poetry Slammer erwähnt, der bei seinen Auftritten regelmäßig andere Autoren kopiert.«

»Und?« Leo kam sich vor wie ein Onkel, der der langatmigen Geschichte seiner kleinen Nichte zuhören muss.

»Die meisten Slammer parodieren nur. Sie imitieren einen Stil und füllen ihn mit anderen, meist genrefremden Inhalten. Dieser erwähnte Slammer jedoch baute Textbausteine im Stil anderer Autoren in seine Texte ein. Die Kopie als bewusst eingesetztes Stilmittel.«

»Und wie heißt der?«

»Aljoscha Ballwitzer. Aber er slammt nicht mehr.«

»Sondern?«

Gudrun Kleindienst sah ihn triumphierend an. »Mittlerweile schreibt er Bücher.«

Langsam dämmerte es Leo, worauf sie hinaus wollte. »Kriminalromane?«

»Genau. Hardboiled-Storys.«

»Hartgekochte Geschichten?«

»Das sind Geschichten von hartgesottenen, zynischen, vom Leben gebeutelten Figuren. Die halten sich nicht an Recht und Gesetz und geraten immer wieder in lebensgefährliche Situationen, weil sie sich mit Gangstern und Polizisten anlegen, die was dagegen haben, wenn man die Nase zu tief in ihre Angelegenheit steckt. Die Erzählweise und der Plot sind ebenfalls hart und brutal. Es fließt viel Blut.«

»Und für seine hartgekochten Romane klaut dieser Aljoscha Ballwitzer aus anderen Krimis.«

»Noch mal: Ballwitzer klaut nicht im klassischen Sinn. Er betreibt ein kreatives Spiel mit Literatur. Er montiert Fetzen anderer Texte in sein eigenes Werk. In seinen ersten beiden Romanen habe ich Zitate von Dutzenden anderer Romane entdeckt. In seinem letzten Buch allerdings kopiert er ausschließlich drei Autoren.«

Leo wurde immer unruhiger. »Schweiger, Mutschmann und Burmeister.«

Gudrun Kleindienst nickte konspirativ.

»Bei welchem Verlag erscheinen seine Bücher?«

»Bei keinem«, erklärte Gudrun Kleindienst, »er ist ein Self-Publisher. Er verlegt seine Bücher selbst und ausschließlich elektronisch. Man kann sie nur als E-Book kaufen. Auf seiner Homepage oder den gängigen Plattformen für digitale Bücher.«

»In welcher Verbindung steht dieser Aljoscha Ballwitzer zu Schweiger, Mutschmann und Burmeister?«, wollte Leo wissen.

Das wusste die Wissenschaftlerin nicht.

»Dann muss ich es eben rausfinden«, sagte Leo entschlossen.

»Und wie?«

»Indem ich ihn frage. Wo wohnt der Kerl denn?«

»In der Nähe von Halle an der Saale.« Gudrun Kleindienst schlürfte ihre Cappuccino-Tasse leer. »Aber ich weiß nicht, ob das eine so gute Idee ist. Sollten wir damit nicht besser zur Polizei gehen?«

»Ich sagte doch, dass ich mit der Polizei nichts zu tun haben will.«

»Aber die drei Toten ...?«

»Ich habe mit meinem Auftraggeber noch eine Rechnung

offen. Details spielen keine Rolle, aber es würde meine Verhandlungsposition stärken, wenn ich den Fall selbst lösen könnte.«

Es kam ihm so vor, als müsste er ihr ins Gewissen reden, keinen riesengroßen Blödsinn zu veranstalten.

»Wenn ich rausfinde, dass Aljoscha Ballwitzer etwas mit den Morden an den drei Autoren zu tun hat, werde ich das umgehend der Polizei melden.«

Als sie zahlen wollten, merkte Leo, dass er sein Geld vergessen hatte. Wie peinlich!

»Könnten Sie mir vielleicht zwanzig Euro leihen? Sie kriegen es so schnell wie möglich zurück.«

Zum Glück hatte Gudrun Kleindienst genügend Geld dabei, um ihm einen Schein zu überlassen.

Sie zahlten und liefen zur S-Bahn Friedrichstraße, wo sich ihre Wege trennten. Leo ging runter zur U6 und sie hoch zur S-Bahn.

»Wo müssen Sie hin?«

»Nach Staaken.«

»Wo ist denn das?«

»Hinter Spandau«, seufzte sie, »ziemlich weit, ich weiß. Aber die Wohnung haben meine Eltern gekauft. Da will ich mich nicht beschweren.«

Leo nickte. Noch so eine, deren Berliner Existenz vom elterlichen Geldbeutel finanziert wurde.

»Und Sie? Wohnen Sie wirklich in Neukölln?«

So, wie sie das betonte, klang es wie ein Vorort von Gomorrha.

Leo nickte. »Seit zwei Jahren. Aber ich habe eigentlich schon überall gewohnt. Kreuzberg, Prenzlauer Berg, Moabit, Schöneberg, Friedrichshain, Mitte, Reinickendorf, Weißensee.«

»Schön«, sagte die Wissenschaftlerin und dann noch

etwas, was Leo beinahe den Boden unter den Füßen weggezogen hätte: »Ein waschechter Berliner sind Sie aber nicht.«

»Wie kommen Sie denn darauf?«

»Es ist die Art, wie Sie sprechen. Das klingt einfach nicht berlinerisch.«

42

Neue Wendung im Schriftsteller-Mord

(Alt-Neuöttinger Anzeiger) Vermutlich gibt es eine neue heiße Spur im Schriftsteller-Mord. Die Kriminalpolizei geht mittlerweile davon aus, dass ein Einzeltäter die drei berühmten Schriftsteller ermordet hat. Wie die Kripo Mühldorf, die die Ermittlungen im Fall Schweiger leitet, mitteilt, haben Kriminaltechniker an den Tatorten in Rheinland-Pfalz und in Prerow an der Ostsee DNA-Spuren gesichert, die auch in Gunter Maria Schweigers Haus in Garching an der Alz gefunden wurden. Von wem diese Spuren stammen, konnte noch nicht festgestellt werden, da sie in der BKA-eigenen Spurendatei bisher nicht erfasst sind. Fest steht nur, dass es sich dabei um Spuren eines Mannes handelt. Ob dieser Unbekannte auch der Täter ist, konnte nicht geklärt werden. Die Kriminalpolizei Mühldorf arbeitet weiterhin fieberhaft daran, Verbindungen zwischen den drei Toten zu finden. Die einzige Gemeinsamkeit scheint bisher zu sein, dass sie alle Schriftsteller waren und alle Kriminalromane schrieben. Dass sie sich kannten oder vielleicht sogar befreundet waren, wollte ein Polizeisprecher auf Nachfrage weder bestätigen noch dementieren.

Ein Sprecher des Phönix Verlags, in dem die Bücher von Schweiger und Mutschmann erscheinen, sprach von einem großen menschlichen Verlust. »Mit ihren hintersinnigen und gesellschaftskritischen Kriminalromanen haben die beiden die deutsche Literatur geprägt wie wenige andere.«

43

Bei YouTube gab es einige Auftritte von Aljoscha Ballwitzer. Während alle anderen Slammer stets schwarze Sweatshirts und Pudelmützen trugen und darüber slammten, dass sie vor lauter Konsum das eigene Ich verloren hatten, trat Ballwitzer in einem dandyhaft weißen Anzug auf und gab sadistische Mordfantasien zum Besten. Den Kommentaren nach fanden die Leute das eher eklig als unterhaltsam. Auf Ballwitzers Homepage gab es nichts zu sehen außer den Covern seiner Bücher. Die explodierenden Autos, glutroten Sonnenuntergänge und halb nackten Frauen hatten den Look billiger Groschenromane. In seiner Kindheit hatte Leo die manchmal gelesen, wegen der Sexszenen.

Er machte sich auf den Weg, mal wieder. Die Adresse entnahm er dem Impressum. Ballwitzer wohnte in Teutschenthal. Laut Google Maps lag das in Sachsen-Anhalt, vielleicht zwanzig Kilometer von Halle entfernt.

Auf dem Weg zur U-Bahn schaute Leo in *Damir's Backhop* rein. Er brauchte einen starken Kaffee. Und etwas, was er auf seiner letzten Reise schmerzlich vermisst hatte.

»Guten Morgen«, rief Damir gut gelaunt, als Leo den Laden betrat. »Wieder da? Auftrag zugeschlossen?«

»Nein«, antwortete Leo, »ich habe den Auftrag noch nicht abgeschlossen. Ich muss auch gleich wieder los.«

»Wohin diese mal?«

»Richtung Süden.« Besser Damir wusste nicht zu viel.

»Verstehe. Was kann ich Gutes tun? Kaffee, wie immer?«

Leo nickte. »Und eine Marzipan-Nussecke.«

Das Gebäckstück wog schwer in der Hand und noch schwerer im Magen. Leo hatte es nur bestellt, um einen Grund zu haben, länger im Backshop zu bleiben als nötig. Denn er wollte nicht mit der Tür ins Haus fallen. Er blieb vorm Tresen stehen und spülte kleine Bissen mit geweißtem Kaffee runter.

Damir merkte, dass Leo noch was anderes auf dem Herzen hatte. »Was ist?«

Leo wusste nicht, wie er sich ausdrücken sollte. Wie sagte man einem Mitbürger, von dem man nicht wusste, ob er Hehlerware verkaufte, dass man ihm genau das zutraute?

Gab es Detektivschulen, in denen man so was lernte?

»Du willst doch noch was.«

»Gibt es denn noch was?«

»Komm drauf an.«

»Auf was?«

»Was du willst.«

»Was könnte man denn wollen?«

»Ein Auto? Eine Frau? Eine Waffe?«

Damir formte die Finger seiner linken Hand zu einer Pistole und zielte auf Leo.

»Peng, peng!«

Leo erschrak. »Um Himmels willen! Nein! Ich brauche gar nichts!«

Doch die Neugier war größer als der Schreck. Als Leo zur Hälfte aufgegessen hatte, fragte er: »Ginge das denn? Ich meine, verkaufst du auch Waffen?«

Damir beugte sich konspirativ nach vorn. »Nicht jedem«, sagte er leise, obwohl niemand sonst im Laden war. »Dir schon. Weil du bist Freund. Was willst du?«

»Was hast du denn?«

»Glock, Baretta, Heckler & Koch.« Damir sagte das in dem gleichen Tonfall, in dem er sonst sein Gebäck anbot.

Diese Namen kannte Leo nur aus dem Fernsehen. Er hatte in seinem ganzen Leben noch keine Waffe in der Hand gehalten. Abgesehen von den Luftgewehren, mit denen er als Kind auf dem Rummelplatz auf Plastikröhrchen geschossen hatte. Die Vorstellung, mit einer echten Pistole im Hosenbund durch die Gegend zu laufen, behagte ihm nicht.

Damir sah ihn streng, beinahe beleidigt an. Dann fing er an zu lachen. »Das war ein Scherz. Ich habe doch keine Waffen. Weißt du aber schon, oder?«

»Ja klar«, sagte Leo erleichtert, »natürlich gibt es hier keine Waffen.«

»Null Komma nix.«

Leo nickte. »Was ich tatsächlich bräuchte, wäre ein Smartphone. Hast du so was?«

»Na klar«, sagte Damir, »Samsung, iPhone, Sony?«

»Ein möglichst großes, damit ich längere Texte drauf lesen kann.«

»Nimmst du iPhone Sieben. XL-Display, XL-Akku, XL-Internet. Perfekt.«

»Hauptsache, ich kann es gleich benutzen.«

»Mit Prepaid-Karte. Kein Problem.«

Damir griff unter seinen Tresen und holte eine durchsichtige Plastiktüte hervor. Darin befanden sich rund zwei Dutzend gebrauchter Smartphones. Schwarze, weiße, mit Strasssteinchen beklebte. Leo wollte lieber nicht wissen, woher die Geräte stammten. Mit flinken Fingern wühlte Damir in der Tüte herum.

»Pech gehabt. Die Sieben ist ausverkauft. Kann ich dir aber besorgen. Dauert eine Stunde.«

Leo entschied sich für ein Sony.

Das Smartphone kam ohne Ladegerät. Für dreißig Euro konnte man das vielleicht auch nicht erwarten. Leo besorgte sich eins im Medimax im Einkaufscenter Neukölln. Irrte er sich, oder schien der Verkäufer zu wissen, dass er log, als er sagte, er hätte seins verloren?

Im Zug surfte Leo auf den News-Seiten herum. Top-Thema war der Tod von Frieda. Die Polizei tappte nach wie vor im Dunkeln. Darum lud er sich die Leseproben von Aljoscha Ballwitzers Homepage runter. Das waren keine Krimis im klassischen Sinn. Man konnte nicht mitraten oder mitfiebern, wer's wohl gewesen war. Stattdessen lag der Fokus auf den Tätern und was die Taten mit ihnen machten und wie es überhaupt dazu kommen konnte. Es ging um die Außenseiter der Gesellschaft, die sich mehr oder weniger selbstverschuldet in Situationen gebracht hatten, in denen sie zum Mörder wurden. Hartz-IV-Empfänger, die Drogen verkauften, um ihre Haushaltskasse aufzubessern. Schulabbrecher, die bei der Russenmafia anheuerten. Abgelehnte Asylbewerber, die untertauchten. Polizisten spielten, wenn überhaupt, nur als Randfiguren eine Rolle. Das alles war in einer brutalen und hoffnungslosen Sprache geschrieben, die der Straße abgelauscht war, *hardboiled* eben. Leo gefielen diese dunklen, nihilistischen Storys. Sie waren spannend und dem Leben abgetrotzt. Aber wo war die Verbindung zu seinem Fall? Wieso hätte Ballwitzer die drei anderen Autoren umbringen sollen? Aus Wut, weil die drei ihre Bücher bei einem renommierten Verlag herausbrachten, während er auch nach dem fünften Titel immer noch als Selfmademan herumkrebste? Leo war auch nur ein kleiner Schnüffler, der mit dem ÖPNV zum Einsatzort fuhr, während seine Kollegen per Hubschrauber ins Einsatzgebiet geflogen wurden, um psychopathische Schurken zur Strecke zu bringen. Aber deswegen brachte er doch niemanden um. Schließlich gab es immer alles. James Bond und Wachtmeister Dimpfelmoser. Champions League und Kreisliga, Waldbühne und Jugendzentrum Reinickendorf.

Und es gab Bahnhof Teutschenthal. Es hatte eine Weile gedauert, ehe Leo kapiert hatte, dass das nicht der Bahnhof von Teutschenthal war, sondern ein eigener Ortsteil: *Bahnhof Teutschenthal.* Leo bekam Beklemmungen, als er als Einziger aus der Regionalbahn stieg.

44

Das deutsche Tal war das Ende der Welt. Hier sagten sich nicht mal Fuchs und Hase Gute Nacht. Nachdem der Zug knarzend hinterm Horizont verschwunden war, herrschte wieder Stille. Es gab nicht viel zu sehen. Links ein paar graue Häuser, die zum Verkauf standen. Rechts ein Bahnwärterhäuschen, in dessen kleinen Fenstern staubbedeckte Gardinen hingen. Es wirkte nicht so, als ob es noch benutzt würde. Eine schmale, von Schlaglöchern übersäte Straße führte den Berg hinauf in eine kleine Siedlung, hinter der zwei Kali-Abraumhalden herausragten, die aussahen wie schmutziger Schnee. Was für ein Mensch mochte dieser Aljoscha Ballwitzer sein, dass er sich ausgerechnet an solch einen Ort zum Schreiben zurückgezogen hatte? Garching an der Alz hatte bayerisches Bier, okay. Landau hatte Wein und Prerow frischen Fisch. Teutschenthal hatte nur den Giftmüll, der heimlich in den ehemaligen Salzbergwerk-Stollen eingelagert worden war. Das hatte Leo im Internet gelesen.

Er wollte sich auf den Weg ins Dorf machen, als er im Augenwinkel etwas Leuchtendes, Gelbes hinter dem Bahnsteig sah. Es war die Tür eines kleinen, quadratischen Baus, der in zweiter Reihe stand und von grünen Schlingpflanzen eingewachsen war. Er hatte ein spitz in der Mitte zulaufendes Dach, unter dem sich eine voll verglaste Reihe aus gelb gerahmten Oberlichtern befand. Das Gebäude stammte mit Sicherheit aus der Nachwendezeit, so buntes Plastik hatte es zu DDR-Zeiten nicht gegeben. Leos Herz begann laut zu schlagen. Er hatte Aljoscha Ballwitzer gefunden. Er wusste es einfach, so wie man manchmal eben etwas plötzlich wusste, zum Beispiel, dass die Lieblingsmannschaft, die seit Wochen auf dem Relegationsplatz festhing, den Klassenerhalt noch schaffen würde oder dass die Frau, mit der man schon den ganzen Abend am Tresen saß, einen mit nach Hause nehmen würde. Es war die Art von Wissen, die sich rational nicht erklären ließ.

Leo kletterte über den zugewucherten Zaun und ging zur Tür. Sie war zugesperrt. Die beiden Bullaugen in der Tür waren von innen mit Alufolie beklebt. Es gab sonst keine Fenster, da drin musste es sehr dunkel sein. Die Oberlichter gehörten zu einer Art separatem, flachem Speicher, der, so viel konnte man erkennen, mit Stühlen vollgestellt war. Leo ging um das Gebäude herum. Auf der linken Seite befand sich die gleiche gelbe Kunststoff-Doppel-Tür noch mal. Seltsam. Das Haus war wirklich vollkommen symmetrisch. Was mochte das mal gewesen sein? Eine Eisdiele? Ein Umkleide-Häuschen? Ein Kindergarten? Aber wieso hier? Wieso im Hinterhof eines Abbruchhauses, direkt neben den Bahngleisen?

Auf der Seite war das Gras platt getreten. Hier war erst kürzlich jemand gewesen. Leo rüttelte an der Tür. Sie war zugesperrt. Aber sie bewegte sich leicht im Schloss. Drei heftige Tritte, dann war sie auf. Es roch modrig und nach Verwesung. Der dreieckige Lichtstrahl, der den Raum eroberte, trieb kleine Käfer und Ameisen in die Flucht. Leo sicherte die Tür mit einem faustgroßen Stein, den er auf der Wiese gefunden hatte, und trat ein.

Was zum Teufel war das hier? Das Vereinsheim mitteldeutscher Satanisten? Der Hobbyraum eines gewalttätigen Psychopathen? Der Boden war übersät mit Schmierzetteln, alten Zeitungen und ausgerissenen Buchseiten, überall standen abgebrannte Teelichter herum. An der hinteren Wand hingen Poster von den Beatles und vom Halleschen FC, zwei Kruzifixe und ein ausgestopftes Eichhörnchen. An der rechten, ordentlich aufgereiht, Hunderte kleinformatiger Polaroids von Männern und Frauen, die Ballwitzers Romanen entsprungen zu sein schienen. Schiefe, vernarbte, aufgedunsene, vom Leben gezeichnete Menschen. Fellini hätte seine Freude an ihnen gehabt. Im Fernsehen bekam man solche Gesichter nie zu sehen, das war den Schönen und Gesunden vorbehalten.

Leo war nicht wirklich überrascht, als er ein Bild von Erik Mutschmann entdeckte. In der Reihe darunter hing Gunter Maria Schweiger und noch weiter unten Frieda Burmeister. Es handelte sich um Autorenfotos, die aus Buchumschlägen herausgerissen worden waren.

In der nächsten Sekunde fragte jemand hinter ihm: »Suchst du was Bestimmtes?«

Es war eine hohe Stimme, beinah falsetthaft, lächerlich und bedrohlich zugleich. Die Stimme von Aljoscha Ballwitzer.

Leo wäre vor Schreck fast gegen die Wand geknallt. Schnell drehte er sich um. In der vorderen Tür stand ein schlaksiger Mann. Draußen war es so hell, dass Leo nur dunkle Umrisse erkennen konnte, wie auf einem schlecht belichteten Foto. Ballwitzer war ganz in Weiß gekleidet – weißer Anzug, weißes Hemd, weiße Turnschuhe –, genauso wie bei den Poetry-Slam-Auftritten auf YouTube.

»Ja«, antwortete Leo. »Sie.«

Er blieb bei der Höflichkeitsform, um die professionelle Distanz zu wahren.

Ballwitzer trat mit tänzelnden Schritten ein. Von Nahem sah er noch jünger aus mit seinen hellen blauen Augen und dem bartlosen Kinn.

»Kennen wir uns?«

»Noch nicht«, sagte Leo. »Leo Donat aus Berlin.«

»Hat Doktor Durante dich geschickt?«

»Ja.« Das stimmte zwar nicht, aber vielleicht war es besser, diesem Besuch einen offiziellen Anstrich zu geben.

»Ich habe dich erwartet«, sagte Ballwitzer und grinste. Obwohl er aussah wie ein Zirkusdirektor im Karneval, strahlte er etwas Beängstigendes, beinahe Diabolisches aus.

Leo musste an die Pistolen denken, die Damir aufgezählt hatte. Er hätte jetzt gern eine gehabt.

»Wohnen Sie hier?«

»Oben im Dorf. Hierher komme ich nur zum Schreiben.«

»Wieso ausgerechnet in dieser Gegend?«

»Ich bin hier aufgewachsen. Gefällt es dir bei uns etwa nicht?«

»Doch«, erwiderte Leo, »es ist nur ... etwas abseits.«

»Zentraler geht's kaum. Der geografische Mittelpunkt Deutschlands ist nur wenige Kilometer von hier entfernt. Nirgendwo ist man so sicher wie im Zentrum des Orkans. Da traut sich nämlich niemand hin.«

»Müssen Sie sich verstecken? Vor wem?«

»Vor Leuten, die ihre Nase zu tief in fremde Angelegenheiten stecken.«

»Drei Tote sind keine fremde Angelegenheit mehr.«

»Eine schreckliche Geschichte. Die drei waren die besten Autoren, die wir hatten.«

Leo wollte nicht länger um den heißen Brei herumreden. Also fragte er ganz direkt: »Haben Sie sie umgebracht?«

Aljoscha Ballwitzer sah zu Boden. »Ja.«

Na also! Leo hatte mit diesem Geständnis gerechnet. Und nun? Klar gab es eine Art Jedermannsrecht, nach dem man einen Täter festhalten durfte, bis die Polizei kam. Aber Ballwitzer machte nicht den Eindruck, dass er sich so lange festhalten ließ. Der würde doch eher abhauen. Oder Leo umbringen, weil ein Toter mehr oder weniger auch schon egal war.

»Warum mussten sie sterben?«

»Weil sie es nicht anders verdient haben.« Ballwitzer zuckte mit den Schultern wie ein Schuljunge, der nicht erklären konnte, wieso er die Mädchenumkleide mit Feuerlöschschaum ausgespritzt hatte. Anscheinend hatten alle Schriftsteller eine Schacke.

»Was haben sie Ihnen getan?«

»Sie haben schlechte Krimis geschrieben.«

Dass das seiner vorherigen Aussage, die drei seien die Besten gewesen, widersprach, schien ihn nicht zu stören.

»Sie waren alle drei sehr erfolgreich«, stellte Leo richtig.

Ballwitzer spuckte verächtlich aus wie ein Cowboy in einem Western. »Qualität lässt sich nicht an der Zahl der Fans messen.«

»Schriftsteller haben keine Fans.«

»Sondern?«

»Leser.«

»Diese Leser sollte man auch gleich alle mit umbringen.«

Was sollte das denn? Wollte er Zehntausende Menschen töten, nur weil sie Bücher lasen, die nicht seinem Geschmack entsprachen? Je länger das Gespräch dauerte, desto mehr hatte Leo das Gefühl, dass Ballwitzer die Rolle des verrückten Einsiedlers, der aus Geschmacksfragen heraus mordete, nur spielte. Es war wohl besser, mit dem Anruf bei der Polizei noch zu warten.

»Wo genau haben Sie die drei denn umgebracht?«

Ballwitzer zählte an den Fingern ab. »In Bayern, in der Pfalz und an der Ostsee.«

»Geht's ein bisschen genauer?«

»Schweiger auf einem Acker, Mutschmann im Badezimmer und Frau Burmeister im Wohnzimmer.«

Es stimmte, dort waren die drei umgekommen. Allerdings hatten diese Informationen in jeder Zeitung gestanden.

»Was ist mit den Texten? Haben Sie die vor Ort geschrieben? Oder schon vorher hier in Teutschenthal?«

Kurz zögerte Ballwitzer. »Welche Texte?«

»Der Täter hat doch Texte am Tatort hinterlassen, in denen beschrieben wird, wie die drei ums Leben kommen. Geschrieben im Stil der Toten.«

»Ach, diese Texte meinst du. Nein, die habe ich immer vor Ort geschrieben.«

Er grinste wieder, aber es sah nicht mehr ganz so teuflisch aus.

Leo trieb ihn in die Enge. »Auch den, der bei Frieda Burmeister gefunden wurde? In dem sie in ihrem Haus umgebracht wird?«

»Ja. Auch den.«

»Sie haben sie erst in ihrem Wohnzimmer erschossen und dann beschrieben, was Sie gerade getan haben. Oder war es umgekehrt, haben Sie es erst beschrieben und dann in die Tat umgesetzt?«

»Ich habe sie erst erschossen«, sagte Ballwitzer mit übertriebener Entschlossenheit.

»Womit?«

»Mit einer Pistole.«

»Sicher?«

Ballwitzer schwenkte um: »Nein, mit einem Gewehr.«

Keine Frage, der Typ war's nicht.

»Frieda wurde mit einem Pfeil erschossen«, sagte Leo, »in dem Text, den ich am Tatort gefunden habe, wird sie aber nicht in ihrem Haus umgebracht, sondern unten am Strand.«

»Im Ernst?« Ballwitzer klang verdutzt, als hätte Leo ihm gerade erklärt, dass die Welt doch eine Scheibe ist.

»Sie waren nicht an der Ostsee. Sie haben Frieda nicht umgebracht. Und die beiden anderen Schriftsteller auch nicht.«

Ballwitzer musste schlucken. Leo war bisher nicht aufgefallen, was für einen großen Adamsapfel er hatte.

»Stimmt«, sagte Ballwitzer kleinlaut.

»Was sollte die Show dann eben? Und das da – was soll das alles?«

Leo meinte die Fotowand.

»Gefällt es dir nicht? Ich fand es witzig.«

Ballwitzer ging zur hinteren Tür und drückte einen Lichtschalter. Zwei lange Neonröhren sprangen an und tauchten den Raum in ein kaltes und gleichmäßiges Licht. »Ich habe den ganzen Tag daran gearbeitet.«

»Warum das alles?«

»Ich wollte Durante einen Schrecken einjagen. Es war ja klar, dass er früher oder später wieder hier aufkreuzt. Ich konnte doch nicht ahnen, dass er nicht selbst kommt. Schließlich haben wir bisher alles unter vier Augen besprochen.«

»Sie hatten Kontakt mit Durante? Was wollte er von Ihnen?«

»Dass ich einen Roman für ihn schreibe. Fünfzigtausend als Vorschuss hat er mir geboten.«

»So viel?!«

Ballwitzer schnaubte verächtlich. »Ich verdiene mit jedem E-Book das Vierfache.«

»Dann haben Sie Doktor Durantes Angebot also abgelehnt.«

»Ja. Aber nicht wegen des Geldes. Über Geld kann man reden.«

»Warum denn dann?«

»Was mich viel mehr gestört hat, war, dass der Typ

glaubt, er kann mich damit ködern, dass ich mit drei anderen Schreiberlingen ein Quartett bilden soll.«

»Er hat Ihnen erzählt, dass die anderen an der gleichen Geschichte schreiben?«

Ballwitzer nickte. »Idiotische Idee. Der hat überhaupt nicht verstanden, wie ich arbeite. Der schickt mir so einen reißerischen Zeitungsartikel und glaubt, ich schreibe ein Buch darüber.«

Bei dem Wort Zeitungsartikel horchte Leo auf. »Was für ein Artikel war das?«

Ballwitzer nahm den Hut ab und begann den Boden, auf dem die rausgerissenen Seiten lagen, abzusuchen. Schließlich fand er ein Blatt, hob es auf und reichte es Leo. Es war die Kopie eines Artikels über einen Fünffachmord aus den Achtzigern.

»Ich sollte einen Krimi in meinem Stil auf Basis dieses ungeklärten Mordfalls da schreiben. Aber eine glückliche Familie mit Hund und Eigenheim ist doch rührseliger Kitsch, so was interessiert mich doch gar nicht.«

Leo, der den Artikel überflog, interessierte das schon. »Diesen Artikel hat Durante Ihnen gegeben? Ganz sicher? Hat er was dazu gesagt?«

»Nur dass es ein *Cold Case* ist, ein ungeklärter Mordfall, und dass ich mit niemandem darüber reden soll.«

»War es ganz sicher Durante, der Ihnen den Artikel gegeben hat? Den haben Sie nicht selbst irgendwo gefunden?«

Ballwitzer äffte ihn nach: »*Ganz sicher?* Wieso sollte ich dich denn anlügen?«

Wenn das stimmte, hieß das, dass Durante ihm nicht die Wahrheit gesagt hatte. Dann hatte er ganz gezielt einen Artikel ausgesucht und ihn vier Autoren gegeben. Aber warum diesen? So tragisch es war, dass da eine ganze Familie gestorben war, war es dennoch ein Allerweltsfall, oder nicht?

Warum hatte er das Leo gegenüber verschwiegen? Und hieß das nicht letztendlich, dass Ballwitzer in großer Gefahr war?

»Wenn Sie die anderen drei wirklich nicht getötet haben, dann sind Sie Ihres Lebens nicht mehr sicher.«

Das ließ den Slammer kalt. »Wieso?«

War das wirklich so schwer zu verstehen?

»Weil es der Mörder auf alle Autoren abgesehen hat, die sich an dieser Geschichte versucht haben.«

»Ich habe doch grade erklärt, dass ich keine Geschichte geschrieben habe.«

»Vielleicht weiß der Mörder das gar nicht. Oder er nimmt es damit nicht ganz so genau. Vielleicht reicht es ihm schon, dass Sie mit Durante darüber gesprochen haben.«

»Könnte, hätte, sollte. Soll er doch herkommen, wenn er will, dieser geheimnisvolle Mörder. Ich habe keine Angst. Wer sagt, dass er nicht schon längst da ist? Vielleicht bist du es ja. Hast du die drei anderen umgebracht? Bist du hergekommen, um mich zu töten?«

45

Ich pinkle in die Kloschüssel und lasse den Blick schweifen. Durch die Oberlichter sehe ich den verwilderten Garten und ein Stück der Schienen. Das ist der beschissenste und schönste Ausblick der ganzen Welt. Enge und Weite. Als ich vom Klo komme, werfe ich einen Blick ins Schlafzimmer. Sie liegt immer noch auf meinem Bett und rührt sich nicht. Das rote Bettlaken mit dem Wappen vom Halleschen FC drauf bedeckt knapp ihren Körper, nur ihre langen Beine schauen heraus. Den runden Hintern zieren zwei blaue Flecken. Ein inspirierender Anblick. Ich gehe in die Küche und mache Kaffee. Der Kühlschrank ist leer. Ich suche die Schränke nach was Essbarem ab. Nudeln. Reis. Getrocknete Pflaumen. Keine Ahnung, wer die gekauft hat. Irgendeine Frau mit Verstopfung.

Notgedrungen ziehe ich los Richtung Konsum. Ein blauer Passat kommt mir im Schritttempo entgegen. Bestimmt aus dem Westen. Die kommen zu uns, um sich nach Leipzig, Weimar und Dessau noch ein paar echte Ost-Zonis anzusehen. Gäbe es das Warschauer Ghetto noch, würden sie auch dorthin fahren. Die meisten sind enttäuscht, wie wenig verkommen, ausgehungert und verblödet wir aussehen. Nein, wir sind nicht »ein Volk«.

Guten Morgen, sage ich, als ich den Konsum betrete.

Der Konsum ist ein kleiner Verkaufsraum, in dem es alles gibt, Brot, Wurst, H-Milch, Zahnpasta, Baumwollsocken. Eigentlich ist es ein ganz normaler Spätkauf. Aber aus Gewohnheit sagen alle immer noch Konsum.

Rico sitzt hinterm Tresen und spielt ein Ballerspiel. Auf seiner Baseballmütze steht in großen Lettern KÜSS MICH, FOTZE – ein

Geschenk seiner kleinen Schwester. Rico ist mein Kumpel, wir kennen uns seit der zweiten Klasse.

Schön gefickt gestern, Alter?, fragt er, ohne aufzusehen.

Wieso sollte ich?

Weil du gestern Nachmittag Besuch bekommen hast, Herr Ballwitzer.

In den Straßen dieser Siedlung bleibt nichts geheim.

Die hat nur ein Interview gemacht, lüge ich mehr aus Gewohnheit.

Die hat deine Wohnung seit gestern nicht mehr verlassen, Alter.

War eben ein sehr langes Interview.

Wir müssen beide lachen.

Die Frau ist eine Bloggerin. Sie wolle was über den erfolgreichsten E-Book-Autor Deutschlands schreiben, hat sie am Telefon gesagt. Dabei bin ich höchstens Platz 10 oder 12. Ich mag keine Homestorys. Aber sie hat mir geschmeichelt, also habe ich zugesagt. Punkt zwei klingelte sie. Ende zwanzig, lange Haare, kleiner Arsch, kleine Titten. Genau mein Typ. Sie sah aus wie ein Model, das zum Casting geht. Wieso ziehst du nicht von hier weg, fragte sie als Erstes. Was sollte diese Frage? Ich bin hier zu Hause, antwortete ich. Sie war dabei, es sich zu verscheißen, ehe es überhaupt losgegangen war. Inspiriert dich die Gegend? Klar, sagte ich, hier lebe ich, hier schreibe ich, hier sterbe ich. Denkst du oft an den Tod? Natürlich, ich lebe schließlich von ihm. Auch an deinen eigenen? Eher weniger. Wie möchtest du mal sterben? Zwischen den Beinen einer schönen Frau, sagte ich. Sie lachte. Eine Stunde später bettelte sie darum, dass ich ihr wehtue. Also versohlte ich ihr den kleinen Arsch, während sie mir unter Tränen erzählte, dass ihr Papa ihr auch immer wehgetan hatte, der berühmte Wirtschaftsanwalt, den sie am liebsten wegen Missbrauch anzeigen würde, aber Mama verbietet es, was sollen die Leute denken? Wieso erzählen mir immer nur Westbräute solche Storys?

Ich brauche Frühstück, sage ich, Müsli. Orangensaft. Marmelade, Butter, Croissants.

Ich kann dir belegte Schrippen geben.

Rico sieht nicht von seinem Game auf.

Mit was?

Rico zählt auf: Käse, Salami, Schinken ...

Zweimal Käse.

Rico wirft einen Blick unter seinen Tresen.

Käse ist aus. Ich hab nur noch Ei.

Hard-boiled?

Glaubst du, ich lege weiche Eier in die Schrippe, Alter?

Dann zweimal Ei.

Rico legt zwei achtlos eingewickelte Schrippen auf den Tresen. Im Zellophan schwimmen zerkrümeltes Eigelb und wässrige Zwiebelringe herum wie in einem Aquarium. Man sieht den Schrippen an, dass Rico damit nur das Geld wäscht, das er mit dem Crystal Meth macht, das er hier vertickt.

Ich nehme noch eine Packung Hallorenkugeln und verdrücke mich wieder.

Als ich meine Haustür aufsperre, duscht die Bloggerin gerade. Das laut plätschernde Wasser törnt mich an. Ich stelle die Einkaufstüte ab und gehe ins Badezimmer.

Ich bin's, sage ich, damit sie nicht erschrickt, und lege meine Kleidung ab. Ich ziehe den Duschvorhang auf und kapiere nichts. Die Dusche ist leer. Wo ist die denn? Eine Millisekunde später spüre ich einen stechenden Schmerz. Etwas Langes, Spitzes hat mich getroffen. Ich greife mir an die Schulter und ziehe ein kleines dünnes Stilett heraus. Dann breche ich zusammen und bin tot.

46

Time takes a cigarette. Leo saß auf dem Hallenser Bahnsteig, rauchte eine Zigarette und las zum dritten Mal den Zeitungsartikel aus der *Bergedorfer Zeitung*, den er von Ballwitzer bekommen hatte. Der nächste Zug nach Berlin fuhr in einer halben Stunde. Da klar geworden war, dass Ballwitzer nicht als Täter infrage kam, hatte er sich zurückgezogen.

Er war sich mittlerweile sicher, dass der Zeitungsartikel den Schlüssel zu seinem Fall darstellte. Doktor Durante hatte den ungelösten Kriminalfall ausgesucht und den Autoren gegeben. Vielleicht hatte der Mörder damals von dem Projekt Wind bekommen und meuchelte nun nacheinander diejenigen, die ihm auf die Spur kommen konnten. Vielleicht war es ein angesehener Bürger aus Bergedorf, ein Arzt oder Lehrer oder ein Politiker. Aber wie sollte er ein dreißig Jahre altes Verbrechen aufklären, wenn das nicht mal die Kriminalpolizei geschafft hatte? Er musste rausfinden, ob es damals irgendwelche Tatverdächtigen gegeben hatte. Es gab nur einen, der ihm dabei helfen konnte.

Zum Glück hob der gleich ab.

»Ja?«, meldete sich eine völlig übermüdete Stimme.

»Hallo, Gerhard! Ich bin's, Leo. Du musst mir einen Gefallen tun!«

Der dicke Gerhard stöhnte auf. »Geht es um was Privates? Oder um was Berufliches? Weil, wenn es um was Berufliches geht, müsste ich dir natürlich eine Rechnung stellen.«

»Quatsch jetzt nicht rum! Ich habe nicht viel Zeit.«

»Wo bist du denn diesmal?«

Leo zündete noch eine Zigarette an.

Zwei alte Frauen und ein Rudel lärmender Schulkinder kamen die Treppe hoch.

»In Halle an der Saale. Ich war in Teutschenthal. Bei Aljoscha Ballwitzer, einem Krimiautor. Es geht immer noch um die toten Krimiautoren.«

»Ich dachte, du hast den Job längst verloren?«

»Habe ich auch«, sagte Leo, »ich schicke dir trotzdem einen Zeitungsartikel. Da geht es um den fünffachen Mord an einer Familie, ein alter Fall aus den Achtzigern. Du musst alles rausfinden, was es darüber gibt.«

»Wie soll ich das denn machen?«

Zwei Bahnbeamte, eine Frau und ein Mann, erschienen und schlenderten gemütlich, aber doch sichtlich um Präsenz bemüht, über den Bahnsteig.

»Lass dir was einfallen«, sagte Leo. »Sprich mit allen, die damals mit dem Fall zu tun hatten. Mit der Nachbarin, die die Toten gefunden hat, und den Polizisten, die den Tatort gesichert haben, und den Journalisten, die darüber berichtet haben. Außerdem muss ich alles über diese Familie wissen, die damals umgekommen ist, und welche Spuren die Polizei damals verfolgt hat.«

»Meinetwegen«, sagte der dicke Gerhard lustlos, »aber wenn du mir den Artikel schickst, ist der doch frühestens übermorgen da.«

»Ich mache ein Foto von dem Text und schicke ihn dir als Anhang in einer E-Mail!«

»Sag bloß, du hast ein Smartphone.«

Als die Beamten auf Leos Höhe waren, teilten sie sich unauffällig auf und keilten ihn plötzlich ein.

Was sollte das denn jetzt? Ach so, die Zigarette.

Leo ließ sie demonstrativ auf den Boden fallen. »Sorry!«

»Was?«, fragte Gerhard.

»Ich habe nicht mit dir gesprochen.«

»Sondern?«

»Mit zwei Polizisten.«

Den beiden war die Kippe egal. »Könnte ich mal Ihren Ausweis sehen?«

»Was wollen die von dir?«, rief Gerhard.

»Den habe ich nicht dabei«, sagte Leo, »dazu bin ich auch nicht verpflichtet!«

Er kannte seine Rechte.

»Der Beschreibung nach ist er's«, sagte die Bahnpolizistin. Dabei inspizierte sie den Bahnsteig, als befürchtete sie, dass jeden Moment Leos Komplizen hinter der nächsten Säule hervorspringen könnten, um ihn zu befreien.

»Was ist da los?«, rief Gerhard. »Brauchst du Hilfe?«

»Ich rufe gleich wieder an«, sagte Leo und legte auf.

Jetzt konnte er sich ganz den Beamten widmen.

»Sind Sie Leo Donat?«, fragte der Bahnpolizist.

»Wer will das wissen?«

»Ja oder nein?«

»Ja, bin ich. Was soll das? Was wollen Sie von mir?«

Leo tat empört. Dabei konnte er sich schon denken, worum es ging.

»Würden Sie bitte mal mitkommen?«

»Auf keinen Fall. Mein Zug fährt gleich.«

47

»Haben Sie heute Aljoscha Ballwitzer in Teutschenthal besucht?«

Leo hatte sich breitschlagen lassen und die Bahnpolizisten zu ihrem VW-Bus begleitet. Sie hatten ihn in die nächste Polizeidienststelle gefahren, wo man ihn schon erwartet hatte. Jetzt saß er an einem kleinen Tisch in einem fensterlosen Raum, dessen kühle Zweckmäßigkeit etwas Deprimierendes hatte, und beantwortete die Fragen zweier Kriminalbeamter, deren Namen er, obwohl sie sich mit Handschlag vorgestellt hatten, schon wieder vergessen hatte. Sie hätten auch Versicherungsvertreter sein können oder U-Bahn-Kontrolleure, so unscheinbar sahen sie aus. Der eine saß Leo gegenüber und stellte die Fragen. Der andere hockte etwas abseits und aß tischtennisballgroße Teigkugeln, die nach Frittierfett und Puderzucker rochen. Sie lagen in einem Pappschälchen, das er auf seinen Knien balancierte. Beide hatten vollkommen regungslose Gesichter, aus denen man nichts herauslesen konnte.

Leo verspürte den Wunsch, keine Fragen zu beantworten. Das war wie ein innerer Drang. Ob Polizisten, Straßenbahnkontrolleure oder Parkraumbewacher – in seiner Welt gehörte es zum guten Ton, mit Menschen in Uniform nicht zu kommunizieren.

Er sagte trotzdem etwas, nämlich: »Dürfen Sie mich hier einfach so festhalten und verhören?«

»Sie sind freiwillig hier«, stellte der Kripomann höflich,

aber bestimmt fest, »dies ist auch kein Verhör, und selbst wenn, wäre es keine Vernehmung, sondern lediglich eine Befragung. Also, waren Sie bei Herrn Ballwitzer?«

Leo merkte, dass es besser war, das Spiel mitzuspielen.

»Ich hatte ein paar Fragen zu seinen Büchern.«

Der Beamte nahm einen Stift und schrieb etwas in seinen Notizblock: *Bücher*.

»Was sind das denn für Bücher?«

»Krimis. Kennen Sie die nicht?«

»Ich lese grundsätzlich keine Krimis«, erklärte der Beamte. »Wenn man den ganzen Tag mit Verbrechen zu tun hat, will man am Feierabend nicht auch noch über welche lesen. Oder, Horst, liest du Krimis?«

»Nee«, sagte der mit den Teigkugeln, »nie.«

»Wie lange waren Sie bei Herrn Ballwitzer?«

»Eine halbe Stunde vielleicht.«

Auch das schrieb der Beamte auf: *30*.

»Ist Ihnen was an ihm aufgefallen?«

»Ja. Dass er ein bisschen verrückt ist. Aber das wäre ich wahrscheinlich auch, wenn ich da draußen leben würde. Was soll das alles? Ist ihm was zugestoßen?«

Der Kripomann drehte sich zu seinem Kollegen um. Der nickte ihm zu. Also war der wohl der Chef.

»Aljoscha Ballwitzer ist tot«, erklärte der Sitzende, »er wurde ermordet. Sie haben ihn als Letzter lebend gesehen.«

Ballwitzer also auch! Leo hatte damit gerechnet. Dennoch nahm es ihn mit. Er konnte spüren, wie das Blut aus seinem Gesicht wich. Sein Hirn begann zu rattern. Wer hatte das getan? Durante? Oder einfach nur jemand, der keine Krimis mochte? Wer auch immer es war, er hatte für seine Tat ein sehr enges Zeitfenster genutzt. Und wie schon bei Frieda Burmeister musste er Leo gesehen oder sogar beobachtet haben.

»Wo?«, fragte Leo.

»In seinem Schreibbüro hinterm Bahnhof Teutschenthal. Er wurde mit der Schnur der Stehlampe erdrosselt.«

Leo konnte sich an gar keine Stehlampe erinnern. Aber er hatte auch nicht das ganze Häuschen gesehen.

»Haben Sie einen kurzen Text gefunden?«, fragte er. »Drei, vier Seiten vielleicht, in denen Ballwitzers Tod beschrieben wird?«

»Meinen Sie das hier?«

Der erste Polizist holte vier Seiten aus einer Mappe, die am Tisch lehnte, und legte sie auf den Tisch.

Leo war sich unsicher, ob er die Blätter einfach so berühren durfte, schließlich waren sie Beweismaterial in einem Mordfall. Oder war das ein Trick, um seine Fingerabdrücke darauf zu bekommen, damit die beiden ihrem Vorgesetzten einen Mörder präsentieren konnten? *Chef, wir haben ihn – Gute Arbeit, Männer.* Na ja, so verrückt war die deutsche Polizei dann wohl doch nicht.

Der Beamte nickte. »Nur zu.«

Es war der obligatorische Text, in dem der Autor selbst ums Leben kam. Diesmal im Hardboiled-Stil Ballwitzers und aus der Ich-Perspektive: Ballwitzer holte nach einem One-Night-Stand Frühstück. Die Stellen, in denen es ums Einkaufen ging, überflog Leo nur und blätterte weiter ans Ende, wo der Mord passierte. Ballwitzer wurde erstochen, vermutlich von seinem One-Night-Stand.

»Und?«, fragte der Polizist. »Wer hat das geschrieben?«

Leo zögerte. Sollte er erzählen, dass er auch bei den drei anderen ermordeten Schriftstellern solche Texte gefunden hatte? Gab er damit nicht seinen höchsten Trumpf aus der Hand? Eben. Der Wunsch, alleine hinter das Geheimnis dieser Mordserie zu kommen, war noch zu groß.

»Das weiß ich nicht. Aber es ist Ballwitzers Stil.«

Der Beamte nahm das oberste Blatt und inspizierte es wie eine geheime Schatzkarte.

»Haben Sie das geschrieben?«

»Ich kann gar nicht schreiben.«

»Heutzutage muss man nicht mehr schreiben können. Da gibt es doch Programme, die machen das für einen.«

Die Beamten zwinkerten sich kurz zu, als hätten sie einen Insider-Scherz gemacht.

»Glauben Sie etwa, ich habe ihn umgebracht?«

Der Beamte räusperte sich. »Sie sind extra aus Berlin hergekommen, um Herrn Ballwitzer ein paar Fragen zu stellen. Jetzt ist er tot. Da macht man sich natürlich Gedanken.«

»Woher wissen Sie, dass ich aus Berlin gekommen bin?«

»Sie sind der Einzige, der nach Teutschenthal gefahren ist. Das Ticket haben Sie mit Karte bezahlt. Abfahrt Berlin Südkreuz 15:56.«

So arbeiteten die also? Von hier war es nur noch ein winziger Schritt zum Überwachungsstaat. Leo musste kurz an *1984* denken, Orwells berühmten Roman, den Bowie mal zu einem Musical machen wollte, was aber am Widerstand von Orwells Witwe gescheitert war. *Beware the savage jaw of 1984.*

»Außerdem hat der Bahnwärter, der die Schranke am Bahnhof Teutschenthal bedient, Sie gesehen.«

Also hatte doch jemand in dem Backsteinhäuschen gesessen. Ein Zeuge hinter einer Gardine. Sehr oldschool.

Oldschool waren auch die Schmierzettel, die der Kriminalbeamte aus seiner Tasche zog und Leo vor die Nase warf, einen nach dem anderen, wie ein Oma-Blatt beim Skat.

Was er sagte, war dann aber wieder newschool: »In den letzten drei Tagen sind vier Menschen ermordet worden. Gunter Maria Schweiger in Garching, Erik Mutschmann in Landau, Frieda Burmeister in Prerow und Aljoscha Ballwitzer in Teutschenthal. Und jedes Mal waren Sie am Tatort. Was hatten Sie da zu suchen, Herr Donat? Und erzählen Sie mir nicht, dass Sie sich die schöne Gegend anschauen wollten!«

»Woher wissen Sie das alles?«

Als wäre das sein Stichwort, stellte der zweite Polizist seinen Pappteller zur Seite und übernahm das Gespräch. »Das sind Informationen, die uns die Kollegen der LKAs in Bayern, Rheinland-Pfalz und Mecklenburg-Vorpommern übermittelt haben. In Bayern haben Sie in der Pension Pflug eingecheckt, in Landau haben Sie einen Mietwagen angemietet und in Prerow einen Strafzettel wegen Falschparkens bekommen. Das war vorgestern um 10:33. Den Mietwagen haben Sie um 14:04 abgegeben. Dann verliert sich Ihre Spur.«

»Dann bin ich nach Berlin zurückgeflogen.«

Der zweite Beamte setzte sich auch an den Tisch. Er rückte so nah, dass Leo sein Gaumensegel sehen konnte.

»Soso. Von der Ostsee. Nach Berlin. Mit dem Flugzeug. Welche Linie denn? Lufthansa? Aeroflot? Oder nimmt der Herr lieber den Privatjet?«

»Das ist die Wahrheit!«, stöhnte Leo. »Mit der Mitflugzentrale. Ich habe bar bezahlt!«

»Wissen Sie, was ich glaube? Dass Sie zurück nach Prerow gefahren sind und die arme Frau Burmeister in ihrer Küche getötet haben.«

»Sie war Schriftstellerin«, sagte der andere, »genau wie Mutschmann und Schweiger. Haben Sie was gegen Schriftsteller?«

»Ich war bei diesen Leuten, weil ich einen Auftrag hatte. Ich bin Privatdetektiv.«

Die Polizisten warfen sich wissende Blicke zu.

»Ein Schnüffler also«, stöhnte der erste. »Dann zeigen Sie mir mal Ihren Gewerbeschein.«

Einen Gewerbeschein hatte Leo nicht. Er war einfach noch nicht dazu gekommen, einen zu beantragen. Es half nichts, er musste auspacken.

»Mein Auftraggeber ist Doktor Durante, der Verleger des Phönix Verlags in Berlin. Rufen Sie ihn an. Der kann Ihnen alles bestätigen! Zuerst sollte ich Schweiger finden, weil der verschwunden war. Der war zu dem Zeitpunkt aber schon tot, das wusste ich nur noch nicht, und sein Manuskript war auch verschwunden. Weil er kurz zuvor Besuch von Mutschmann hatte, fuhr ich in die Pfalz. Der war aber tot, und sein Manuskript war ebenfalls wie vom Erdboden verschluckt, genauso wie das von Frieda Burmeister, die allerdings noch lebte, als ich an die Ostsee kam. Weil literaturwissenschaftliche Spuren darauf hindeuteten, dass Aljoscha Ballwitzer dahinterstecken könnte, fuhr ich nach Teutschenthal, um mich mit ihm zu unterhalten.«

Die beiden Beamten hörten Leo aufmerksam zu, aber je länger seine Suada ging, desto mehr verfinsterten sich ihre Mienen.

Als sie merkten, dass die Geschichte zu Ende war, fragte der eine: »Und was hat Ballwitzer gesagt?«

»Dass er die drei anderen umgebracht hat.«

Das ließ die Polizisten aufhorchen. »Was!?«

»Wieso sagen Sie das denn nicht gleich?«

»Weil er es nicht gewesen sein kann«, entgegnete Leo, »er hatte viel zu wenig Fallkenntnis.« Er fühlte sich beinahe so wie ihr dritter Kollege.

»Sie wissen nicht, wer es war, aber Sie wissen, wer es nicht war?«

»Das ist ja mein Problem!«

48

Der dicke Gerhard hauste in einer heruntergekommenen Datsche in der Kleingartenanlage *Müllers Ruh* in Lichtenberg, kurz hinter der *Grundschule auf dem lichten Berg*. Das Ratespiel der Hallenser Polizisten *Waren Sie's, oder waren Sie's nicht* war noch ein paar Stunden weitergegangen, aber irgendwann hatten sie ihn unverrichteter Dinge laufen lassen müssen. Allerdings unter der Auflage, dass er sich bei der nächsten Berliner Polizeidienststelle meldete und seinen Ausweis vorzeigte. Das wollte Leo später machen. Jetzt musste er erst mal mit Gerhard sprechen.

Der Schrebergarten bestand aus unzähligen Parzellen, die aneinandergereiht waren wie die Rechtecke eines riesigen Schachbretts. Haus, Hecke, Zaun. Apfel, Tomate, Zucchini; und das auf der Größe von mehreren Fußballfeldern. Gerhard hatte sich hier vor zwanzig Jahren eingekauft, nachdem er einer reichen Wilmersdorfer Witwe ein Bild angedreht hatte. Die Datsche war eine unvollendete Mischung aus Baustelle, Atelier und Matratzenlager. Darin hauste, lebte und malte er an seinem Epos des ungereinigten Deutschland, und wenn es, woran kein Zweifel bestand, in seinem Leben keine einschneidenden Veränderungen mehr geben würde, würde er hier auch sterben. Aus der Datsche dröhnte lauter Techno-Rave. Leo ging ohne Anklopfen rein.

In der Mitte des Raums stand ein gläserner Wohnzimmertisch. Davor kniete Gerhard und füllte mit hoch konzentrierter Miene Tabak in ein XXL-Zigarettenpapierchen, das vor ihm auf dem Tisch lag. Er sah aus wie ein Tierpräparator, der einen toten Vogel zum Ausstopfen vorbereitet. Er trug Boxershorts und ein T-Shirt mit roten Querstreifen, die von seinem runden Bauch in die Breite gezogen wurden.

Als Leo die Stereoanlage leiser drehte, sah er auf.

»Leo, altes Haus, gut siehst du aus.«

»Mir geht's aber nicht so.«

Leo ließ sich in den Stars-and-Stripes-Knautschsack fallen, den Gerhard aus seiner Jugend hinübergerettet hatte.

»Ballwitzer ist tot. Die Kriminalpolizei glaubt, ich hätte ihn umgebracht. Ihn und die drei anderen Schreiberlinge.«

Der dicke Gerhard kratzte sich hinterm Ohr, schnell wie ein Hund.

»Vielleicht ist Detektiv doch eine Nummer zu groß für dich, Leo. Ich habe gehört, bei *Denn's Biomarkt* suchen sie Leute.«

Leo hatte keine Zeit für solche generellen Überlegungen. »Erzähl mir lieber, was du über die ermordete Familie aus dem Zeitungsartikel rausgefunden hast.«

Der dicke Gerhard fummelte Gras aus einer schwarzen Plastikdose und bröselte eine Prise davon auf den Tabak.

»Nichts. Die Polizei hatte damals keine einzige brauchbare Spur. Wirklich keine einzige. Es gab keine Tatverdächtigen, keine Anklage und keine Verhandlung. Die Polizisten, die damals an dem Fall dran waren, sind entweder tot oder dement und können sich an nichts erinnern. Der Mörder von damals läuft heute also immer noch frei rum. Wenn er nicht längst gestorben ist.«

»Was ist mit der Familie?«

»War eine stinknormale Familie. Kein Streit, kein Ärger, keine Feinde. Die hatten nicht mal Verwandte. Ich sage das nur, weil doch die meisten Kapitalverbrechen in der Familie stattfinden.«

Leo seufzte. »Und der Hund?«

»Kam auf einen Bauernhof im Alten Land. Wo er eine Woche später vom Mähdrescher überfahren wurde.«

»Das arme Tier.«

Leo wurde plötzlich von einer großen Traurigkeit erfasst. Er musste sich zusammenreißen, nicht hemmungslos loszuheulen. Schwer zu sagen, ob es am Schicksal des Tieres lag oder daran, dass alles ein bisschen viel gewesen war in den letzten Tagen. Wahrscheinlich an beidem.

Der dicke Gerhard leckte über das Zigarettenpapier und klebte es zu.

»Ich habe aber was anderes rausgefunden. Als die *Bergedorfer Zeitung*, in der der Artikel damals erschien, vor zwanzig Jahren eingestellt wurde, wechselte der Chefredakteur damals ins Berlinbüro vom *Spiegel*.«

Leo horchte auf. »Lebt er noch in Berlin? Hast du mit ihm gesprochen?«

»Ja und nein«, antwortete der dicke Gerhard abwägend. »Der hat Kehlkopfkrebs im Endstadium und wohnt in einem Hospiz in Zehlendorf. Da habe ich ihn besucht. Er war total schwer zu verstehen. Er hat nämlich keine Stimmbänder mehr. Wenn er was sagen will, muss er sich so ein schmales Gerät an den Hals drücken, aus dem nur scheppernde und krächzende Töne rauskommen. Du kannst dir nicht vorstellen, wie oft ich *Wie bitte?*, *Was?* und *Hä?* gesagt habe.«

Und ob Leo das konnte. Schließlich war er in der deutschen Provinz unterwegs gewesen.

»Wie heißt der ehemalige Chefredakteur?«

Gerhard legte die Stirn in Falten, als müsste er in den tiefsten Keller seiner Erinnerungen hinabsteigen.

»Kalkbrenner«, brummte er schließlich, »Oder nein, Schneider. Oder Abt.«

Leo schüttelte den Kopf. Diese drei Namen hatten phonetisch wirklich gar nichts miteinander gemein.

»Bleiben wir einfach bei *Chefredakteur*«, sagte Leo. »Hat der irgendwas erzählt, was uns in dem Fall weiterbringt?«

Der dicke Gerhard steckte den Spliff an und berichtete zwischen zwei Zügen, was der Chefredakteur ihm erzählt hatte: »Der Fünffach-Mord geschah im Sommer, als die meisten Journalisten im Urlaub waren. Deswegen wurde ein Praktikant auf die Sache angesetzt. Der war aber weniger an konkreten Fakten interessiert, sondern hat die wildesten Verschwörungstheorien entworfen, in denen es um Sexpartys, Waffenschmuggel und dunkle Verbindungen zur RAF ging. Für einen Journalisten hatte der wohl viel zu viel Fantasie. Das waren alles völlig haltlose Unterstellungen, für die es keinerlei Beweise gab. Weshalb auch nichts davon gedruckt wurde. Das wiederum hat den Praktikanten so enttäuscht, dass er sein Praktikum vorzeitig beendet hat.«

Mit dem letzten Satz reichte er den Spliff an Leo weiter. Der nahm einen tiefen Zug.

»Wie der Praktikant hieß, weißt du nicht zufällig?«

»Doch«, sagte Gerhard, »das war ein alter Bekannter von dir. Dieter Durante.«

Leo blieb die Spucke weg vor Schreck. Und von dem ausgezeichneten Gras, das in dem dicken Joint steckte.

»Wieso sagst du das denn nicht gleich?«

»Ich rede doch von nichts anderem.«

49

»Was wollen Sie denn schon wieder hier?«

Die Frau, die wie eine freundliche Kindergärtnerin aussah und den Eingang des Phönix Verlags bewachte, griff sofort zum Telefonhörer. Auf ihrem Tisch lagen diesmal keine Süßigkeiten, sondern vier eingeschweißte Bananen.

»Ich muss sofort mit Doktor Durante sprechen!«, sagte Leo.

Er war völlig außer Puste. Der Aufzug war immer noch kaputt. Er war die ganzen vier Stockwerke hochgerannt.

Es musste einen triftigen Grund geben, weshalb Durante seine persönliche Verquickung in den Fall verschwiegen hatte, und den musste Leo rausfinden. Jetzt. Sofort. Irgendwas schien mit Gerhards Joint nicht zu stimmen, denn nachdem Leo noch ein paar Züge genommen hatte, war er nicht in die übliche Lethargie verfallen, die er so mochte, sondern in einen – wenn auch gedämpften – Aktionismus.

»Herr Durante ist im Moment nicht zu sprechen«, erklärte die Kindergärtnerin kategorisch.

»Es ist mir scheißegal, ob der in einer Sitzung ist.«

»Aber er hat gar keine Si...«

Leo machte sich auf den Weg.

»Danke, ich finde mich schon zurecht.«

Die Leute, die ihm in den engen Gängen entgegenkamen, starrten ihn an wie einen steckbrieflich gesuchten Verbrecher.

Mit Schwung stieß Leo die Tür zu Doktor Durantes Büro

auf. Aus dem Augenwinkel nahm er wahr, dass da, wo vor wenigen Tagen noch ein Namenschild hing, eine Lücke klaffte. Leo wollte sofort loslegen und Doktor Durante seinen Fragenkatalog um die Ohren hauen, da sah er, dass der gar nicht an dem großen Schreibtisch saß. Sondern die Volontärin, die ihm vor vier Tagen ein Wasser gebracht hatte. Leo hätte sie fast nicht erkannt. Sie trug keine unförmige Latzhose mehr, sondern eine dünne, körperbetonte schwarze Bluse, und war stark geschminkt. Sie sah zwanzig Jahre älter aus und war damit beschäftigt, den Inhalt einer Schreibtischschublade in einen schwarzen Abfalleimer zu kippen.

»Wo ist er?«, fragte Leo.

Die Volontärin war genauso erstaunt wie er. »Wo ist wer?«

»Wer wohl? Doktor Durante natürlich.«

Sie musterte ihn. »Ich kenne Sie doch. Waren Sie nicht vor ein paar Tagen schon mal da? Sind Sie ein neuer Autor?«

»Nein. Ich bin ein alter Privatdetektiv. Leo Donat mein Name. Also, wo ist er?«

Die Volontärin stellte die Schublade zur Seite. »Herr Durante hat unser Unternehmen in beiderseitigem Einvernehmen verlassen.« Sie klang, als würde sie eine Regierungserklärung verlesen.

Das nahm Leo den Wind aus den Segeln. »Wieso das denn?«

»Ich glaube nicht, dass Sie das etwas angeht.«

»Allerdings geht mich das was an. Schließlich bin ich seit Tagen unterwegs, um Manuskripte für Doktor Durante herbeizuschaffen!«

»War das Ihr Auftrag?«

Die Volontärin war hellhörig geworden. Genauso wie mehrere Kollegen, die in der Tür erschienen waren und die Hälse reckten.

Leo betonte jede Silbe einzeln: »Er hat mich zu Gunter

Maria Schweiger nach Garching geschickt, danach in die Pfalz zu Erik Mutschmann und dann zu Frau Burmeister an die Ostsee.«

Die Volontärin stemmte die Hände auf den Schreibtisch. »Ich fordere Sie hiermit auf, mir unverzüglich die Manuskripte der eben genannten Autoren auszuhändigen.«

»Das geht nicht«, erwiderte Leo, »weil die nämlich verschwunden sind. Und selbst wenn ich sie hätte, wieso sollte ich sie ausgerechnet Ihnen geben?«

»Weil ich die Nachfolgerin von Herrn Durante bin.«

In der Tür gab es Gemurmel. Anscheinend waren nicht alle mit dieser Entscheidung einverstanden.

Auch Leo war erstaunt. »Sind Sie nicht ein bisschen jung für so was?«

»Die Geschäftsführung war der Meinung, dass der Verlagsleitung ein frischer Blick guttut.«

Sie bedeutete ihm, sich zu setzen.

»Möchten Sie vielleicht was trinken?«

»Haben Sie Kaba?«

Das war das Marihuana, von dem er jedes Mal Heißhunger auf was Süßes bekam.

Die Volontärin, die keine mehr war, wandte sich an die Tür. »Könnte bitte jemand Herrn Donat ein Glas Kaba besorgen?«

Den Befehlston der Chefin hatte sie schon drauf. Nach einigem Gemurre machte sich jemand auf den Weg.

»Und die Manuskripte sind tatsächlich verschwunden?«, fragte sie.

»Spurlos.«

»Eine ganz schreckliche Geschichte. Dass es drei Tote gibt, meine ich natürlich.«

»Vier«, korrigierte Leo, »Aljoscha Ballwitzer lebt auch nicht mehr.«

Wieder Gemurmel in der Tür.

Die Ex-Volontärin fiel in ihren Stuhl zurück. »Das wird ja immer tragischer.«

Leo erklärte die Zusammenhänge: »Vermutlich stehen diese Verbrechen im Zusammenhang mit den Romanen, an denen die vier geschrieben haben. Die basieren alle auf einem Zeitungsartikel aus der *Bergedorfer Zeitung*, den Durante geschrieben hat.«

Leo zog den Artikel aus seiner Jackentasche und knallte ihn auf den Tisch, wie einen Trumpf, für den nun endlich der Zeitpunkt gekommen war.

Die neue Verlegerin las ihn durch. »Das hat Durante geschrieben?«

»Vor vielen Jahren, ja. Diesen Artikel hat er den vier Schriftstellern als Vorlage gegeben, damit sie einen Roman draus schreiben. Wussten Sie das nicht?«

»Nein.«

Der Mitarbeiter, der in die Küche gegangen war, kam mit einem Tablett zurück. »Kaba gab's leider nicht. Ich habe Ihnen etwas Schokolade und ein Glas Wasser gebracht.«

Leo stopfte sich die drei *Ferrero Rocher*-Kugeln rein und spülte sie mit Wasser runter. Gleich ging es ihm besser.

»Das muss Durante im Alleingang gemacht haben«, sagte jemand in der Tür, »das sieht ihm mal wieder ähnlich.«

»Herr Durante war ein guter Lektor«, erklärte die Ex-Volontärin, »aber ein miserabler Teamplayer.«

»Aber deswegen musste er den Phönix Verlag nicht verlassen«, erkannte Leo. »Sondern?«

Die Programmchefin räusperte sich. »Weil er heimlich Schweiger und Mutschmann abgeworben hat, um mit ihnen zu The Greatest Step zu wechseln.«

Jetzt war es Leo, der nichts mehr kapierte. »Was ist denn das schon wieder?«

»Lesen Sie keine Zeitung? Das ist einer der größten chinesischen Internet-Händler im B2B- und B2C-Handel. Die liefern alles, was in China produziert wird, nach Europa, vom Bagger bis zum aufblasbaren Planschbecken. Durante soll für die in Deutschland das E-Book-Geschäft aufbauen.«

Wie bitte? Durante arbeitete für die Chinesen? Waren die beiden Asiaten, die Leo in Durantes Garten gesehen hatte, gar keine Japaner gewesen?

»Die Chinesen; sind das so ein kleiner Dicker und ein großer Dünner?«

Die Ex-Volontärin schüttelte irritiert den Kopf. »Es gibt eine Milliarde Chinesen. Da werden auch ein paar dicke und dünne darunter sein.«

»Wenn die Chinesen eigentlich mit chinesischen Baggern und Planschbecken handeln – was wollen die dann mit deutschen Büchern?«

»Sich den Anstrich von Kunst und Kultur geben«, erklärte die Programmchefin. »Deutschland ist immer noch ein sehr buchaffines Land, da kommt so was gut an. Schweiger, Mutschmann, Burmeister und Ballwitzer hätten die Flaggschiffe sein sollen. Eine brillante Idee. Darüber hätte das ganze Land gesprochen, und über Nacht hätte jeder The Greatest Step gekannt.«

Das verstand Leo. Was er nicht verstand, war, wieso die Ex-Volontärin so genau über Doktor Durantes Pläne Bescheid wusste.

»Ich hatte ihn schon länger im Verdacht, unserem Haus gegenüber illoyal zu sein«, erklärte sie, »also habe ich – auf ausdrücklichen Wunsch der Geschäftsführung – eine Spyware in seinem Computer installiert, die seine gesamte Korrespondenz aufgezeichnet hat.«

Es murrte wieder. Wahrscheinlich der Betriebsrat. Oder der Justiziar.

»Ich weiß, das war nicht ganz legal. Aber es ging darum, zwei unserer auflagenstärksten Autoren im Haus zu halten und somit Arbeitsplätze zu sichern. Was mir zum Glück ja auch gelungen ist.«

Das Murren verstummte.

Leo war sich nicht sicher, ob er das richtig verstanden hatte. Daran hatte der Joint, der es sich in seinem Kopf gemütlich gemacht hatte, seinen Anteil.

»Noch mal von vorn: Wollten Schweiger und Mutschmann nun zu The Greatest Step wechseln oder nicht?«

»Nicht mehr. Ich habe ihnen ein Angebot gemacht, das höher war als das von The Greatest Step. Ihre nächsten vier Bücher sollten exklusiv bei uns erscheinen. HC, TB, Hörbuch, E-Book, Film, Fernsehen, Ausland, alles.«

Wieder Murren in der Tür.

»Ja, ich habe mich dafür finanziell sehr weit aus dem Fenster gelehnt. Aber da die vier Autoren nicht mehr leben, müssen wir das Geld ja nicht ausbezahlen. Den Vorschuss werden wir uns auch zurückholen.«

Leo nickte anerkennend. »Sie sind ganz schön gerissen, wissen Sie das?«

»Bücher machen ist Krieg, mein Freund.«

50

Wer in Berlin was auf sich hielt, arbeitete mit Blick auf den Gendarmenmarkt, über den ein ehemaliger Bürgermeister mal gesagt hatte, er sei der schönste Platz Europas. Damals hatten alle gelacht. Heute zahlte man hier die höchsten Büromieten der Stadt. In einem dieser Büros saß Leo in einer vollverglasten Besucherlounge und wartete darauf, zu Doktor Durante vorgelassen zu werden.

Es machte den erfolgsverwöhnten Programmchef sicher sehr wütend, dass er bis vor wenigen Tagen vier Starautoren im Programm hatte und plötzlich keinen einzigen mehr. Leo wäre gern in dessen neues Büro gestürmt und hätte ihn damit konfrontiert. Aber in der Tür stand ein schweigender Chinese, der das nicht zuließ. Es war der kleine Dicke aus Durantes Garten, den Leo für einen Japaner gehalten hatte.

Irgendwann erschien der große Dünne und holte Leo ab. Er führte ihn durch lange Gänge voller Holzschnitte und chinesischer Vasen zu Doktor Durante. Der saß hinter einem sagenhaft großen Glastisch, links sah man den Deutschen und den Französischen Dom, rechts an der Wand hing eine fußballtorgroße Fotografie der Chinesischen Mauer. Orient trifft Okzident, und Doktor Dieter Durante in der Mitte, wo er sich sichtlich wohlfühlte.

»Was machen Sie denn hier?«

»Wir haben noch eine Rechnung offen.«

»Die hätten Sie doch mit der Post schicken können.«

»Es geht nicht um Geld. Sondern um vier tote Autoren.

Wieso haben Sie nicht gesagt, dass Sie sie beauftragt haben, eine Geschichte auf der Basis eines alten Kriminalfalls zu schreiben? Wieso haben Sie verschwiegen, dass Sie als junger Mann einen Artikel darüber verfasst haben? Vor dreißig Jahren, als Sie Praktikant bei der *Bergedorfer Zeitung* waren und über den fünffachen Mord berichtet haben?«

Durante formte seine Finger zum Victory-Zeichen. »Pah.«

Es war dieses Lachen, das man so nur auf Chefsesseln hinbekam. Jovial, herablassend, allwissend.

Er bedeutete Leo, sich zu setzen.

Der blieb lieber stehen. »Es gab einen Grund, weshalb die Autoren ihre Manuskripte nicht abgegeben haben. Nicht, weil sie unter Abgabestress standen. Sondern weil sie nicht mit Ihnen zu GreatWall wechseln wollten. Als Sie das gemerkt haben, haben Sie sie umgebracht und die Manuskripte gestohlen.«

Durante gab dem Chinesen ein Zeichen, der sich daraufhin zurückzog. Vorher verbeugte er sich mehrmals lang und tief, als wäre Durante der Kaiser von China persönlich.

»Ich habe ein Alibi«, sagte Doktor Durante, »ich habe Berlin in den letzten Tagen nicht verlassen.«

Leo ließ nicht locker. »Wie viel Vorschuss haben Sie den Autoren bezahlt? Fünfzigtausend? Hunderttausend? Zweihunderttausend? So viel Miese können eine ganz schöne Bürde sein, wenn man bei einem neuen Arbeitgeber anfängt.«

»So was zahlt The Greatest Step aus der Portokasse«, erklärte Doktor Durante lapidar. »Aber das macht nichts, denn wir werden das Doppelte und Dreifache mit den Büchern verdienen. So leid es mir um die vier Autoren tut, aber ihr Tod ist das Beste, was uns passieren konnte. Die vier Romane erscheinen posthum, und die Menschen werden sich darauf stürzen. *The show must go on.*«

»Wie wollen Sie denn vier Romane veröffentlichen, die verschollen sind?«

Dann wurde Leo klar, wie das ging. »Ach so, verstehe. Sie lassen sie von den Chinesen schreiben. Das sind schließlich die größten Plagiatoren des Planeten. Wahrscheinlich sitzt gerade jetzt irgendwo ein Autorenteam und schreibt die Romane einfach neu!«

Leo musste bitter auflachen vor so viel Verderbtheit.

Doktor Durante lachte nicht.

»Schöne Idee. Aber das müssen wir gar nicht. Unsere IT-Spezialisten haben die vier Romane in den unendlichen Weiten der Cloud gefunden. Das Netz verliert nichts.«

One billion Big Brothers are watching you.

»Auch das von Schweiger, der alles auf seiner alten Schreibmaschine schrieb?«

»Der hat sich vor ein paar Tagen im örtlichen Drogeriemarkt eine Kopie gemacht. Das Kopiergerät hat alles abgespeichert.«

»Aber Sie haben die Rechte doch gar nicht. Die liegen doch alle beim Phönix Verlag.«

»Wenn die schöne Volontärin mir Autoren wegnehmen will, muss sie früher aufstehen. The Greatest Step bringt die Bücher raus und damit basta! Wir wollen doch mal sehen, ob der Phönix Verlag uns deswegen verklagt. Die haben nämlich einige Leichen im Keller und wären sicher nicht erfreut, wenn ich die ausgraben würde.«

Leo konnte das nur kopfschüttelnd zur Kenntnis nehmen. Durante war noch durchtriebener, als er gedacht hatte.

»Und die Morde?«

»Die wird die Polizei aufklären. Meinetwegen kann sie sich ruhig Zeit lassen. Für die Aufmerksamkeit rund um die Bücher ist es nur gut, wenn der Mörder nicht sofort gefasst wird.«

»Wann sollen die Romane denn erscheinen?«

»Nächste Woche.«

»Schon?«

»Das ist das Tolle an E-Books. Ein Knopfdruck, und der Roman ist online. Kein Vergleich zu einem richtigen Buch, das man erst drucken und binden und lagern und ausliefern muss. Furchtbar antiquiert. Bis das fertig wäre, wären die vier Toten schon längst wieder vergessen. Die Zukunft ist digital.«

51

Warum blieben manche Menschen ihrer Arbeitsstelle ein Leben lang treu, während andere alle paar Wochen was Neues machten? Warum fanden einige ihre Berufung im Beruf, während die allermeisten keine besonderen Neigungen für irgendwas spürten? Warum wollten die einen Geld, Macht und Erfolg, während andere froh waren, wenn man ihnen sagte, was sie tun und lassen sollten? Warum waren die Menschen so unterschiedlich? Bestimmte das Sein das Bewusstsein? Oder gab es innere Strukturen, die unabhängig von äußerern Einflüssen wie Eltern, Lehrer, Freunde und politischen Systemen einen Menschen prägten? Wenn ja, wie ließen sich diese Strukturen verändern?

Das hatte Rosa sich schon als kleines Kind gefragt. Wieso liebten die einen ihr Land, während andere es abgrundtief hassten? Wie konnte ein politisches System so entgegengesetzte Gefühle auslösen? Ihr Vater zum Beispiel liebte die DDR über alles und verfolgte alle, die das nicht taten. Er war Vorsitzender der Bezirksverwaltung des Ministeriums für Staatssicherheit in Frankfurt (Oder) gewesen. Er hatte seine Familie mit der gleichen Effizienz wie seine fünfhundert haupt- und knapp viertausend ehrenamtlichen Mitarbeiter geführt. Anpassung, Gehorsam, Treue, Sauberkeit, Pünktlichkeit, Leistungswillen und Disziplin waren die Eigenschaften, die Rosa eingeimpft wurden. War es Determiniertheit oder Aufbegehren, dass Rosa sich zeit ihres Lebens zu Männern hingezogen fühlte, die mit diesen Eigenschaften auf Kriegsfuß standen? Mit vierzehn verliebte sie sich in einen Bierfahrer, mit fünfzehn in einen Straßenmusikanten und mit sechzehn in einen russischen Clown, dessen Zirkus auf dem Festplatz von Lebus gastierte.

Das alles ging Rosa durch den Kopf, als sie mit Leo im *Schleusenkrug* saß und über seine Zukunft sprach. Der Mann ihres Lebens war der Albtraum ihres Vaters. Leo war undiszipliniert und unpünktlich, er konnte sich nicht anpassen, verlor sich oft in unnötigen Details und hatte kein Durchhaltevermögen. Aber er war humorvoll und belesen, und man erlebte ständig was mit ihm. Rosa liebte ihn. Immer noch. Doch, ja. Irgendwie schon.

Als sie um kurz nach vier aus ihrer Schule im Hansaviertel gekommen war, hatte er auf der gegenüberliegenden Straßenseite gestanden. Er war frisch geduscht und trug ein dunkelblaues Hemd, das sie noch nie an ihm gesehen hatte, und fragte: »Darf ich dich zum Essen einladen?«

Sie waren über die Straße des 17. Juni hinein in den westlichen Zipfel des Tiergartens gelaufen, am *Kleinen Bündelpfeiler* und dem *Dreiarmigen Charlottenburger Kandelaber* und anderen Exponaten des Gaslaternen-Freilichtmuseums vorbei, und im *Schleusenkrug* gelandet. Das war einer ihrer Lieblingsorte in Berlin. Rosa hatte einen *mediterranen Flammkuchen* bestellt und Leo eine *artgerechte Bulette vom Schwäbischen Landschwein*, dazu Berliner Weiße mit Schuss, einmal rot, einmal grün. Dann hatte Leo erzählt.

»Durante hat mich von Anfang an verarscht. Ob ich den bayerischen Schriftsteller finde oder nicht, war dem scheißegal. Hauptsache, ich bringe das Manuskript. Dem ging es nur ums Geld. Wer die Leute umgebracht hat, interessiert den gar nicht.«

Er tat Rosa leid. Sie hätte es Leo gegönnt, dass er den Fall löst. Auch wenn sie zugeben musste, dass sie Angst um ihn gehabt hatte. Als er mit *Detektiv* ankam, hatte sie an Ladendiebe und untreue Ehemänner gedacht und nicht an Serienmörder.

»Was machst du jetzt?«

»Die Abschlussrechnung schreiben.«

»Und dann?«

Leo starrte auf die Bratkartoffeln auf seinem Teller wie eine Wahrsagerin in den Kaffeesatz. »Mich nach einer neuen Stelle umsehen. Bei *Denn's Biomarkt* suchen sie angeblich Leute.«

Rosa stellte sich vor, wie Leo sich nach einem langen Arbeitstag aufs Sofa fallen lassen und erzählen würde, dass diese Woche Vollkornmehl im Angebot war und heute eine Kundin da war, die mit einem Fünfhunderteuroschein zahlen wollte. Das gefiel ihr nicht.

»Schön.«

»Hast du eine bessere Idee?«

»Fragst du mich als dein Coach oder als deine Freundin?«

»Beides.«

»Dein Wunsch nach einem ruhigen Job ist nachvollziehbar«, wog Rosa ab. »Die Vorteile eines geregelten Einkommens liegen auf der Hand. Gerade du mit deinen ewigen Aufs und Abs kannst ein bisschen Stabilität gut brauchen. Insofern ist das mit *Denn's* eine sehr gute Idee.«

»Und als Freundin?«

»Detektiv ist tausendmal cooler.«

52

Der Hegelplatz war im Grunde gar kein richtiger Platz, eher ein langer, schmaler Transitkorridor zwischen Maxim-Gorki-Straße und Dorotheenstraße, der auch gut ohne Namen ausgekommen wäre.

Leo überquerte ihn, weil ihm, nachdem er sich von Rosa verabschiedet hatte, eingefallen war, dass er Gudrun Kleindienst noch zwanzig Euro schuldete. Die hatte sie ihm für die Pizza geliehen. Leo wollte nicht mit Schulden aus dem unerfreulichen Fall herauskommen.

Also hatte er sich auf den Weg ins Jacob-und-Wilhelm-Grimm-Zentrum gemacht. Und weil er Frau Kleindienst dort nicht gefunden hatte, war er ins Germanistische Institut rübergegangen, das sich ein paar Hundert Meter weiter am Hegelplatz befand. Dort hingen die gleichen Warnschilder wie in der Bibliothek. *Vorsicht, Diebstahl! Achten Sie auf Ihre Schließfächer! Achten Sie auf Ihre Wertsachen!* Zusätzlich lagen Flyer der Berliner Polizei aus, die vor Handydiebstahl am Arbeitsplatz warnten. Berlin Mitte war mittlerweile schlimmer als Mexiko City.

Leo fuhr mit dem Fahrstuhl in den vierten Stock, wo die Institutsleitung ihre Räume hatte. Hier oben war die Luft staubig und trocken und das Licht diffus. Leo ging zur nächstbesten Tür, die offen stand. An einem Schreibtisch saß eine ältere Frau in einem beigen Kostüm und entfernte mit einem Klammer-Entferner Klammern aus einem großen Stapel zusammengehefteter DIN-A4-Seiten. Von dieser eintönig anmutenden Arbeit schien etwas Entspannendes, Meditatives auszugehen, denn die Frau lächelte sanft wie eine junge Mutter, die gerade ihr Baby stillt.

Vorsichtig klopfte Leo an den Türrahmen.

»Was gibt's?«, fragte die Frau, ohne aufzuschauen.

»Ich suche das Büro von Frau Doktor Kleindienst.«

»Wer soll das sein?«

»Eine Mitarbeiterin von Professor Schlumpeter.«

Als die Frau diesen Namen hörte, sah sie auf. In der gleichen Sekunde schossen ihr Tränen in die Augen.

»Der Herr Professor weilt nicht mehr unter uns.«

Nanu, der war auch tot?

»Er hatte einen Autounfall.«

»Ach so«, sagte Leo erleichtert. Kurz hatte er geglaubt, der Serienmörder hätte auch den Professor kaltgemacht.

»Das tut mir wirklich sehr leid«, schob er rasch nach, weil die Sekretärin ihn so empört ansah. »Wann ist das denn passiert?«

»Vor drei Jahren. Im Sommerurlaub in der Provence. Ein Laster hat ihm die Vorfahrt genommen.«

»Der Ärmste«, seufzte Leo. »Aber wie gesagt, eigentlich suche ich gar nicht den Professor. Sondern Doktor Gudrun Kleindienst. Die Literaturwissenschaftlerin, die über Krimis promoviert hat. So eine Nette, ein bisschen Kräftigere.«

Leo pumpte den Brustkasten auf, um zu verdeutlichen, wen er meinte.

»Ich muss ihr was zurückgeben.«

Er präsentierte den Zwanzigeuroschein, als hätte er den gerade unter dem Tisch gefunden.

»Bei uns promovieren jährlich ein paar Dutzend Wissenschaftler. Die kann ich unmöglich alle kennen.«

»Doktor Kleindienst arbeitet hier. Die gibt Seminare und alles.«

Die Sekretärin hielt inne. »Vielleicht hat sie einen Lehrauftrag. Das heißt noch lange nicht, dass sie hier am Institut angestellt ist.«

»Verstehe«, meinte Leo, der gar nichts verstand.

Wieso hatte Frau Kleindienst ihm dann weisgemacht, dass sie hier angestellt sei? Das war ja merkwürdig. Und jetzt? Leo hatte eine Idee.

»Die Dissertation von Frau Kleindienst – haben Sie die hier irgendwo?«

Die Augen der Sekretärin wurden schon wieder feucht. Hatte er schon wieder Falsches gesagt?

»Wenn Professor Schlumpeter diese Arbeit tatsächlich betreut hat, haben wir sie auch in unserer Bestandsbibliothek im Erdgeschoss.«

EC 6690 N 1200 – das war die Signatur der *Einführung in die Theorie und Praxis des Kriminalromans.* Leo wollte es als toten Briefkasten benutzen. Er wollte die zwanzig Euro darin verstecken und Frau Kleindienst eine Mail schreiben, dass sie sie sich dort abholen könnte. Denn so ein Buch, da war er sich sicher, rührte bestimmt niemand an.

Aber EC 6690 N 1200 war nicht da. Dafür standen in dem Kellerregal zahlreiche andere Bücher, die sich theoretisch und praktisch mit Kriminalromanen beschäftigten. Es gab *Kriminalliteratur und Wissensgeschichte, Eine kleine Kulturgeschichte des Mordes, Die Wirkung von Kriminalliteratur in Literaturkritik und Wissenschaft* und eine *Typengeschichte des Kriminalromans* sowie ein gutes Dutzend weiterer Titel. Die meisten sahen sehr ungelesen aus. Das war ja seltsam. Die Wissenschaftlerin arbeitete gar nicht hier, und jetzt war auch noch ihr Buch weg? Klar, irgendjemand konnte es sich ausgeliehen haben, das war ja der Sinn einer Bibliothek. Aber Leo fand das trotzdem eigenartig.

Leo ging zur Ausleihstation, an der eine junge Bibliothekarin saß, die wegen ihrer schwarzen Haare und dem schwarzen Eyeliner eine gewisse Ähnlichkeit mit Kleopatra hatte. Dass ihr Tresen leicht erhöht war, sodass man zu ihr aufschauen musste, verlieh ihr zusätzlich etwas Adelig-Royales.

Leo schob ihr einen Zettel rüber, auf den er die Signatur des Buchs gekritzelt hatte.

»Ich suche das hier.«

»Das steht im Keller«, sagte die Bibliothekarin nach einem kurzen Blick, »bei den allgemeinen Nachschlagewerken.« Ihre Stimme klang tief und verklebt, als würde sie abends von Bar zu Bar ziehen und verruchte Lieder singen.

»Da war ich grade. Da ist es nicht.«

Kleopatra seufzte. »Dann hat es jemand ausgeliehen.«

Wieso war ausgerechnet dieses Buch, das Leo im Haus eines der Toten gefunden hatte, ausgeliehen und nicht eines der vielen anderen Nachschlagewerke zur Kriminalliteratur?

»Wer denn?«

»Das darf ich nicht sagen. Datenschutz.«

Big Sister ist protecting you. Datenschutz war wichtig. Solange man nicht selbst dringend eine Information brauchte.

»Wie viele Benutzer haben Sie denn?«

»Einige Zehntausend dürften es schon sein.«

Mist! Und jetzt?

Da pfiff Kleopatra durch die Zähne. »Das ist ja sehr seltsam.«

»Was?«

»Das Buch wurde schon mindestens dreißigmal ausgeliehen«, erklärte sie, ohne von ihrem Monitor aufzusehen.

»Was ist daran seltsam?«

»Es war jedes Mal derselbe Benutzer. Zum letzten Mal am vergangenen Dienstag.«

Am Dienstag war Gunter Maria Schweiger ermordet worden.

»Wie heißt der Benutzer?«

»Das darf ich Ihnen nicht sagen.«

»Datenschutz, ich weiß«, verstand Leo. »Ich könnte Ihnen jetzt erzählen, dass ich dieses Buch ganz dringend brauche, weil ich morgen auf einen wichtigen Kongress fahre.«

»Aber das stimmt nicht«, stellte Kleopatra mit einem wohlwollenden Unterton fest. Als wäre sie offen für eine gute Geschichte, die sie für einen Moment aus der Eintönigkeit ihrer Arbeit risse.

Leo nickte. »Richtig. Ich muss trotzdem wissen, wer dieses Buch ausgeliehen hat. Es geht um Leben und Tod.«

Leo konnte sehen, wie sehr sie mit sich rang.

»Geht's ein bisschen genauer?«

»Ich bin Detektiv und recherchiere in einem Mordfall. Der Benutzer, der dieses Buch ausgeliehen hat, kann möglicherweise helfen, ihn aufzuklären.« Leo verzichtete darauf, wie sonst üblich seine Stimme zu senken, wenn er von seiner Arbeit sprach.

»Was denn für ein Mordfall?«

»Die Morde an Schweiger, Mutschmann, Burmeister und Ballwitzer«, sagte Leo im Brustton der Überzeugung, »vier der wichtigsten Kriminalautoren unseres Landes.«

Sie sah ihn eindringlich an, mit dem Blick einer Königin, die wusste, dass ihre Reaktion über Wohl und Wehe entschied, über Schafott oder Golddukaten.

Dann nahm sie einen Zettel, notierte etwas drauf, faltete ihn zweimal und schob ihn über den Tresen.

»Von mir haben Sie das aber nicht.«

Leo griff schnell nach dem Zettel. Nachdem er ihn gelesen hatte, steckte er ihn in den Mund und schluckte ihn runter.

Leo stolperte über den Hegelplatz Richtung Unter den Linden, wo die Busse fuhren. Den Namen, den die Bibliothekarin auf den Zettel geschrieben hatte, hatte er schon mal gehört. Aber wo? Susi Müller. Das war ein Allerweltsname, wie er im Buche stand. Wahrscheinlich begegnete jeder Deutsche in seinem Leben statistisch gesehen hundert Susi Müllers. Kurz vor der Neuen Wache fiel Leo ein, woher er den Namen kannte. Von Amazon! Er hatte ihn auf der Homepage der Einkaufsplattform gelesen. Natürlich! Rasch zückte er sein neues Smartphone und klickte sich bis zu den Büchern der vier ermordeten Schriftsteller durch und von dort weiter zu den Kundenrezensionen. Da fand er sie: Susi Müller. Sie hatte alle Bücher der vier Toten bewertet. Schweiger. Mutschmann. Burmeister. Ballwitzer. Sie hatte jedem Buch einen Stern gegeben. Zwei für *Schwarz Tot Gold* von Mutschmann, weil man bei der Lektüre etwas über das Hambacher Fest lernen konnte. Egal, wie sehr die anderen Kunden die vielen Bücher der Toten auch gelobt hatten, für Susi Müller waren sie nichts als minderwertiger Mist:

> 1.0 von 5 Sternen
> Klischeebeladene Voralpen-Story
> von Susi Müller
> Der x-te Aufguss eines Bayern-Krimis. Die Geschichte strotzt vor Klischees und blöden Sprüchen. Selten habe ich mich so durch ein Buch gequält.

> 1.0 von 5 Sternen
> Frauenfeindlich
> von Susi Müller
> Susi Wiegand ist eine der unsympathischsten Ermittlerinnen der deutschen Krimilandschaft. Von Frauen hat der Autor wirklich überhaupt keine Ahnung. Wenn er wissen

will, wie Frauen ticken, sei ihm die Lektüre von Elfriede Jelinek oder Ingeborg Bachmann empfohlen.

1.0 von 5 Sternen
Wenn Krimi vorne draufsteht, sollte auch einer drin sein
von Susi Müller
Das Wort Spannung scheint ein Fremdwort für die Autorin zu sein. Selten habe ich mich beim Lesen so gelangweilt wie bei Frieda Burmeister. Statt den Fall zu lösen, quält die Ermittlerin ihre Mitmenschen und ihre Leser mit hanebüchenen Lebensberatungen. Völlig unrealistisch! Ich verstehe nicht, wieso das Buch hier so gelobt wird.

1.0 von 5 Sternen
Hardboiled weich gekocht
von Susi Müller
Teutschenthal ist nun mal nicht die Bronx. »Hey, motherfucker, ich puste dir die Rübe weg.« Die Sprache dieses Romans, die wohl die der Gosse sein soll, klingt unfreiwillig komisch. Die Figuren sind blass und eindimensional, man kann auch überhaupt nicht nachvollziehen, wieso es zum Mord kommt. Vor seinem nächsten Werk sollte der Autor mal einen Schreibkurs besuchen, Stichwort »Spannungsbogen«.

Bücher anderer Autoren hatte Susi Müller nicht kommentiert. Sie hatte sich auf diese vier eingeschossen. Interessant war auch das Datum der Kritiken. Die älteste Rezension war vier Wochen alt, die jüngste vier Tage. Hatte Susi Müller all die Bücher in so kurzer Zeit gelesen? Das waren immerhin zwanzig Titel. Warum las sie sie überhaupt, wenn sie doch so schlecht waren? Keine Frage, diese Susi Müller hatte irgendein Ding mit den vier Autoren am Laufen. Aber was für eins? Wer war Susi Müller? Eine Frau, die Wortspiele mochte – *Hardboiled weich gekocht* –, sich mit Spannungsbögen auskannte und gern Anspruchsvolles las. Jelinek und Bachmann waren ja wirklich nicht jedermanns Geschmack. Hatte Doktor Durante noch eine fünfte Autorin engagiert und wieder rausgeschmissen, von der er nichts erzählt hatte?

War das die Susi Müller, die sich Woche für Woche *Einführung in die Theorie und Praxis des Kriminalromans* auslieh? Was war denn damit? Hatte Susi Müller die auch rezensiert? Leo sah nach. Frau Kleindiensts Dissertation war einmal besprochen worden. Vor zwei Jahren, als das Buch herausgekommen war. Von einer Susanne Müller.

5.0 von 5 Sternen
Sehr gute Einführung
von Susanne Müller
Das Buch bietet einen fundierten Überblick über Kriminalliteratur. In gut gegliederten Kapiteln lernt man alles, was man über das beliebte Genre wissen muss. Interessant, wie vielschichtig und abwechslungsreich Krimis sein können. Dass sie oft zu Unrecht als minderwertige Literatur abgetan werden, kann man in diesem Band nachlesen.

War Susi Müller Susanne Müller? Wer war das?

Leo rief den dicken Gerhard an.

»Als du mit dem Chefredakteur der Bergedorfer Zeitung gesprochen hast, hast du ihn da nach dem Namen der ermordeten Familie gefragt?«

Gerhard sagte etwas. Aber vor lauter Krach, den die Bagger beim Stadtschloss veranstalten, verstand Leo kaum ein Wort.

»Was?«, brüllte Leo.

»Hab! Ich! Nicht!«, brüllte Gerhard.

»Warum denn nicht?!«

»Weil ich den schon selbst rausgefunden hatte! Ich habe einfach beim Standesamt in Bergedorf angerufen!«

»Wieso sagst du das denn nicht gleich?! Wie hießen die?!«

»Müller!«

»Und die Kinder?!«

»Auch Müller!«

»Mit Vornamen, meine ich!«

»Ach so! Ansgar, Ralf und Susanne!«

Leo brüllte den letzten Namen noch mal: »Susanne Müller! Das ist bestimmt Susi Müller! Entweder die ist von den Toten auferstanden und leiht sich Bücher aus! Oder sie lebt noch!«

Wenn es die Susi Müller war, die das Massaker damals überlebt hatte: Wer wusste davon? Wo war sie aufgewachsen? Wer hatte sie großgezogen? Wo war sie zur Schule gegangen, wo hatte sie ihre Ausbildung gemacht? Wer hatte das alles bezahlt? Na klar, das war's! Wenn die kleine Susi den Überfall überlebt hatte, musste sie Waisenrente bekommen haben! Leo brauchte jemanden, der sich mit so was auskannte. Hagen, sein Skatbruder mit dem AC / DC-T-Shirt von Bon Scott, hatte doch einschlägige Kontakte. Er hatte mal eine Zeit lang vom Sozialbetrug gelebt und sich alle möglichen Zuschüsse, Aufstockungen und Renten erschlichen. Das war vor Big Data gewesen, als man für so was noch kein Computerspezialist sein musste, sondern lediglich gute Kontakte ins Versorgungsamt brauchte.

53

Nach einigem Hin und Her erklärte Hagen sich bereit, seine Quelle bei der Rentenversicherung anzurufen. Leo musste ihm versprechen, dass er a) kein Wort darüber verlor und ihm b) bedingungslos half, wenn Hagen selbst mal wieder Probleme hatte. Das war riskant, denn Hagen hatte den Hang zu sehr dunklen Geschäften. Aber was blieb Leo anderes übrig?

Zwanzig Minuten später rief Hagen zurück. »Laut meiner Quelle gibt es in Berlin fünfzehn Susi Müllers. Eine von ihnen bezog jahrelang Waisenrente.«

»Aber unter einem anderen Namen.«

»Ja. Der wurde damals geändert. Warum, das kann ich dir nicht sagen.«

»Wie heißt sie jetzt?«

»Gudrun Kleindienst.«

»Doktor Gudrun Kleindienst?«

»Keine Ahnung, ob die Ärztin ist. Geboren in Hamburg. Am 4. Juli 1978.«

Leo bedankte sich und legte auf.

Gudrun Kleindienst war Susi Müller.

Susi Müller war Gudrun Kleindienst.

Born on the Fourth of July.

Hatte er es geahnt? Nein. Bei seinem Besuch im Germanistischen Institut hatte er mal kurz einen Verdacht gehabt, so einen leisen, den man gar nicht richtig bemerkt. Im Gegenteil, er hatte ihr geglaubt und gedacht, sie wolle ihm einfach helfen. Hinterher war man immer schlauer, das galt für Kriminalfälle noch mehr als im richtigen Leben. Gudrun Kleindienst hatte unter falschem Namen ihr eigenes Buch bei Amazon gelobt. Unter demselben falschen Namen lieh sie es regelmäßig im Germanistischen Institut aus. Um sich und der Welt vorzugaukeln, dass ihr Buch bedeutsam und beliebt war? Das war peinlich. Oder tragisch, je nach Blickwinkel. Tatsächlich bedeutsam und beliebt waren die Bücher der vier toten Autoren. Die hatte Gudrun Kleindienst alias Susi Müller verrissen. Warum? Hatte sie rausgefunden, dass die über die Geschichte ihrer Familie schrieben?

Als Leo aus der S-Bahn-Haltestelle ICC / Messe Nord kam, schossen aus allen Himmelsrichtungen Autos und Lkw und Fernbusse an ihm vorbei. Es war laut und heiß und stank nach Teer, Autoabgasen und abgeriebenen Gummireifen. Von hier fuhr der Bus in Richtung Hahneberg. Weiter westlich als bis zum Olympiastadion, in das er einmal im Jahr ging, wenn sein Lieblingsverein dort spielte, war Leo nie gekommen. Alles, was dahinter lag, war Terra incognita.

Der X49 raste mit Höchstgeschwindigkeit die Heerstraße entlang, als wüsste der Fahrer, dass Leo in wichtiger Mission unterwegs war. Er saß noch nicht richtig, da musste er schon wieder aussteigen. *Sandstraße.* Gudrun Kleindienst wohnte im Blasewitzer Ring 60, die Adresse hatte Leo von Hagen bekommen. Hier standen zwischen Spielplätzen und Laubbäumen lauter gelbstichige Hochhäuser. Es gab einen Reclamweg und einen Baedekerweg. Da passte eine Literaturwissenschaftlerin natürlich gut hin. Gudrun Kleindienst wohnte im letzten Hochhaus ganz hinten rechts.

Auf dem Klingelbrett standen Hunderte von Namen. Leo suchte zuerst nach Susi Müller, bis ihm einfiel, dass er ja hinter Gudrun Kleindienst her war. Er zog den Reißverschluss seiner Jacke zu. Sie sollte nicht gleich sehen, dass eine Pistole in seinem Hosenbund steckte. Er hatte sich heute Morgen eine Glock besorgt. Fünfhundert Euro hatte Damir dafür genommen, ein *Freundschaftspreis*, hatte er betont. Leo wusste nicht, wie man mit einer kleinkalibrigen Pistole umging. Er wusste aber auch nicht, wie Susi Müller alias Gudrun Kleindienst reagieren würde, wenn er ihr erklärte, dass er ihr auf die Schliche gekommen war. Möglicherweise hatte die Frau vier Menschen umgebracht. Er klingelte. Frau Kleindienst alias Frau Müller war nicht zu Hause. Oder sie machte nicht auf. Etwas tief in ihm nahm das erleichtert zur Kenntnis. Dieses Etwas wollte kehrtmachen, jetzt sofort, was ging ihn die ganze Sache an? Aber etwas anderes in ihm, das stärker war, wollte den Fall zu Ende bringen. Wollte wissen, was Frau Kleindiensts Motive waren. Wollte mit eigenen Ohren hören, was sie zu sagen hatte.

Leo klingelte rechts und links, vielleicht wusste ja einer der Nachbarn, wo sie gerade steckte. Die brüchige Stimme einer alten Frau, die in ihrem Leben bestimmt schon sehr viele Zigaretten geraucht hatte, ertönte in der Gegensprechanlage.

»Watt'n?«

»Guten Morgen, Frau ...« Leo wusste nicht, ob ihm die linke oder die rechte Klingel geöffnet hatte, Schaluppke oder Mansfeld. »Deutsche Post. Eine Sendung für Frau Kleindienst.«

»Die is nich da.«

»Könnten Sie die Sendung freundlicherweise entgegennehmen?«

»Ick weeß nich«, krächzte es, »dann liecht wieda tajelang dett Zeuch in meena Wohnung rum.«

»Es ist nur eine Geldsendung.«

Schließlich erbarmte sich Frau Schallupke oder Frau Mansfeld und ließ ihn rein.

»Na jut.«

Der Fahrstuhl war mit unleserlichen Edding-Tags vollgeschmiert und roch nach Tannenduft-Raumspray. Leo holte zwanzig Euro aus dem Geldbeutel. Im elften Stock stand Frau Schallupke oder Frau Mansfeld schon in der Tür. Im Bademantel und mit einer Duschhaube auf dem Kopf.

»Frau Schallupke?«

»Nee. Mansfeld. Frau Schallupke wohnt in der 14.«

»Und Frau Kleindienst?«

»In der 15.«

Vor der 15 lag ein brauner Schuhabstreifer, auf dem *My Home is my Castle* stand, flankiert von zwei eingestickten Füchsen, die den Besucher mit comichaft gefletschten Zähnen angrinsten.

Leo überreichte Frau Mansfeld den zerknitterten Geldschein. Die betrachtete ihn wie ein Geburtstagsgeschenk, das sie sich ausdrücklich *nicht* gewünscht hatte. »Da steht ja jar nüscht druff!«

»Das ist eine Blitz-Überweisung«, antwortete Leo, »die sind immer ohne Adresse.«

Er war froh, dass ihm das eingefallen war. Vor drei Tagen hätte er das noch nicht hingekriegt.

Frau Mansfeld nahm es schulterzuckend hin.

»Na jut«, sagte sie und wollte die Tür schon wieder schließen.

Das musste Leo verhindern. »Wann kommt Frau Kleindienst denn wieder?«

»Heute Ahmd, nehm ick ma an. Nach de Arbeit.« Es war diese latente, stets leicht theatralische Empörung, die den Berlinern innewohnte, die jedes Gespräch zu einem kleinen Kampf werden ließ.

»Wo arbeitet sie denn?«

Frau Mansfelds Stimme wurde spitz wie bei einer Grundschullehrerin. »Warum woll’n Se dett denn allet so jenau wissen?«

Leo blieb bei seiner Linie: »Wir bieten neuerdings eine Versand-Flatrate an, die für Frau Kleindienst interessant sein könnte.«

»’ne Flättreet?« Frau Mansfeld winkte ab. »Dett braucht die bestimmt nich. Die kriecht doch allet von Amazon. Da arbeitet se ja ooch.«

Leo konnte spüren, wie seine Augen so groß und rund wurden wie bei einer Manga-Figur. Wie bitte? Die promovierte Literaturwissenschaftlerin jobbte bei Amazon?!

»Wo denn bei Amazon?«

»Na, jleich um die Ecke. In Brieselang. Da hamm se doch vor ’n paar Jahr’n ’ne Riesen-Halle hinjestellt. Ick sach ma, die is so jroß wie zehn Fußballfelda.« In Frau Mansfelds Stimme schwang ein bisschen Stolz mit, als wäre sie es, die bei dem Internetriesen arbeiten würde, und nicht ihre Nachbarin.

Leo wusste gar nicht, dass es vor den Toren der Stadt auch ein Amazon-Lager gab. Er war vor ein paar Jahren mal durch Brieselang durchgekommen, als er und Rosa das *Factory Outlet Falkensee* gesucht, sich aber hoffnungslos verfahren und darüber so in die Haare gekriegt hatten, dass sie sich, als sie unverrichteter Dinge nach Berlin zurückkamen, zum ersten Mal getrennt hatten.

»Und was macht Frau Kleindienst da?«

»Watt soll se schon machen? Sachen in Kartons packen, watt’n sonst?«

»Wissen Sie was?«, sagte Leo und nahm ihr den Geldschein wieder ab. »Vielleicht übergebe ich den doch lieber persönlich.«

54

Mit bloßem Auge ließen sich zehn Fußballfelder nicht von sieben Fußballfeldern unterscheiden. Amazon Brieselang war vielleicht etwas heller im Anstrich als Amazon Bad Hersfeld, und am Rand stand ein runder Glasturm, aber sonst? Sahen die Hallen völlig gleich aus.

Der brandenburgische Parkplatz war genauso unbewacht wie der hessische. Nur größer. Leo kam von hinten rechts und musste nach vorne links, es dauerte entsprechend lang, bis er den Eingang erreichte. Aber so hatte er wenigstens Zeit, über sein weiteres Vorgehen nachzudenken. Als er endlich angekommen war, war ihm nicht wirklich was eingefallen. Im Gegenteil, er hatte das Gefühl, er hätte noch über tausend weitere Fußballfelder gehen können, ohne eine Idee zu haben.

Die Tür ging auf, und ein Amazonier kam rausgeschlurft. Ein einziger. Er hatte eine Glatze und trug eine blau-gelbe Warnweste und Sicherheitsschuhe. Bestimmt war er einer der trödeligen Typen, die schon in der Schule immer erst dann aus dem Klassenzimmer kamen, wenn die Pause längst vorbei war. Im Gehen zog er ein blaues Band vom Hals, an dem sein Mitarbeiter-Badge hing. Er tat das mit dem gleichen verächtlichen Gesichtsausdruck, mit dem die Fußballer, die das Champions-League-Finale verloren hatten, immer ihre Silbermedaillen wegrissen, wenige Sekunden, nachdem sie ihnen vom Uefa-Präsidenten umgehängt worden waren. Seit ein paar Jahren durften sie nicht mehr in der

Kabine verschwinden, sondern mussten bis zum Schluss der Zeremonie ausharren. Die Fernsehzuschauer wollten immer beides sehen, strahlende Sieger und weinende Verlierer. Als was Leo aus dieser Geschichte rauskäme, hing davon ab, ob er diesem Phlegmatiker den Badge abluchsen konnte oder nicht.

»He«, rief er, »kannst du mir helfen?«

»Was?«, fragte der Phlegmatiker und kam zu ihm rüber.

»Mir ist was Saublödes passiert«, begann Leo zu erklären, »meine Schicht geht gleich los, und ich habe meinen Badge vergessen.«

»Warum?«

Warum? Was für eine Frage! Leo überlegte, ob er was von einem Kind und einem Notfall und einem Krankenhaus und keinem Benzin im Auto erzählen sollte, sagte aber lieber: »Das ist eine unglaublich lange und langweilige Geschichte, die willst du nicht hören.« Das war ja auch nicht gelogen.

»Okay«, sagte der Phlegmatiker.

»Kann ich mir deinen Badge leihen? Du bekommst ihn morgen zurück.«

Der Mann hielt ihm wortlos das blaue Band hin. »Das ist mir auch schon passiert. So was ist echt Scheiße.«

Leo griff nach dem Badge. »Danke!«

»Die Weste auch?«

Leo hätte beinahe laut aufgeschrien vor Glück. »Gern.«

Der nette Mann zog die Weste aus. »Du kannst mir auch einen Gefallen tun.«

»Klar. Was denn?«

»Du könntest mir ein bisschen Geld leihen. Mein Tank ist fast leer.«

Leo hatte nur den Zwanziger, der eigentlich für Silke Kleindienst gedacht war. Aber was blieb ihm übrig? Eine Hand wusch nun mal leider die andere.

Mit Weste und Badge ausgestattet betrat Leo das Foyer. Wie in Bad Hersfeld hingen auch hier Fotos glücklich lächelnder Mitarbeiter sowie der Wahlspruch der Firma: *Work Hard. Have Fun. Make History.* Aljoascha Ballwitzer hätte wohl *Work hard. Fuck hard. Die hard.* draus gemacht.

Am Tresen lümmelte ein junger Kerl mit schief geschnittenem Pony und bohrte in der Nase.

»Widerlich«, sagte Leo streng.

Es funktionierte. Der junge Mann nahm ihn als Ranghöheren wahr. Erschrocken zog er seinen Finger aus dem Nasenloch und wischte ihn am Ärmel sauber.

»Ist die Kollegin Kleindienst schon da?« Leo legte eine Strenge in seine Stimme, die keine Nachfragen und keinen Widerspruch zuließ. »Ist die im Haus?«

Der junge Mann sah im Computer nach. »Die hat heute Frühschicht.«

»Wo finde ich sie?«

»Die müsste am Outbound Dock sein.«

Was sollte denn das schon wieder sein? Und vor allem, wo war das?

»Da latsche ich sicher nicht hin. Rufen Sie sie bitte aus.«

»Selbstverständlich.« Der junge Mann griff zum Telefon.

Da hob Leo die Hand, wie ein Imperator, und korrigierte sich: »Wissen Sie was – ich spreche doch lieber persönlich mit ihr. Wo ist sie, sagten Sie?«

»Outbound Dock«, erklärte der Pförtner und legte wieder auf, »Halle sechs.«

»Danke! Und besorgen Sie sich gefälligst ein Taschentuch!«

Leo bewegte sich behände durch die Hallen. Sie waren höher und luftiger als die in Bad Hersfeld, ansonsten gab es keine Unterschiede. Es roch genauso nach Schmieröl und aufgerissenen Kartons, die Rollbänder, Stapler und Rollwägen ratterten im gleichen monotonen Rhythmus, und die gleichen Jeans, Fußbälle und Bluetooth-Kopfhörer wurden an den gleichen Packtischen in die immer gleichen Kisten gesteckt. Es war wie nach zwanzig Jahren in die Heimatstadt zurückzukommen, er hatte alles vergessen und erkannte dennoch alles sofort wieder. Hie und da nickte Leo jemandem zu, ansonsten stellte er auf Durchzug, so wie Chefs das eben taten, die nicht dauernd von ihren Untergebenen belästigt werden wollten.

Schließlich fand er sie. In der zweitletzten Halle stand Gudrun Kleindienst am Laufband und wuchtete einen Stapel Ravensburger Spielesammlungen auf einen vergitterten Rollwagen. In ihren ausgewaschenen Jeans und dem schwarz-weißen Holzfällerhemd sah sie mehr nach T-Bone-Steak und Bourbon Whiskey aus als nach grünem Tee im Lesesaal. Eigentümlicherweise stand ihr das. Vielleicht steckte tief in ihr drin keine Wissenschaftlerin, sondern eine Bio-Bäuerin, die ihren Hühnern jeden Morgen die Frühstückseier aus dem Leib massierte. Ihr Haar war hochgesteckt und ihr Blick entrückt und verträumt, als stellte sie sich gerade vor, wie es wäre, heute Abend ihrem Chef die Kündigung auf den Tisch zu knallen.

Er näherte sich ihr wie einem wilden Tier, das sich in einen Keller verirrt hat. Als sie ihn entdeckte, erschrak sie nicht und zeigte auch sonst keine Regung. Sie blieb ganz ruhig, als hätte sie ihn erwartet. Leo glaubte, in ihrem Gesicht Reue zu erkennen und so etwas wie Erleichterung darüber, dass das Versteckspiel endlich ein Ende hatte.

»Was machen Sie hier?«, fragte er.

»Arbeiten. Und Sie?« Sie deutete auf seine gelbe Weste und den Badge.

»Ich bin wegen Ihnen da.«

»Ach so?«

Im nächsten Augenblick schob sie ihm den Rollwagen vor die Füße, dessen scharfkantige Ladefläche mit voller Wucht gegen sein linkes Schienbein knallte.

»Autsch!«

Der Schmerz trieb Leo die Tränen in die Augen. Am liebsten hätte er sich auf den Boden geworfen und geweint. Aber weil Gudrun Kleindienst davonrannte, biss er die Zähne zusammen und humpelte ihr hinterher. Zum Glück war die Halle so groß, dass er sie nicht aus den Augen verlor. Ein mit einer mannshohen Rolle Verpackungskunststoff beladener Gabelstapler kam um die Ecke. Der Fahrer winkte erst Gudrun Kleindienst zu und dann Leo, als wäre auch er ein Kollege. Gudrun Kleindienst lief zwischen Kisten und Kartonstapeln und unter Laufbändern zur hinteren Wand, wo sie durch einen dicken, transluziden Plastikvorhang nach draußen flutschte, der die Hitze davon abhielt, in die Halle zu kriechen. Als Leo nach draußen kam, war sie verschwunden. Er sah sich um. Hier war nichts. Der komplette hintere Teil des Hofs war mit Containern, Euro-Paletten und großen Stapeln von Altpapier vollgestellt. Bestimmt hatte sie sich dort versteckt. Leo zog die Glock aus seiner Tasche und machte sich auf den Weg. Die Sonne blendete, und er fragte sich, ob ihr Fluchtversuch schon Beweis genug war, dass sie die vier Autoren umgebracht hatte.

»Geben Sie auf«, rief er, »Sie haben keine Chance.«

Nichts tat sich. Auch nicht, als er »Frau Kleindienst« hinzufügte, denn er hatte mal in einem TV-Krimi gesehen, dass Ermittler den Verbrecher immer beim Namen nannten, um ein persönliches Verhältnis zu ihm aufzubauen.

Leo drehte sich um, ob ihm vielleicht jemand zu Hilfe kam, aber da war niemand. Er holte tief Luft und betrat das labyrinthische Gewirr aus Gassen und Containern. Schritt für Schritt tastete er sich vor, Schritt für Schritt fuhr ihm der Schmerz ins lädierte Schienbein. Da, plötzlich: ein Schatten, der hinter einen rostigen Container sprang.

»Bleiben Sie stehen!«

Leo ging langsam weiter. Je näher er dem rostigen Container kam, desto langsamer wurde er. Plötzlich sprang Frau Kleindienst hinter einem anderen Container, der auf der rechten Seite stand, hervor und schlug ihm mit voller Wucht ein vierkantiges Holzbrett auf die Hand. Die Glock fiel sofort zu Boden. Es ging so schnell, dass Leo keine Zeit hatte, zu reagieren.

»Sie hätten nicht herkommen dürfen«, sagte sie und stieß ihm das Holzbrett gegen die Brust. Immer wieder stieß sie zu, sodass Leo langsam rückwärts taumelte. Sie trieb ihn so zu einem gelben Container, der an der einen Seite flach zulief. Seine Klappe stand offen wie das Maul eines Krokodils.

»Das hat doch alles keinen Sinn«, befand Leo. Es klang nicht so souverän wie erhofft.

»Was hat schon Sinn?«, erwiderte Gudrun Kleindienst und schlug ihm das Brett ans Schienbein, das sowieso schon schmerzte. Leo sackte in die Knie, Gudrun Kleindienst packte ihn am Kragen und stieß ihn in den offenen Container. Die Demütigung war noch größer als der Schmerz. Leo landete auf zerrissenen Kartonschnipseln und ruderte mit den Armen wie ein auf dem Rücken liegender Käfer. Er wollte aufstehen, aber Gudrun Kleindienst drückte ihn mit dem Brett nach unten, wie ein Gefängniswärter in einem Hollywoodfilm.

»Geben Sie auf«, flehte er, »Sie sind geliefert.«

Gudrun Kleindienst lachte gehässig auf. »Von wegen. Kein Mensch verdächtigt mich.«

Ihre Hand fingerte an der Außenseite des Containers herum und drückte auf einen Knopf. Mit einem Ruck begann ein großer Metallschieber das Altpapier zusammenzuschieben. Leo lag in einer Papierpresse! Und Gudrun Kleindienst war in wenigen Minuten keine vierfache Mörderin mehr, sondern eine fünffache!

»Das wird alles in Polen geschreddert und recycelt. Wenn Sie da rauskommen, erkennt Sie kein Mensch mehr.«

Hatte sie ihn in eine Falle gelockt? Hatte sie das von langer Hand geplant?

»Hätten Sie die Nase mal nicht so tief in fremde Angelegenheiten gesteckt, Sie Möchtegernberliner.«

»Was soll das denn heißen?«

»Sie wissen genau, wovon ich spreche. Sie sind kein Berliner.«

Leo stemmte sich gegen den Schieber, um ihn aufzuhalten. Aber die Maschine war stärker als er.

»Haben Sie wirklich geglaubt, ich würde mit einem dahergelaufenen Detektiv über Bücher und Texte sprechen? Ich habe mich über Sie schlaugemacht und rausgefunden, dass Sie völlig harmlos sind. Und dass Sie aus einem Kaff im Schwarzwald stammen, das Waldingen heißt.«

»Das stimmt nicht!«

»Wollen Sie etwa behaupten, dass das Internet lügt?«

Das empörte Leo, denn er war weder bei Facebook noch bei Instagram oder sonst irgendeinem Social-Media-Dings. »Dort steht doch gar nichts über mich.« Der Schieber hinter ihm ächzte und stöhnte.

»Viel gibt es tatsächlich nicht. 1978 haben Sie bei den Bundesjugendspielen eine Siegerurkunde bekommen. 1981 wurden Sie in der Friedenskirche in Waldingen konfirmiert. Ich wusste gar nicht, dass es im Schwarzwald Protestanten gibt. Und beim Karneval 1985 waren Sie als Moorhexe verkleidet.«

»Das heißt nicht Karneval«, knurrte Leo, »sondern Fasnet.«

»Wie viele Einwohner hat Waldingen? Fünfhundert? Tausend? Das sind weniger, als in meinem Hochhaus in Staaken leben. Sie sind ein Provinzkind durch und durch, Leo Donat.«

»Ich bin ein Berliner!«

»Einem echten Berliner wäre es völlig egal, wenn man ihn für *keinen* Berliner hält.«

Es tat Leo zwar weh, aber innerlich musste er ihr recht geben. Echten Berlinern war es scheißegal, was andere von ihnen dachten.

»Da sieht man's mal wieder: Du kriegst zwar die Leute aus der Provinz – aber nicht die Provinz aus den Leuten. Ihre Mutter heißt Elisabeth Donat. Sie lebt noch in Waldingen. In einem alten Häuschen hinter der Dorfkirche. Wann waren Sie zum letzten Mal da? Vor zehn Jahren? Vor zwanzig? Sie ist 75 Jahre alt, es dauert nicht mehr lange, und Sie werden sie nie mehr besuchen können. Aber glauben Sie mir, eine tote Mutter verschwindet nicht einfach. Die bleibt immer da. Ich weiß, wovon ich spreche. Meine Mutter ist schon seit einunddreißig Jahren tot, und es vergeht nicht ein Tag, an dem ich nicht an sie denke.«

Je länger Gudrun Kleindienst auf seiner Vergangenheit herumhackte, desto klarer wurden seine eigenen Erinnerungen daran. Fast so, als würde sein bisheriges Leben an ihm vorbeirauschen.

Denn die Wissenschaftlerin hatte recht. Leo kam vom Dorf. Er war ein Provinzei, wie es im Buche steht. Warum hatte er es immer geleugnet? Aus Scham. Aus Angst. Und aus Neid. Scham, dass er das, was er über das Leben in der Stadt wusste, nicht mit der Muttermilch aufgesogen, sondern erst mühsam erlernt hatte. Angst, als Zugereister nicht wirklich dazuzugehören. Echte Berliner und alle anderen, die schon länger da waren, ließen ja keine Gelegenheit aus, Neuankömmlinge wie ihn spüren zu lassen, was sie von ihm hielten, nämlich nichts. Neid auf alle, die ihre Kindheit auf heroinspritzenübersäten Spielplätzen verbracht hatten und nicht wie er in Wäldern und Wiesen. Als kleines Kind war es toll gewesen, Baumhäuser und Staudämme zu bauen und nach Molchen und Eichhörnchen zu jagen. Je älter er wurde, desto mehr wollte er. Mehr Menschen, mehr Mädchen, mehr Musik. Mehr Kinos, mehr Kneipen, mehr Fußgängerzonen. Weniger Langeweile, weniger gute Luft, weniger Eintönigkeit. Er wollte ein Leben, das so pur und reich und intensiv war, wie es nur in der Fantasie eines vierzehnjährigen Jungen existierte. Am Tag der Abiturfeier fuhr er nach Berlin. Als sein Vater vor fünfzehn Jahren beerdigt wurde, kam er zum ersten Mal zurück in seine alte Heimat.

Leo sah seinen Vater vor sich, wie er in dem offenen Sarg lag, frisch gewaschen und gekämmt, und sagte: »Wenn du wirklich mein Sohn bist, stehst du jetzt auf und wehrst dich.«

Es dauerte einen Moment, ehe Leo kapierte, dass das seine Vergangenheit war, die gerade versuchte, seine Zukunft zu retten. Sein Vater hatte recht, er musste aufstehen und sich wehren! Leo raffte sich mit letzter Kraft auf. Er drehte sich um die eigene Achse und kam auf die Knie, während der Metallschieber ruckelnd näher kam. Frau Kleindienst schlug wieder nach ihm, diesmal mit einer Eisenstange, die auf dem Boden gelegen haben musste. Dem ersten Hieb konnte Leo ausweichen, der zweite erwischte ihn am Hals. Er taumelte zurück. Sie setzte nach, Leo täuschte eine linke Deckung an, warf sich dann schnell nach rechts und konnte ihr die Stange entreißen. Er klemmte sie zwischen Metallschieber und Ladestation, zog sich daran nach oben und sprang in einem Satz über die Containerwand nach draußen. Als er auf dem Boden landete, fühlte sich das an, als würde sein Bein in Stücke gerissen. Es klang auch so. Aber es war nur die Stange, die unter dem Druck der Metallplatte auseinandergekracht war.

Wenn Leo später seinen Freunden davon erzählte, dann immer so, als hätte er ganz genau mitbekommen, was geschah, quasi aus der Vogelperspektive. Dabei hatte er nur in seinem Container gelegen wie ein junges Küken, das nicht wusste, was hinter dem Rand seines Nests passiert. Das Einzige, was Leo wirklich sah, war, dass Gudrun Kleindienst sich ein letztes Mal auf ihn stürzte, um ihn zu töten. Was er mithilfe seiner Pistole vereiteln konnte, die er vom Boden aufgehoben hatte.

»Hände hoch, oder ich schieße!«

Er hätte nie gedacht, dass diese Worte jemals aus seinem Mund kommen würden.

»Wieso arbeiten Sie nicht an der Universität? Da, wo Sie hingehören? Sie haben promoviert. Sie haben ein Buch geschrieben. Sie sind Wissenschaftlerin.«

Leo stand in der prallen Sonne und wischte sich den Schweiß von der Stirn. Vor ihm saß Gudrun Kleindienst, die er mit drei Rollen Amazon-bedrucktem Packklebeband an einem leeren Ölfass fixiert hatte. Bald würde die Polizei hier sein. Leo hatte bestimmt zwanzigmal erklären müssen, dass er mit einer vierfachen Mörderin auf dem Amazon-Hof in Brieselang saß und auf Abholung wartete.

»Erst haben die da oben mit Bologna alles kaputt gemacht. Und danach den Mittelbau abgeschafft.«

Leo kratzte sich mit dem Lauf der Glock am Kopf. Bologna, Bologna ... Irgendwas war mal da mit einer Reform gewesen, daran konnte Leo sich erinnern. Aber was?

»Es gibt keine festen Stellen mehr«, erklärte Frau Kleindienst, »nur noch miserabel bezahlte Lehraufträge, die nach drei Monaten enden. Dabei hatte ich schon eine Stelle. Bei Professor Schlumpeter, der meine Dissertation betreut hat. Aber dann musste er ja diesen dämlichen Unfall haben.«

Sie klang eingeschnappt, was Leo unpassend fand. Das war ja kein Einzelschicksal. Die Welt war voll von Menschen, die nicht den Job bekommen hatten, den sie sich immer erträumt hatten. Die Kunst bestand darin, das Beste draus zu machen. Leo konnte ein Lied davon singen. Außerdem war er nicht an der Misere des akademischen Mittelbaus interessiert, sondern an den Morden an vier Schriftstellern in der Blüte ihres Schaffens.

»Aber deswegen haben Sie die Autoren ja nicht umgebracht.«

Gudrun Kleindienst lachte auf. Es klang ein wenig irre. »Die wollten ohne jede Rücksicht das Schicksal meiner Familie ausschlachten, deshalb.«

Das war in etwa das, was Leo sich schon zusammengereimt hatte. Die vier mussten sterben, weil das Fräulein Doktor sich persönlich angegriffen gefühlt hatte.

»Woher wussten Sie denn, dass die vier an Büchern über Ihr Schicksal schrieben?«

»Im Frühjahr stieß ich im Internet zufällig auf eine kleine Pressemitteilung. Darin kündigte ein Verlag namens The Greatest Step für den Herbst mehrere Romane zu einem ungeklärten Mordfall an. Das klang spannend, auch aus literaturwissenschaftlicher Sicht. Von dem Verlag hatte ich noch nie gehört. Weil ich gerade keine Zeit hatte, die Sache weiterzuverfolgen, machte ich mir eine Bookmark. Als ich am nächsten Tag wieder nachschauen wollte, war die Ankündigung verschwunden. Das war ungewöhnlich. Ich war neugierig geworden und begann zu recherchieren.«

»Auch im Internet?«, fragte Leo und wollte sich setzen. Er ließ es aber bleiben, sein Schienbein schmerzte zu sehr.

Gudrun Kleindienst schüttelte den Kopf. »Da stand gar nichts. Nichts über die Romane, nichts über die Autoren, nichts über den Verlag. Also habe ich mich als Journalistin ausgegeben und bin auf eine Pressekonferenz von The Greatest Shopping gegangen. Darin ging es vor allem um chinesische Maschinen, wie gut die sind und wie hervorragend die nach Deutschland passen. Beim anschließenden Imbiss habe ich gezielt eine Mitarbeiterin in ein Gespräch verwickelt.«

Drüben an der Halle ging eine kleine Tür auf. Ein Angestellter huschte heraus, steckte sich eine Zigarette an und verschwand nach drei schnellen Zügen wieder nach drinnen.

»Und die Mitarbeiterin hat Ihnen einfach so von dem Buchprojekt erzählt?«

»Man muss nur wissen, wen man anspricht und wie, dann erfährt man alles.«

Leo nickte anerkennend. Wahrscheinlich hätte sie eine gute Detektivin abgegeben. Er merkte, dass er ein wenig neidisch auf ihre *Soft Skills* war.

»Und das, was Sie da erfahren haben, war so schlimm, dass Sie die vier Autoren ermorden mussten.«

»Ja. Weil das mein Leben ist und das meiner Familie. Aber das war den Autoren vollkommen egal. Die haben sich einen Scheißdreck dafür interessiert, wie es mir dabei geht. Schon 1982, als dieses schreckliche Verbrechen passiert ist, hat sich ganz Deutschland nur für Benny interessiert.«

»Wer war noch mal Benny?«

»Unser Golden Retriever, über den in den Nachrichten berichtet worden war. Es gingen mehrere Tausend Briefe ein. Alle wollten den Hund bei sich aufnehmen. Aber für das vierjährige Mädchen, das den Anschlag ebenfalls überlebt hat, interessierte sich kein Mensch.«

Sie erzählte von sich in der dritten Person, als wäre das die einzige Möglichkeit, über die damaligen Ereignisse zu sprechen. Leo war zwar kein Psychologe, aber nach seinem Dafürhalten hatte sie diesen Teil ihres Lebens von sich abgespaltet, um überhaupt weiterleben zu können.

Er ging darauf ein. »Wieso stand denn damals in der Zeitung, dass alle fünf Familienmitglieder umgebracht wurden?«

»Das hat die Polizei eingefädelt. Damit der Mörder sich in Sicherheit wiegt und nicht zurückkommt, um den einzigen Zeugen umzubringen.«

Das fand Leo einleuchtend.

»Und wusste damals irgendjemand, dass das kleine Mädchen den Anschlag überlebt hatte?«

»Nein. Niemand hat sich für sein Schicksal interessiert!«

»Was wurde aus dem Mädchen?«

»Es kam in ein katholisches Waisenhaus in der Nähe von Bad Nauheim, wo die Nonnen ihm den Namen Gudrun gaben. Wissen Sie, was der Name bedeutet?«

»Nein.«

»Die geheimnisvolle Kämpferin.«

Das klang wie der Titel eines Kriminalromans.

»Wie hat die geheimnisvolle Kämpferin den Überfall damals überlebt?«

»Sie hat sich tot gestellt. Der Eindringling hat auf alles geschossen, was sich bewegt hat, und als keine Kugeln mehr in seiner Waffe waren, ist er runter ins Erdgeschoss gegangen, um neue zu holen. Das Mädchen, das einen Schuss ins Bein bekommen hatte, kroch unter seinen toten Bruder. Weil ihre Beine noch rausguckten, hat sie auch den anderen toten Bruder über sich gezogen. Als der fremde Mann zurückkam, ballerte er noch ein paarmal auf den Menschenhaufen, aber die Kugeln drangen nicht mehr bis zu dem Mädchen durch.«

Was für eine furchtbare Geschichte! Sie tat ihm aufrichtig leid. Kein Wunder, dass sie eine Schraube lockerhatte. Aber er durfte sich nicht von seinen Gefühlen leiten lassen.

Drüben an der Halle ging wieder die Tür auf. Diesmal waren es zwei Polizisten in blauen Uniformen. Sie kamen auf sie zu.

Eine Frage hatte Leo noch: »Wieso haben Sie die Texte geschrieben, in denen die Autoren selbst umkommen?«

Gudrun Kleindienst schmunzelte. »Eine kleine Spielerei. Den ersten schrieb ich bei Gunter Maria Schweiger. Ich wollte ausprobieren, ob ich auch einen Krimi schreiben kann, wenn ich schon darüber forsche. Ich habe keine fünf Minuten dafür gebraucht. Weil das Ergebnis so gut war, habe ich es beibehalten. Ein spontan entstandenes Markenzeichen sozusagen.«

Noch etwas verstand Leo nicht: »Die Idee, aus dem Schicksal Ihrer Familie Krimis zu konstruieren, kam ja ursprünglich von Doktor Durante. Warum musste der nicht dran glauben?«

»Den hätte ich mir als Nächstes vorgeknöpft. Bis dahin sollte er sich vor Angst in die Hosen machen.«

Da musste Leo sie leider enttäuschen. »Hat er nicht.«

»Wieso nicht?«

»Dem gehen die vier Toten am Arsch vorbei. Der interessiert sich nur für Verkaufszahlen. Und die werden nach deren publikumswirksamem Ableben mit Sicherheit nach oben schnellen.«

Gudrun Kleindienst alias Susi Müller lachte bitter auf.

Dann kamen die Polizisten und nahmen sie fest. Und danach Leo.

55

Der Mord an den vier Müllers blieb auch nach über dreißig Jahren unaufgeklärt. Kein Mensch wusste, warum die Familie hatte sterben müssen. Gudrun Kleindienst wurde verhaftet und dem Haftrichter vorgeführt. Ihr drohte eine lebenslängliche Gefängnisstrafe mit anschließender Sicherheitsverwahrung. Die Polizei vernahm Leo zwei Tage lang, bis sie restlos davon überzeugt war, dass er wirklich nichts mit den Morden an den vier Autoren zu tun hatte. Als Leo nach Hause in den Kranoldkiez kam, steckte ein dicker Umschlag in seinem Briefkasten. Er war so rot wie die chinesische Flagge. *The Greatest Step – The Greatest Shopping* stand oben rechts. Doktor Durante schickte, mit den besten Grüßen, die Download-Codes für die neuen Romane von Mutschmann, Schweiger, Burmeister und Ballwitzer, die am Tag zuvor herausgekommen waren. Wie der Doktor prophezeit hatte, beschwerte sich der Phönix Verlag nicht. Außerdem erthielt Leo eine *The Greatest Step*-Kundenkarte, in die sein Name eingraviert war. Mit einem Guthaben von 10 000 Renminbi. Leo bestellte zwei komplette Fußballausrüstungen mit Bällen, Toren, Trikots und Schuhen und ließ alles an ein katholisches Waisenhaus bei Bad Nauheim schicken. Dann packte er seine Sachen zusammen und stopfte sie, weil sein Koffer nicht mehr da war, in eine alte Sporttasche. Denn er musste noch mal verreisen.

Ein Altglas-Laster der BSR stand in der Mitte der Straße und brummte leise vor sich hin. Aus einer Hofeinfahrt kam ein orangefarbener Müllmann, der mit Schwung zwei schwarze Tonnen heranschob, deren Inhalt er laut klirrend in den Lkw kippen ließ.

Als die Müllmänner weitergezogen waren, klingelte Leo. Es knisterte in der Gegensprechanlage.

»Wer ist da?«

»Ich bin's.«

»Leo!«, rief Rosa erfreut. »Bist du endlich wieder frei?«

»Ja.«

»Wer hätte gedacht, dass dein erster richtiger Fall solche Ausmaße annimmt. Und dass du ihn so bravourös meisterst. Gratulation!«

»Danke!«

»Und jetzt?«

»Ich fahre für ein paar Tage weg.«

»Schon wieder? Wohin denn diesmal?«

»In den Schwarzwald.«

»Hast du einen neuen Auftrag?«

»So ähnlich. Ich will meine Mutter besuchen.«

Rosa lachte auf, so wie man manchmal bei Witzen lachte, die man nicht verstand. »Ich dachte, die lebt in Reinickendorf?«

»Nein«, flüsterte Leo. »Sie lebt in Waldingen.«

Rosas Stimme wurde leiser. »Das verstehe ich nicht. Ist sie dahin gezogen, oder was? Wann denn?«

»Ich muss dir was beichten«, sagte Leo. »Ich bin kein Berliner.«

Rosa schwieg lange.

Dann fragte sie: »Und dein Vater?«

»Der ist tot. Als er starb, war ich zum letzten Mal daheim.«

Kurz nach dessen Beerdigung hatte Leo Rosa kennengelernt, auf dem David-Bowie-Konzert auf dem Hurricane Festival.

Rosa suchte nach Worten, suchte nach dem Sinn. »Aber du hast doch immer behauptet, dass du hier geboren und aufgewachsen bist und dir nicht vorstellen kannst, jemals irgend woanders zu leben!?«

»Der letzte Teil stimmt ja auch.«

»Wer weiß noch davon?«

»Dem dicken Gerhard habe ich es mal erzählt. Aber der hat das längst wieder vergessen.«

»Du spinnst echt total, Leo. Du solltest dich dringend mal untersuchen lassen.«

Leo überhörte das. Die Dialektik einer Beziehung verlangte, dass man nicht auf jedes Argument einging.

»Es tut mir leid. Ich wollte dich nicht anlügen. Es hat sich einfach so ergeben.«

Beim Hurricane Festival 2004 war Bowie der Hauptact gewesen. Leo hatte sich Stunden vorher einen Platz im vorderen Drittel erkämpft. Es war sehr heiß. Leo trank die ganze Zeit Wasser, und als Bowie die Show mit *Rebel Rebel* eröffnete, war seine Blase so voll, dass er dachte, er würde gleich platzen. Bis *All the Young Dudes* hielt er durch, dann schlug er sich zu den Toilettenboxen durch. Auf dem Rückweg machte er am Bierstand halt, weil es auch schon egal war und er seinen Platz sowieso nicht mehr wiederfinden würde. Da stand Rosa. Sie nippte an einem Radler und lächelte ihn an. Leo lächelte zurück und stellte sich neben sie. Bowie spielte *China Girl*, und Leo fragte, ob es ihr auch so gut gefiel. Bowie spielte *Modern Love*, und Rosa fragte, wo er herkam. Aus Berlin, antwortete Leo, weil er am Morgen aus Berlin gekommen war. Das war Bowies allerletztes Konzert gewesen. Seine Musiker erzählten später, wie schwach er da schon gewesen war. Und es war der Anfang von Rosas und

Leos Beziehung. Sie erinnerten sich bis heute daran, wie stark sie sich gefühlt hatten, als sie sich beim letzten Lied vor der Zugabe küssten.

We can be heroes, just for one day.

Das war fast fünfzehn Jahre her.

»Ich konnte ja nicht ahnen, dass du damals wissen wolltest, wo ich geboren wurde.«

Leo hatte ein schlechtes Gewissen. Unterschwellig hatte Rosa immer darunter gelitten, dass sie vom Land stammte und nicht wie er aus Berlin. Und ja, das ein oder andere Mal hatte er sie auch mit Wüste Kunersdorf aufgezogen, so hieß das Dorf bei Frankfurt an der Oder, in dem sie aufgewachsen war. Er war eben auch nur ein Mensch mit Schwächen und Fehlern, verdammt noch mal!

»Weißt du, was komisch ist? Dass ich mir das immer gedacht habe.«

»Wieso?«

»Du hast mich nie deiner Mutter vorgestellt. Auf alten Kinderfotos warst du immer in eurer Wohnung, nie auf der Straße. Und wir sind nie mal zufällig einem alten Klassenkameraden oder ehemaligen Lehrer oder einer Ex-Freundin von dir begegnet.«

Sie klang wie der Gast einer Totenfeier, der die anderen Trauernden mit Anekdoten aus dem Leben des Verstorbenen aufzumuntern versuchte.

»Ist es denn so schlimm, wo du herkommst?«

»Eigentlich ist es sogar ganz schön«, fand Leo, »wenn du mitkommst, zeige ich es dir.«

»Wie lange fährt man denn da?«, fragte Rosa nach einigem Zögern. Wie die meisten Menschen aus dem Norden kannte sie sich im Süden des Landes nicht aus.

»Sechseinhalb Stunden bis Freiburg und dann noch mal zweieinhalb bis Waldingen.«

»Neun Stunden? In der Zeit fliege ich ja nach New York.«

Leo glaubte zu sehen, wie Rosa sich an ihrer Nase kratzte. Das tat sie immer, wenn sie das Für und Wider einer Entscheidung abwog, die sie längst getroffen hatte.

Rosa zögerte. »Wann geht der Zug, sagtest du?«

»In einer Stunde.«

Er ging zwar erst in zwei, aber sicher war sicher.

»Ich komme mit«, erklärte sie schließlich. »Damit ich mir mit eigenen Augen das Provinznest ansehen kann, aus dem du kommst. Ich muss nur noch schnell packen.«

Leos Herz begann zu klopfen. »Super. Lässt du mich rein? Dann kann ich oben warten.«

»Klar.«

Leo wollte sich gegen die Tür stemmen, da machte sie einen Rückzieher: »Vielleicht wartest du doch lieber unten.«

Modern love – walks beside me
Modern love – walks on by
Modern love – gets me to the church on time

HELFERREZENSIONEN

5.0 von 5 Sternen
Handlungslogik und Übersicht
Dass Leo heil aus dem Fall rauskommt, verdankt er Christiane. Sie war es, die stets den großen Bogen im Auge behalten hat.

5.0 von 5 Sternen
Super recherchiert
Eine große Hilfe war Line. Ohne ihr Haus, ihre geographischen und orthografischen Kenntnisse sähe es an der Ostsee anders aus.

5.0 von 5.0 Sternen
Top-Tipps vom Kriminalbeamten
Zum Glück hat Jörg sich der Geschichte angenommen. Er hat mir erklärt, wie die Polizei auf Länderebene zusammenarbeitet.

5.0 von 5 Sternen
Es lebe die Provinz
Carsten brachte das deutsche Tal ins Spiel. Auf einer regenreichen Fahrradtour, bei der wir das kleine Haus entdeckten.

5.0 von 5 Sternen
Die Geheimnisse einer Bibliothek
Kleopatra gewährte mir einen Blick hinter die Kulissen ihrer Bibliothek. Ich musste versprechen, ihren Namen nicht zu nennen.

5.0 von 5 Sternen
Wie kommt man bloß auf so eine Idee?
Viel wichtiger als Ideen sind Menschen, die daran glauben und sie unterstützen. So wie Bettina. Ohne sie gäbe es dieses Buch nicht.